은해상단 막내아들 32

초판 1쇄 발행 2026년 1월 22일

지은이 ı 향란
발행인 ı 최원영
편집장 ı 이호준
편집디자인 ı 박민솔
영업 ı 김민원 조은걸

펴낸곳 ı ㈜ 디앤씨미디어
등록 ı 2002년 4월 25일 제20-260호
주소 ı 서울시 구로구 디지털로32길 30 코오롱디지털타워빌란트 1301-1308호
전화 ı 02-333-2513(대표)
팩시밀리 ı 02-333-2514
E-mail ı papy_dnc@dncmedia.co.kr
블로그 ı blog.naver.com/gnpdl7

ISBN 979-11-364-6530-6 04810
ISBN 979-11-364-4602-2 (SET)

32

향란 신무협 장편소설

PAPYRUS ORIENTAL FANTASY

은해상단 막내아들

PAPYRUS
파피루스

159장. 충의관

충의관

서향 소저의 말대로 그날 황제는 사람을 보내어 나를 불렀다.

미리 의관을 정제하고 있었던 덕분에 당황하지 않고 황궁으로 향할 수 있었다.

그리고 황제 앞에서 극상의 예를 갖춰 인사했다.

"일어나라."

"황은이 망극하옵니다."

나는 자세를 바로 하였다.

"그래, 이번 산동행에서 제법 재미있는 일이 있었던 것 같구나."

황제는 자신의 서탁을 가리켰고, 그 위에는 장계가 있었다.

"이건 산동성 안찰사에게서 온 장계다."

아…… 안찰사에게서 온 장계라면 그 일이군.

"사망자의 유골은 고향으로 잘 돌아갔습니까?"

"그게 가장 궁금했던 것이냐?"

"네."

"그 녹림들이 어떤 형벌을 받았는지, 또 어떤 여죄를 저질렀는지가 아니라?"

나는 고개를 주억였다.

"제가 고생해서 시신을 수습했는데, 그 유골이 고향으로 돌아가지 못하면 속상한 일이지 않습니까?"

내 말에 황제는 피식 웃었다.

"이문만을 바라보는 것 같으면서도 아닌 것 같은 것이, 참으로 묘한 녀석이로다."

제가 말입니까?

"네가 가장 궁금한 것부터 말해 줘야겠지. 네가 수습한 유골은 모두 고향으로 돌려보냈다고 보고가 왔다. 만약 유골이 고향에 돌아가도 인계할 가족이 없으면 지현이 장례를 지내라고 명했지."

"감사합니다."

"그리고 그 녹림들이 일부러 산사태를 일으킨 것이 맞다. 또한 네가 수습한 이들 말고도 죽은 이들이 몇 명이 더 있더구나. 그들은 안찰사가 직접 병졸을 동원하여 땅에 묻은 것을 파내었다. 하지만 신분패가 훼손되어 고향을 알 수 없기에 모산파에 도움을 요청했다."

황제가 말을 이었다.

"그나저나 인근 산채의 녹림들이 자발적으로 복구 작업에 나선 덕분에 예상보다 빠르게 길이 복구되었다고 들었다."

역시 내 생각대로군.

황제는 씩 웃었다.

"네 짓이냐?"

"무엇이 말씀입니까?"

"잡아떼기는……."

나는 태연하게 대답하였다.

"저는 그저 돈으로 그들을 부렸을 뿐입니다. 돌아오는 길은 좀 편하게 오고 싶었기 때문입니다."

"그랬군."

"결과적으로, 덕분에 좋은 소식을 황제 폐하께 빨리 아뢸 수 있게 되었습니다. 산동악가에서 무관을 위해 교관을 보냄은 물론이고 산동악가의 창법을 제공하겠다고 하였습니다."

황제는 흥미로운 표정을 지었다.

"그게 정말이냐?"

"그렇습니다. 산동악가에서 무관에 제공하는 창법은 십이창법이라고 하는데, 그것 하나만 익혀도 되는 간결하고도 뛰어난 창법이라고 합니다."

"짐을 위해 그리하다니! 참으로 그 마음이 갸륵하구나. 내 친히 산동악가에 감사의 뜻을 담은 서신을 보내야겠구나."

"그리하신다면, 산동악가에서는 크게 감격할 것입니다."

나는 말을 이었다.

"그리고 이왕이면 이 사실을 널리 공표하심이 어떠십니까? 아니면 산동악가의 가주를 불러서 치하하시고 극진히 대접하시는 것도 괜찮을 것 같습니다."

내 말에 황제는 나를 바라보셨는데 그 눈빛에 탐욕이 가득하셨다.

윽…… 왜 그런 눈으로 보시는 겁니까?

"혹시 뭐 필요한 거 없느냐?"

"네?"

황제가 갑자기 부드러운 목소리로 그리 물으니, 뭔가 등골이 오싹했다.

아니, 갑자기 무섭게 왜 그러십니까?

"이미 황제 폐하께서 내려주신 은혜가 차고 넘치는데 뭐가 더 필요하겠습니까?"

나는 에둘러 거절했다.

왠지 저 호의를 받아들이면 나중에 곤란해질 것 같다는 생각이 든단 말이지.

"혹시 더 하문하실 것이 없으시면 소상은 이만 물러가도 되겠습니까?"

내 말에 황제는 뭔가 아쉬운 표정으로 말했다.

"그만 물러가도록 해라."

"그럼 소상, 이만 물러가겠습니다."

나는 조심스레 물러났고, 황제의 집무실에서 나왔다.

후…….

오늘도 수명이 한 일 년 줄어든 기분이군.

* * *

은서호가 집무실에서 나가고, 황제는 그가 있던 자리를 바라보며 웃었다.

이에 태감이 말했다.

"기분이 좋으신 모양입니다."

"산동악가가 꽤 큰 것을 내게 진상했는데, 어찌 아니 기쁠까? 그리고 그건 나에게 다른 물고기를 낚게 해 줄 미끼가 될 터."

황제는 턱을 쓸며 말을 이었다.

"그나저나 보면 볼수록 저 자식을 황궁에 박아 놓고 싶단 말이지."

"일전에 폐하께서 말씀하시길, 상인으로 놔두는 것이 좋다고 하셨습니다."

태감의 말에 황제는 고개를 주억였다.

"그랬지. 하지만 요즘 들어서 그 재능을 상계에 뺏기는 것이 옳은 일인지 의문이 든단 말이지."

은서호가 들으면 경기를 일으킬 말이었다.

"그 녀석에게 빚을 지우려고 뭐 필요한 것 없느냐고 물었지만, 교묘하게 피해 가고 말이지."

"그는 타고난 상인답게 심리전에 능하며 눈치도 빠른

인물입니다."

"그건 그렇지."

황제는 손가락으로 어좌의 팔걸이를 두들기며 말했다.

"지금은 계속해서 내 곁에 두는 것이 최선이겠지. 그래도 시키는 일은 착실하게 잘하니까."

그리 말할 때 문 밖에서 누군가의 목소리가 들렸다.

"황제 폐하. 금의위의 지휘사입니다."

"들라 하라."

곧 문이 열리고 금의위의 지휘사가 들어와 극상의 예를 올리며 부복했다.

"일어나라."

"황은이 망극하옵니다."

"그래, 무슨 일이냐?"

이에 지휘사는 들고 있던 장계를 내밀었다.

"이번 작전에 대한 장계입니다."

이에 태감이 그것을 대신 받아 황제에게 올렸다. 황제는 그것을 받아 살폈다.

"흐음? 금의위가 두 명이나 죽었군."

"아뢰옵기 송구합니다. 상인으로 위장하고 있었는데 그 위장이 탄로 나서……."

그는 말을 이었다.

"그래도 작전은 성공하였고, 반란을 획책하던 무리를 잡아들일 수 있었습니다."

"수고했다. 희생된 자의 식솔들이 먹고사는 데 지장이

없도록 하라."

"하해와 같은 황은에 망극하옵니다."

잠시 생각하던 황제가 지휘사에게 말했다.

"그러고 보니 저번에도 상인으로 위장하고 있던 금의위가 들켜서 작전이 실패할 뻔했던 적이 있었지?"

"송구하옵니다."

"이에 대한 대책이 필요하겠군."

"아직 마땅한 방법을 찾지 못하였습니다. 좋은 방법을 말씀해 주시면 따르겠습니다."

"옛말에 의하면 도둑의 길은 도둑이 안다고 했다. 그러니 상인으로 위장하기 위해서는 상인에게 배워야지."

"하지만 어떤 상인이 저희에게 상인에 대해 가르치겠습니까? 아뢰옵기 송구하오나 저희의 악명 때문에 덜덜 떨며 두려워합니다. 그래서 상인에 대한 것을 제대로 익힐 수 없었습니다."

지휘사가 말을 이었다.

"뿐만 아니라, 기밀이 유출될 가능성도 간과할 수 없습니다."

이에 황제는 씨익 웃으며 말했다.

"적임자가 있지 않느냐? 은해상단의 은서호 소단주 말이다."

"아!"

지휘사의 표정이 밝아졌다.

"확실히 그자라면 큰 도움이 될 것 같습니다. 저희를

두려워하지 않고 잘 알려 줄 것입니다."

* * *

나는 무관의 총관을 맡고 있는 제갈천두 총관을 찾아가 이번 산동악가에 다녀온 결과에 대해 말해 주었다.

"……해서 산동악가에서 십이창법이라는 무공을 제공하기로 했고, 그 무공을 만든 사람을 교관으로 파견하겠다고 합니다."

"그게 정말입니까?"

"네."

"다행입니다. 안 그래도 창술 교육을 어찌해야 할지 고민하던 참이었습니다."

제갈천두 공자가 말을 이었다.

"그러면 창술 부분은 다시 조정하겠습니다."

"네. 그리고 다른 부분도 조정할 수 있다는 점을 염두에 두고 계세요."

"네? 그게 무슨 말씀이십니까?"

"현재 군부와 연관된 무림의 삼대 가문이 어디입니까?"

"그야 산동악가와 황보세가, 그리고 진주언가가 아닙니까?"

"오대 가문은요?"

"거기에 하북팽가와 산서양가를 더하죠."

하북팽가는 군부에 세력을 두고 있지만, 무림 쪽에 무

게를 두고 있기에 오대 가문에는 속하지만 삼대 가문에서는 빠진다.

산서양가는 창술로 유명한 곳이다.

양가창법이라는 비전 무공을 지닌 곳으로, 세간에서는 그 움직임이 마치 배꽃이 흩날리듯 변화가 무쌍하며 기묘하다고 하여 이화창이라고 부른다.

그래서 악가창법과 쌍벽을 이루지.

원래 신창양가(神槍楊家)라고 불릴 정도로 뛰어난 창술로 삼대 가문에 속했었다. 하지만 가문에 이런저런 사건이 생겨 주춤하는 사이 황보세가가 치고 올라오며 삼대 가문에서 빠졌다.

지금 산서양가는 다시 삼대 가문이 되기 위해 절치부심하고 있지만 그게 그리 쉬운 일은 아니지.

그래도 그 노력은 곧 빛을 발한다.

나는 제갈천두 총관에게 말했다.

"그들은 황제 폐하의 총애를 받기 위해 경쟁적으로 충성하는 이들입니다. 그런 상황에서 산동악가가 무공을 무관에 제공하면서 선수를 쳤습니다. 그렇다면 다른 가문에서는 어찌 나올까요?"

"아!"

제갈천두가 눈을 빛냈다.

"어부지리라는 고사가 생각나는 건 저뿐입니까?"

"저도 같은 생각을 했습니다."

다른 가문에서도 고민을 할지언정 결국 무공을 하나씩

내놓게 될 터.

그렇게 되면 우리는 무관의 관생들에게 가르칠 무공의 폭이 넓어지게 되는 것이다.

그건 곧 관생들의 성장으로 이어지고, 무관의 명성으로 이어진다.

"이런 좋은 기회를 놓칠 수 없으니, 준비하고 있겠습니다."

"믿겠습니다."

그렇게 인사하고는 집무실에서 나가려는데, 그가 나를 불렀다.

"저…… 소단주님."

"네?"

"부탁이 있습니다."

무슨 부탁이기에 저리 간절한 표정인 거지?

"말씀하십시오."

"저번에 소단주님의 집무실에 있는 의자를 봤습니다. 바퀴가 달린 의자 말입니다."

"아! 그거 말입니까?"

"네. 혹시 저도 그 의자를 구할 수 있습니까?"

역시, 나만 편한 게 아니었군.

그렇다면 그건 우리에게 큰 이문을 가져다줄 수 있는 상품이라는 의미다.

나는 미소 지으며 대답했다.

"만들어 드리지요."

이왕이면 공밀에게 몇 개 더 부탁해서 서향 소저와 가족들에게도 선물해야겠다.

정호 형은…… 필요 없겠지.

어차피 정호 형은 하루의 삼분지 이를 연무장에서 보내니까.

그리고 홍보가 될 만한 곳에도 선물 형식으로 몇 개 뿌려도 좋겠군.

급한 일을 처리한 나는 곧바로 내 집무실로 향했고, 그때부터 끝없는 서류 처리의 연속이었다.

.

.

.

그렇게 이틀이 지났다.

그리고 이번에 연주혁 공자를 정식으로 내 부관으로 임명했다.

이제는 연주혁 공자가 아니라 연주혁 부관이다.

서향 소저가 제법 혹독하게 훈련을 시킨 덕분에 이제 웬만한 일은 눈 깜짝하지 않고 처리할 수 있게 되었다.

"소단주님, 그거 아십니까?"

"무엇을 말입니까?"

"소단주님과 곽 부관님이 닮은 점이 있다는 거 말입니다."

"그게 무엇입니까?"

"사람을 한계까지 굴리는 법을 잘 아신다는 겁니다. 소단주님께서 계시지 않는 동안 제가 얼마나 힘들었는지 아십니까?"

"그렇군요. 그런데 연 부관은 저를 스승으로 모시겠다고 이곳에 오신 거 아닙니까? 힘들면 지금이라도 짐을 싸서 호남성으로 돌아가시면 됩니다."

"그, 그건 아닙니다."

그리고 잽싸게 서탁에 앉아 자세를 바로 하며 말했다.

"열심히 하겠다는 이야기였습니다."

나는 웃으며 말했다.

"훈련이라는 것이 무엇이라고 생각하십니까?"

"네? 글쎄요? 제 생각으로는 뭔가를 잘 할 수 있게 해 주는 것이라고 생각합니다."

"그것도 맞습니다만 제가 생각하는 훈련이라는 것은, 그 사람에게 견디는 힘을 길러 주는 것입니다."

나는 말을 이었다.

"사람이 산다는 건 견디는 것의 연속이니까요."

"그 말씀은, 제가 곽 부관님께 받은 훈련이 앞으로의 업무를 견딜 수 있게 해 준다는 의미입니까?"

"맞습니다."

"대체 앞으로 얼마나 더 많은 업무가 있기에 그게 훈련이라는 겁니까?"

생각보다 눈치가 빠르군.

"음식이 가장 맛있을 때가 언제입니까?"

"배가 고플 때 아닙니까?"

"맞습니다. 그러니 힘든 격무는 휴식의 달콤함을 느끼기 위한 것이라고 생각하십시오."

내 말에 연주혁 부관은 잠깐 생각하더니 말했다.

"그런데 언제 쉽니까?"

"그건……."

그때 팔갑이 집무실에 들어왔다.

"도련님. 진영 대협께서 오셨습니다요."

오늘만큼 진영 대협이 반가운 때가 없군.

나는 자리에서 일어나며 말했다.

"그럼 저는 중요한 손님이 오셔서 일어나 보겠습니다."

"저, 저기, 소단주님! 그래서 대체 언제 쉬는 겁니까!"

뒤에서 연주혁 부관의 목소리가 울렸다.

내 말에 넘어가지 않는 것을 보니 제법 쓸 만한 인재를 얻은 것 같단 말이지.

나는 만족스러운 얼굴로 접빈실로 들어갔다.

"소상이 대협을 뵙습니다."

"바쁜데 이렇게 찾아와서 미안하군."

"괜찮습니다. 마침 차를 마실 시간이었습니다."

팔갑이 차를 가져왔고, 우리는 차를 마셨다.

"내가 이렇게 온 이유는, 금의위에서 자네에게 부탁이 있기 때문이네."

"금의위에서 말입니까?"

진영 대협이 고개를 끄덕이며 대답했다.

“사실 최근에 반란의 조짐이 보여 그곳을 조사하고 처리하는 임무가 있었네. 그런데 상인으로 위장하고 있던 자들이 들키는 바람에 죽임을 당했네.”

“그런 일이 있었군요. 순직하신 두 분의 명복을 빕니다.”

“고맙네.”

진영 대협이 말을 이었다.

“사실 우리가 상인으로 위장하기 위해 상인의 도움을 받지 않은 건 아니네. 하지만 자네도 알다시피 우리 금의위의 악명이 워낙 높다 보니…….”

무슨 말인지 알 것 같다.

그 어떤 상인이 금의위 앞에서 할 말을 다 할 수 있을까?

“그런데 생각해 보니 자네가 있었지.”

아…….

왜 슬픈 예감은 틀리지 않을까?

“그래서 말인데, 우리 금의위들에게 상인으로 위장하는 데 필요한 교육을 해 주었으면 하네.”

아마 이 일에 황제의 의중이 담겨 있겠지.

그렇다면 이 일은 거부할 수 없다.

나는 미소 지으며 물었다.

“교육비는 얼마까지 생각하고 계십니까?”

내 말에 진영 대협이 헛기침을 했다.

“험험, 교육비라니?”

왜 이러십니까? 다 아시면서.

"교육 중에는 단순히 말로만 이루어지지 않는 것도 있습니다. 그렇기에 실습이라는 것이 필요합니다. 금의위 대협들도 그런 의미에서의 훈련을 받는다고 알고 있습니다. 맞습니까?"

"그렇다네."

"그럼 금의위 대협들이 훈련을 받을 때 사비를 내고 받습니까?"

"……그건 아니지."

"그럼 그 교관들은 공짜로 훈련시킵니까? 월봉도 받지 않고요?"

"……아니네."

"그런데 왜 저에게는 공짜로 교육을 시키라고 하십니까?"

"……."

나는 웃으며 말했다.

"그건 상도의가 아닙니다."

잠시 생각하던 진영 대협이 말했다.

"후, 알겠네. 내 지휘사 대인과 상의하여 섭섭하지 않게 챙겨 주도록 하겠네."

"감사합니다. 이번 제안, 받아들이도록 하겠습니다."

"고맙네."

진영 대협은 말을 이었다.

"그런데 내가 아까 이번에 순직한 이들이 몇 명인지 말하지 않은 것 같은데, 어찌 두 명이 순직했음을 안 것인가?"

"……!"

나는 여상한 표정으로 답했다.

"아까 대협께서 손으로 두 명을 표시하지 않으셨습니까?"

"내가 말인가?"

"네. 저는 그것을 보고 순직한 분이 두 분이라고 생각했을 뿐입니다."

"내가 그랬나?"

"아마 무의식적으로 그리하셨나 봅니다. 그리고 저는 상인입니다. 모름지기 상인이란 상대방의 말뿐만 아니라 눈빛, 표정과 행동까지 읽어야 하는 법입니다."

"확실히 상도란 쉬운 것이 아니군."

"하하하. 사실 그렇긴 합니다."

이렇게 당황하더라도 태연하게 둘러대야 하니까 말입니다.

"앞으로 더 조심해야겠군."

"그건 아닙니다. 그냥 제가 다른 사람보다 조금 더 눈치가 빠르고 예민할 뿐입니다."

"그건 맞네. 나도 자네처럼 뛰어난 이는 본 적이 없으니까."

"부끄럽습니다."

진영 대협은 자리에서 일어났다.

"그럼, 이만 가 보겠네. 자세한 사항은 이틀 내로 다시 찾아와 전해 주지."

"알겠습니다."

나는 대문 밖까지 나가 진영 대협을 배웅한 후 방으로 돌아왔다.

후…… 하마터면 내가 그 일에 대해 알고 있음을 들킬 뻔했네.

생각보다 날카로우신 것이 역시 진영 대협이다.

하긴, 그러니까 황제 폐하께서 곁에 두고 중히 쓰시는 거겠지.

그동안 진영 대협이 편해져서 나도 모르게 긴장이 풀린 모양이다.

하지만 진영 대협은 엄연히 황제 폐하의 사람이니 조심해야지.

이번에 순직한 금의위 무사가 두 명이라는 것은 정보대를 통해 알고 있었다.

어제 하화 대원을 만난 팔갑이 정보를 전해 주었거든.

아무리 금의위의 일이라고 해도, 다른 곳도 아닌 이곳 북경의 상계에서 일어난 일이다.

내 귀에 들어오지 않을 리가 없지.

그래서 진영 대협이 나에게 교육을 부탁했을 때 슬픈 예감이 틀리지 않았다고 한탄했던 것이다.

그것과 관련된 일 말고 진영 대협이 나를 찾아올 이유가 없었으니까.

그래도 금의위의 일이니만큼 내가 알고 있다는 것을 들켜서 좋을 것은 없다.

괜한 경계심을 사게 되니까.

이전 삶에서도 이런 일이 있었는지는 모른다.

당시에는 북경의 정보를 상세하게 알 수 있을 정도는 아니었으니까.

하지만 이번에는 북경에 자리도 일찌감치 잡고, 정보대의 육성도 빠르게 시작했기에 그 정보를 얻을 수 있었던 것.

금의위가 잠입했다가 들켜서 죽은 곳은 반란을 획책했던 무리의 본거지였다.

그 본거지가 북경의 한 상단이었지.

하지만 팔갑에게 이야기를 전해 들으며 뭔가 이상함을 느꼈다.

그곳에 숨어든 금의위들이 한두 명이 아닐 텐데 왜 하필이면 그 두 명이 들켜 죽임을 당했는지에 대한 의문이다.

그리고 정보를 얻기 위해서라도 그들을 고문했을 텐데 그런 거 없이 단칼에 죽였다는 점도 그렇고.

뭔가 이유가 있을 텐데…….

그건 뭐 금의위 대협들이 알아서 파헤치겠지.

다음 날.

저녁을 먹은 후 집무실에서 일을 하고 있을 때 팔갑이 찾아와 진영 대협이 왔음을 전해 주었다.

나는 접빈실로 향했다.

"소상 은서호, 대협을 뵙습니다."

“어제 말했던 대로, 자세한 사항에 대해 말해 주러 왔네.”

“감사합니다.”

그때 팔갑이 들어와 내 앞에 차를 놓아 주었다.

“교육은 이틀 뒤부터이고, 내부 사정상 사흘밖에 시간이 없다네.”

“알겠습니다. 사실 확실하게 체득하기 위해서는 좀 더 시간이 필요하지만, 아쉬운 대로 사흘 안에 교육을 마치겠습니다.”

“양해해 주어 고맙네.”

그는 말을 이었다.

“이번에 자네가 교육을 담당한 이들은 스무 명이네. 자네도 알다시피 현재 금의위들은 전 제국에 흩어져 임무를 수행하고 있지 않나?”

“그렇죠.”

“그런 상황이니 그들을 모두 불러서 교육을 진행하는 건 현실적으로 불가능한 일이네.”

“그래서 금의위에서 선발한 일부를 대상으로 교육을 진행하고, 차후에 그들이 귀환하는 이들에게 교육을 하는 방식입니까?”

“그렇다네. 그리고 그게 자네한테도 좋지 않겠나.”

그 수많은 금의위를 한 사람이 일일이 교육할 수는 없으니까.

“그건 그렇군요.”

"그리고 어제 말했던, 교육비에 대한 것이네."

"얼마입니까?"

"험험. 교육비는 하루에 은자 한 냥이네."

은자 한 냥이면 상급의 면포를 다섯 필을 살 수 있다.

어느 정도 먹고 산다는 가족의 한 달 생활비지.

황궁에서 일하는 관리들의 월봉을 생각하면 상당히 후한 강의비다.

그러니까 금령이가 심부름 한 번에 상급의 면포 다섯 필을 살 수 있는 돈을 받아먹는 것이지.

– 꾸이?

불만이냐고?

아니, 그건 아니고. 그냥 그렇다고.

나는 진영 대협에게 물었다.

"혹시 교육에 들어가는 교구비 포함입니까?"

"그건 아니네."

"다행이군요."

"황제 폐하께서 말씀하시길, 만약 교구비를 자네의 교육비에 포함하면 그거 금의위들이 몸으로 때워야 해서 꽤나 고생할 거라고 하시더군."

나는 살짝 속으로 움찔했다.

윽…… 어떻게 아셨지?

"아무튼, 시간은 이틀 뒤 오전 사시부터 자네 마음대로 쓰면 되네."

"알겠습니다. 혹시 그 외에도 제가 알아 두어야 할 것이 있습니까?"

내 물음에 진영 대협은 여러 가지를 설명해 주었다.

그렇게 이틀이 지났다.

나에게 허용된 외부 인원은 셋.

하여 팔갑과 호위무사 두 명을 데리고 가기로 했는데, 호위무사들끼리 의논하더니 진유 무사와 여응암 무사를 추천했다.

진유 무사는 가장 경지가 높으니 그렇다고 치고, 여응암 무사를 추천했다는 것이 의외인데?

서우 무사가 그 의문을 풀어 주었다.

"이번 일은 상단이나 상행에 관한 일입니다. 그리고 연기를 해야 하는 부분도 있을 테니 저보다는 여응암 무사가 도움이 될 것입니다.

"알겠습니다. 여러분의 의중을 따르겠습니다."

그렇게 두 무사와 팔갑은 나를 따라 금의위로 향할 준비를 했다.

사시부터 교육을 시작하기 위해서는 일찍 황궁으로 가야 했다.

하여 아침도 일찍 먹어야 했기에 정호 형과 함께 식사는 하지 못한다.

"정호 형에게 다녀온다고 말하고 와야겠네요."

내 말에 맞은편에 앉아 있던 서향 소저가 대답했다.

"그게 좋겠네요. 다녀오세요."

"그럼 다녀오겠습니다."

나는 정호 형의 처소로 향했다.

"형!"

"으응? 왔냐?"

정호 형은 마당에서 검을 휘두르며 수련 중이었다.

저번에 사천에서 백년자령마를 먹은 후 얻게 된 내공이 아깝다면서 아침마다 검술을 수련하고 있다.

그리고 지금 수련하는 검술은 고일평 외총관이 전수해 준 무공이다.

체력이 좋아진 덕분에 상당한 수준의 격무도 거뜬히 처리할 수 있었다.

나에게는 좋은 일이지.

"나, 다녀올게."

"후…… 그래. 나라의 부름을 받았으니 할 수 없지."

"아니, 형! 그냥 사흘 정도 황궁에 다녀오는 것뿐인데 왜 그리 우울한 표정이야."

"하지만 그 사흘 동안의 일은 내 몫이겠지."

음, 그건 할 말이 없네.

"아무튼, 다녀올게."

"그래. 괜히 책잡히지 않게 조심하고."

"명심할게."

나는 손을 흔들며 정호 형의 처소를 나섰다.

그리고 출발 장소로 돌아왔다.

"이제 출발할까요?"

"네."
그때 서향 소저가 내 소매를 잡았다.
"……?"
그리고 내게 작게 속삭였고, 그 이야기에 나는 작게 한숨을 내쉴 수밖에 없었다.
후…… 벌써 머리가 아파지네.

* * *

금의위가 상주하는 건물은 충의관이라 불린다.
그리고 오늘 그곳에 금의위들이 모여 있었다.
모인 인원은 모두 스무 명.
정확한 사정 설명 없이 집합 명령만을 받았기에 금의위들은 영문을 몰라 어리둥절할 뿐이었다.
"아니, 지휘사 대인께서는 왜 우리를 불러 모으신 거야?"
"나라고 알겠냐?"
"너는 뭐 들은 거 없어?"
"전혀."
"선배님은 아십니까?"
"아니, 나도 모른다."
그때 단상 위에 지휘사가 올라왔다. 그리고 옆에서 울리는 북소리.
둥둥둥!
세 번의 북소리에 금의위의 모든 이들이 일제히 그를

향해 포권하여 예를 갖추었다.

척! 처척! 척!

"지휘사 대인을 뵙습니다."

사담을 나누고 있다가도 일사불란하게 움직이는 금의위들.

잘 훈련된 정예다운 모습이었다.

"모두 주목."

지휘사가 금의위들을 주욱 바라보며 말했다.

"오늘 제군들을 모이게 한 이유는, 자네들에게 임무를 부여하기 위함이다."

임무라는 말에 그들의 기세가 날카로워졌다.

"최근, 상인으로 위장하고 있던 두 명의 동료가 죽은 일에 대해서 알고 있을 것이다."

그들은 비통한 표정을 지으며 눈을 감았다.

"이에 앞으로의 희생이 없도록, 그리고 성공적인 임무 수행을 위해서 여러분의 역할이 중요하다."

그는 고개를 돌려 옆을 보았다.

"은서호 대협은 이쪽으로."

"네."

곧 한 미남자가 단상 위로 올라와 지휘사의 옆에 섰다.

그를 본 금의위들의 표정은 제각각이었다.

그를 직접 본 이도 있었고, 알고는 있지만 직접 보지 못한 이도 있었으니까.

"여기 은서호 대협은 은해상단의 소단주로서, 앞으로

사흘 동안 여러분에게 상인으로 위장하는 방법에 대해 알려 줄 것이다.”

지휘사가 은서호에게 물었다.

“이들에게 할 말 있나?”

“아, 네.”

그는 고개를 주억였고, 모두에게 포권하여 말했다.

“소상 은서호라고 합니다. 황실의 영웅을 뵙습니다.”

은서호는 말을 이었다.

“소상이 이렇게 귀한 시간을 얻어 주제넘게 여러분께 교육이라는 것을 하게 되었습니다. 비록 사흘이라는 짧은 시간이지만 제가 아는 것을 최대한 많이 전수해 드리겠습니다.”

은서호가 말을 마치고 한 걸음 뒤로 물러나자, 지휘사가 말했다.

“그럼, 교육을 시작하겠다.”

잠시 후 충의관의 한 회의실.

오십 명도 거뜬히 들어갈 만한 공간에 스무 명의 금의위들이 모였다.

그때 한 금의위가 말했다.

“선배님, 그 은서호라는 자 말입니다. 들은 것과 너무 다르지 않습니까?”

“맞습니다. 자신감이 넘치는 자인 줄 알았는데, 다른 상인들과 마찬가지로 잔뜩 쫄아 있지 않습니까? 그런데 제대로 된 교육이 가능하겠습니까?"

"이거 시간 낭비인 듯합니다."

그들의 성토를 듣던, 선배라 불리던 자가 한숨을 내쉬었다.

"은서호, 그자가 쫄아?"

"네?"

선배라 불린 금의위는 권을.

그는 권직의 동생으로, 이전에 혈곤성승의 검총 사건과 춘경성 검총 사건을 통해 은서호를 알게 되었다.

덕분에 은서호라는 자가 손해 보는 짓은 절대 하지 않는다는 것을 알게 되었다.

그리고 상대가 금의위라고 해도 당한 것은 배 이상으로 돌려준다는 것도.

그는 금의위를 앞에 두고서도 할 말 다 하는 자다. 그런 그가 그리 행동했음은 뭔가 이유가 있기 때문일 터.

그는 고개를 돌려 왼편에 앉은 자에게 물었다.

"송청, 너는 어떻게 생각하지?"

그 물음에 송청은 얼른 대답했다.

"그, 그는 무서운 자입니다."

춘경성의 검총 사건 당시 송청은 장갈이라는 대원과 함께 임무를 부여받았고, 은서호와 동행하게 되었다.

그때 그들은 은서호를 조롱하고 그 옆의 곽서향을 희롱했다.

황제에게 제한적 면책권을 받았다는 이야기에 부아가

치밀었기 때문이다.

하지만 그 결과, 그는 은서호를 혼쭐내기는커녕 크게 혼나고 말았다.

엄청 무거운 수레를 끌고 운남성까지 간 것도 모자라 돌아올 땐 갈 때보다 더 무거운 수레를 끌고 북경까지 와야 했으니까.

그들을 더 미치게 했던 건, 주변의 대원들이 그와 장갈의 충심에 탄복했다는 것이다.

그런 상황을 만든 자가 바로 은서호다.

그렇기에 그는 아까부터 두려움에 휩싸여 있었다.

"제가 경험해 봐서 압니다. 은서호 대협의 심기를 건드리면 ×되는 겁니다."

"정확하게 말했네. 그리고 만약 은서호 대협에게 위해를 가하면 대신 네놈들의 면전에 주먹을 날리고 정강이를 차 줄 선배들이 제법 많으니까 만만하게 보인다고 까불지 말고, 제대로 교육을 받도록."

그 말에 모두 조용해졌다.

그리고 약 일각 후, 문이 열리고 미남자가 들어왔다.

* * *

나는 회의실로 들어왔다.

음?

생각한 거랑 분위기가 너무 다른데?

금의위 대협들이 내게 반발하거나 시비를 걸며 순순히 교육을 받지 않을 거라 생각했다.

그래서 지휘사 대협께 그럴 때 내가 살짝 손을 쓸 수 있도록 허락을 받았다.

그런데 나를 바라보는 금의위 대협들의 눈빛에는 반항심이라고는 전혀 없었다.

오히려 호기심과…… 약간의 두려움?

아니, 나는 그냥 아까 정중하게 인사만 했을 뿐인데 왜들 그러시는 거지?

나 아무 짓도 안 했는데?

나는 그리 생각하다가 낯익은 인물들을 발견했다.

우선 권직 대협의 아우, 권을 대협.

그를 보며 미소 짓자, 그 역시 고개를 가볍게 끄덕이며 미소 지었다.

그리고…… 아, 저기도 있군.

낯익은 사람이 하나 더 있다.

일전에 춘경성 검총 사건 당시 감히 서향 소저를 희롱해서 내 심기를 건드린 송청이라는 인물.

그를 보며 미소를 지어 주었지만, 그는 사색이 되어 온몸을 꿋꿋이 세웠다.

음, 내가 전에 너무 심했나?

하지만 그건 자업자득이라 어쩔 수 없다.

서향 소저를 희롱하지 않고 나만 노렸다면 그 정도까지는 하지 않았을 텐데.

아니, 그냥 나를 건드리지 않았으면 아무 일도 없었을 터.

이 회의실의 금의위들이 이런 반응을 보이는 이유가 저 송청 대협 때문일지도 모르겠군.

뭐, 상관없다.

저들의 기세를 꺾어 놓지 않아도 교육에 잘 따라올 테니 초장부터 힘 빼지 않아도 되니 좋네.

나는 그들에게 말했다.

"아까 소개했듯이, 제 이름은 은서호입니다. 은해상단의 소단주를 맡고 있습니다."

"이곳의 이들을 대표하여 환영하네."

권을 대협의 말에 나는 포권하며 말했다.

"환영해 주시니 감사합니다. 그럼 곧바로 교육에 들어가도 되겠습니까?"

"물론이네."

이에 나는 팔갑에게 눈짓했고, 팔갑은 들고 있던 괘도를 벽에 걸었다.

"여기를 보시면 아시겠지만, 상인이란 상품을 팔아 이득을 얻는 것을 목적으로 움직이는 자를 의미합니다. 여기서 중요한 건 상품, 이득, 움직임입니다."

내 설명에 대협들은 집중하여 듣기도 했고 종이에 붓으로 필기를 하기도 했다.

"이 세 가지는 우열이나 경중을 따질 수 있는 것이 아니며 한 가지라도 빠진다면 그건 상인이 아닙니다."

그렇게 쭉 설명을 이어 갔다.

얼마나 지났을까, 한 금의위가 손을 들었다.

"질문 있습니다."

"네, 그런데 뭐라고 불러드려야 할까요?"

"제 이름은 강여입니다."

"강 대협이시군요. 무엇이 궁금하십니까?"

"언제까지 이론을 배워야 하는 겁니까? 그냥 나가서 실습하면 안 되는 겁니까?"

"네. 안 됩니다."

나는 강여 대협뿐만 아니라 모두를 보며 말을 이었다.

자리에 앉아 있는 것이 지겨워 몸을 비트는 이들이 몇 명 보였으니까.

하긴, 금의위들은 무관 계열이다.

보통 몸을 움직이며 일하는 이들은, 자리에 가만히 앉아 누군가의 말을 듣고 공부하는 것을 못 견뎌 하는 경우가 많지.

금의위 중에서도 제법 똑똑한 이들 위주로 모았겠지만, 천성적으로 서책을 읽는 것보다 움직이는 것을 더 좋아하는 이들이다.

"이론이란 것은 생각보다 중요합니다. 알고 있어야 그 아는 것이 행동으로 나오지 않겠습니까?"

나는 말을 이었다.

"그럼 지금까지 제 설명을 잘 들으셨는지 확인하는 시간을 가지도록 하죠. 제가 내는 문제를 맞히시면 일각의

쉬는 시간을 드리겠습니다."

내 말에 모두의 눈이 초롱초롱해졌다.

"갑돌(甲乭)이라는 상인이 있습니다. 갑돌이는 소금을 팔아 이문을 남기기로 했습니다. 하여 어떻게 하면 이문을 얻을 수 있을지 고민하다가 소금 산지에 가서 소금을 만드는 염전의 장인에게 원가에 사 와서 소금 산지에서 가장 먼 곳에 가서 소금을 팔기로 했습니다만 결국 망하고 말았습니다. 왜일까요?"

내 물음에 그들은 하나씩 손을 들고 각자가 생각한 답을 말했다.

"운송비를 계산하지 못했습니다."

"아닙니다."

"가는 도중에 비로 인해 소금이 녹아 버렸습니다."

"아닙니다."

여러 대답이 나왔지만, 정답은 나오지 않았다.

나는 그들에게 정답을 설명해 주었다.

"현재 제국에는 소금유통법이 시행 중입니다. 그 법에 의하면 황실 직속 상단만이 도매를 할 수 있으며 소매상은 반드시 황실 직속 상단을 통해 소금을 구매해야 합니다."

"아……."

내 말에 그들은 벙찐 표정을 지었다.

"이게 바로 이론의 힘이라는 겁니다. 이론을 모르면 아무리 많은 돈이 있고 추진력이 있다고 해도 그 끝은 아무것도 없습니다."

나는 씨익 웃었다.

"그럼, 답이 나오지 않았으니 계속해서 교육을 이어 가도록 하겠습니다."

실망하는 표정의 금의위들.

나는 말을 이었다.

"앞으로는 제가 이론 교육 중 불시에 질문을 하겠습니다. 제대로 답하지 못하시면 같은 내용을 반복하겠습니다."

"그럼 수업은 언제 끝납니까?"

"배워야 할 이론을 다 끝낼 때까지 합니다."

"그럼, 교육 종료 시간이 정해지지 않았다는 의미입니까?"

"그렇습니다. 여러분이 잘 따라오시면 오늘 저녁에 끝낼 수 있습니다만, 그게 아니라면……."

나는 빙긋 웃었다.

"내일 새벽에 끝나겠죠."

"네?"

배워야 할 것을 다 배우지 못하면? 밤을 새워서 교육하면 된다.

금의위들은 기본적으로 무공을 익힌 이들이니 하루 이틀 밤을 새워도 끄떡없을 거다.

나 역시 끄떡없다.

받은 돈 만큼 교육해야 상도의지.

그리고 내일 새벽까지 이론 교육을 해야 하는 이유가 있기도 하고.

* * *

다음 날 새벽.

지휘사는 어깨를 돌리며 충의관의 연무장으로 나왔다.

“나오셨습니까? 대인.”

연무장에 있던 금의위들이 얼른 그에게 예를 갖추었다.

“좋은 아침이네. 그런데 평소보다 연무장에 나온 이들이 적은 듯하군.”

그는 연무장을 둘러보더니 노성을 터뜨렸다.

“모름지기 금의위라면 수련을 게을리해서는 안 되는 법! 그런데 이게 대체 무슨 짓거리인지!”

이에 한 금의위가 조심스레 말했다.

“저, 아직 나오지 않은 이들은 지금 교육 중입니다.”

“교육 중이라고?”

“네.”

그는 한 건물을 가리켰다.

“저 회의실에서 말입니다.”

그곳을 본 지휘사는 고개를 주억였다.

그 회의실은 은서호가 교육을 진행하는 회의실이었으니까.

“그런데 이렇게 이른 아침부터 교육을 시작한 것인가?”

“아닙니다.”

“아니라니? 무슨 의미인가?”

“교육을 새벽에 시작한 것이 아니라, 어제 아침에 시작한 교육이 아직 끝나지 않은 것입니다."

그 말에 지휘사는 입을 떡 벌렸다.

"뭐, 뭐라고?"

이에 그는 얼른 그 회의실로 향했다. 여름인 탓에 열어 놓은 창문을 통해 회의실 안이 훤히 보였다.

독기가 가득한 표정으로 앞을 바라본 채 집중하고 있는 스무 명의 금의위.

그리고 여전히 웃는 얼굴로 교육을 진행하는 은서호.

그 모습에 지휘사는 자신도 모르게 뒷걸음질 쳤고, 아무 일 없다는 듯이 연무장으로 돌아갔다.

* * *

나는 창문 쪽에서 느껴졌던 인기척에 그쪽을 흘깃 살폈다.

누가 왔나?

하지만 그 기운은 다시금 멀어졌다.

아…… 지휘사 대협께서 걱정이 많이 되셨나 보군.

어느새 저 멀리 동이 터 오고 있었다.

결국, 밤을 새웠다.

나는 다시 금의위 대협들을 보았다.

이글거리는 눈으로 집중하는 이 모습. 후후후.

집중도 최고다.

내 질문에 모든 대협이 대답해야 다음 진도로 넘어가기

로 했다.

그러니 당연히 교육 진행 속도는 느려졌고 이 시간까지 교육을 진행한 것이다.

탁.

“이것으로 이론 교육을 마칩니다.”

“으허어어어!”

“드, 드디어 끄, 끝났어.”

“끄어억.”

내 말이 끝나기 무섭게 그들은 모두 회의실의 서탁 위로 엎어졌다.

“지금껏 지휘사 대인이 가장 무섭다고 생각했는데…… 아니었어.”

“이게 구사일생이구나.”

저들의 말을 들으며 나는 말을 이었다.

“그럼, 오늘치 수련하셔야지요? 방금 지휘사 대협께서 왔다 가셨습니다.”

“…….”

수업을 마치고 나는 나에게 주어진 처소로 향했다.

교육을 하는 동안 이곳 충의관에서 숙식하기로 했기 때문이다.

나에게 주어진 처소는 별채다.

지휘사 대협께 부탁해서 별채를 받아 낸 것.

“운기조식을 할 터이니, 호법을 부탁합니다.”

"네."

그렇게 운기조식을 하고 눈을 뜨니, 몸과 마음이 시원해진 기분이다.

그럼, 움직여 볼까?

아직 식전이지만, 해야 할 일이 있다.

* * *

강여는 식당으로 향했다.

충의관 안에는 금의위를 위한 식당이 따로 있었기 때문이다.

이는 혹시라도 금의위들이 식사를 하면서 하는 이야기가 바깥으로 누출되는 것을 막기 위해서다.

"으아하함!"

그는 크게 하품을 했다.

어제 아침부터 오늘 새벽까지 이어진 교육으로 인해 살짝 정신이 혼미했다.

하지만 그 결과 툭 치면 배운 것이 툭 하고 튀어나올 정도가 되었다.

'첫인상하고는 완전 다르군. 정말 독한 자야. 그런 독기가 있어야 윗분들의 총애를 받는 건가?'

그는 속으로 혀를 내두르며 걸었다.

"아침 먹으러 가냐?"

그 소리에 고개를 들어 보니, 같은 금의위이자 은서호

에게 함께 교육을 받는 동기인 해곤이다.

"응. 너도 식당 가냐?"

"어. 맞아."

"으하함! 졸려 죽겠다. 운기조식도 했는데 왜 이리 졸린지."

"그만큼 머리를 많이 써서 그런 거지."

"하긴 그렇긴 해."

그리 대화를 하며 걷던 강여가 발을 멈추었다.

"아!"

"왜 그래?"

"장소석 선배가 밥 먹을 시간이 되면 깨우라고 하셨거든. 큰일 날 뻔했다!"

그들은 함께 장소석 대원의 처소로 향했다.

집이 먼 곳에 있는 대원들에게는 기숙사가 제공되었고, 장소석 역시 기숙사에서 머물고 있기 때문이다.

그들은 장소석의 처소 앞에 도착했고, 그를 불렀다.

"선배님! 이제 일어나실 시간입니다."

"……."

"선배님!"

몇 번이나 소리쳐 그를 불렀지만, 안에서는 아무 인기척도 들리지 않았다.

"어떻게 하지?"

"안에 들어가서 깨우자. 함부로 들어간 것보다 깨우지 않은 것 때문에 더 혼날 거다."

"할 수 없지."

그들은 문을 열려고 했지만, 안에서 잠긴 문은 열리지 않았다.

"어쩌지?"

"창문으로 들어가는 건 어때?"

"창문?"

장소석의 처소는 삼 층이다.

하지만 그들이 삼 층까지 올라가지 못할 정도로 실력이 없는 이들은 아니다.

강여는 기숙사의 벽을 오르기 시작했고, 그를 발견한 금의위 대원이 물었다.

"자네, 지금 뭐 하는 건가?"

"아, 죄송합니다. 장소석 선배가 깨워달라고 하셨는데 문이 잠겨 있어서 부득이하게 이렇게 할 수밖에 없었습니다."

"쯧쯧. 그래도 그렇지 임무를 위해 배운 기술을 이런 곳에 쓰는 건가?"

가벼운 질책에 강여는 멋쩍은 웃음을 지었다.

그러나 곧 그는 당황스러운 얼굴이 되었다.

"어?"

"왜 그러는가?"

"창문이 열리지 않습니다. 아무래도 창문도 잠겨 있는 듯합니다."

이에 해곤이 말했다.

"이거 곤란하게 되었습니다. 이제 잠시 후에 은서호 소단주가 진행하는 교육에 참석해야 합니다."

"후, 어쩔 수 없지. 은서호 소단주의 교육에 참석하지 않으면 지휘사 대인께서 경을 칠 터."

그는 잠시 고민하다가 말했다.

"그냥 창문을 부수게."

"네?"

"문을 부수는 것보다 창문을 부수는 것이 수리하기에 더 용이하니. 장소석 그 자식이 뭐라고 지랄하면 내 이름을 대게나."

"하하하. 감사합니다."

강여는 손에 진기를 모아, 창문을 뜯어 버렸다.

하지만 이내 그는 그 모습 그대로 딱딱하게 굳어 버릴 수밖에 없었다.

"아니, 왜 또 그러는가?"

"장소석 선배가……."

"……?"

"목을 매셨습니다."

* * *

나는 회의실로 왔다.

금의위 대협들의 표정이 상당히 어두웠고, 심란해 보였다.

그도 그럴 것이, 함께 교육을 받던 장소석이라는 대협이 충의관의 본인 기숙사에서 자살했기 때문이다.

특히 그 모습을 처음 발견한 강여라는 대원은 얼빠진 표정이었다.

그 사건에 대해서는 이미 알고 있었다.

서향 소저가 이에 대해 알려 줬으니까.

그래서 조사 때문에 오늘 교육 시작이 늦어질 것도 예상했기 때문에, 금의위들을 몰아붙여서 새벽까지 교육을 진행한 것이다.

그나저나 생각보다 분위기가 더 안 좋군.

아까 진영 대협을 만났는데, 그의 말에 의하면 장소석 대협이 자진할 이유가 없다는 것이 문제라고 했다.

자진할 이유가 없으면 살해된 것으로 간주하고 조사를 하는데, 문제는 그가 있던 곳의 문과 창문이 안쪽으로 잠겨 있던 밀실이었다는 것이다.

참으로 난감한 상황이지.

"무슨 일이 있었는지 들었습니다. 삼가 조의를 표합니다."

나는 잠시 고개를 숙였다가 들고는 말을 이었다.

"하지만 그렇다고 해서 저희가 해야 할 일에서 눈을 돌려서는 안 된다고 생각합니다."

"자네 말이 맞네."

"어제까지 이론은 다 배웠으니 이제 남은 이틀 동안 실습을 해 보겠습니다."

나는 팔갑을 보며 말했다.

“제가 여러분께 돌멩이 하나씩을 나누어 드리겠습니다.”

팔갑이 모두에게 돌멩이를 나누어 주었다.

그냥 길거리에서 볼 수 있는 평범한 돌멩이로, 손바닥 안에 쏙 들어오는 크기다.

그러나 준비한 돌멩이는 하나가 남아 버렸다. 그것의 주인은 이곳에 없으니까.

나는 일부러 활기찬 목소리로 열아홉 명의 이들에게 말했다.

“그것을 같은 금의위 대협에게 팔아 오십시오. 기간은 오늘 저녁을 먹기 전까지입니다만, 하급자에게 팔아서는 안 되며 상급자에게만 팔 수 있습니다.”

그들은 난감한 표정이었지만, 나는 아랑곳하지 않았다.

“가장 비싸게 팔아 온 분에게 특별한 선물을 드리겠습니다.”

그렇게 과제를 내준 후, 내 처소로 돌아왔다.

그리고 별채의 여러 방 중 하나로 들어갔다.

끼이익.

문소리를 들었는지, 침상 위에 있던 이가 내 쪽으로 고개를 돌렸다.

“지내시는 데 불편함은 없으십니까?”

“불편한 것이라니요. 그런 거 전혀 없습니다.”

그의 정체는 장소석 대협.

오늘 아침에 목을 매어 자살했다는 금의위다.

나는 이곳에 오기 전에 서향 소저에게 장소석 대협이 죽게 될 거라는 이야기를 들었다.

그래서 오늘 새벽 수업을 마치자마자 장소석 대협을 찾아가 자초지종을 말한 후 이곳으로 피신시킨 것이다.

내 갑작스러운 제안에도 반발하지 않고 따른 건, 그 역시 자신이 위험해질 것을 짐작하고 있었기 때문일 터.

지휘사 대협에게 듣기로 장소석 대협은 두 명이 순직한 임무에 함께 투입되었던 자다.

그리고 내 교육을 듣는 자 중에는 함께 투입되었던 자가 또 한 명 있다.

이름이 백손이라고 했던가?

어제부터 오늘까지 이어진 이론 교육에서 장소석 대협은 뭔가 이상함을 느꼈을 터.

그리고 결정적인 것이 있었다.

"상단만큼 첩자가 많은 곳도 없습니다. 금의위에서도 마찬가지겠지만, 검거한 첩자는 철저하게 심문합니다. 무엇을 알아냈는지 누가 시켰는지 말입니다. 웃으며 지내던 자가 뒤통수를 치는 경우가 제법 많거든요."

이에 얼굴이 굳어지는 장소석 대협과 백손 대협.

특히 백손 대협은 뭔가 불안해하는 눈빛이었다.

이를 본 나는 사건의 전말이 어느 정도 짐작되었다.

아마 백손 대협이 살아남기 위해서 함께 투입되었던 동

료들을 팔아먹은 거겠지.

장소석 대협이 발각되지 않은 이유는 함께 투입되었던 것을 몰랐던 것일 테고.

그런데 나중에 그 사실을 알고 어찌해야 할지 고민하던 때에 내 교육을 듣고 장소석 대협이 뭔가 이상한 부분에 대해 눈치챘음을 알게 되었을 거다.

그러던 차에 수업이 끝나고 휴식 시간이 되었을 때 백손은 결심을 굳힌 것.

때를 놓치면 인생 망한다는 것을 본능적으로 알게 되었겠지.

장소석 대협이 한숨을 내쉬며 말했다.

"두 녀석이 순직했을 때, 그쪽에서 심문도 하지 않고 곧바로 죽였다는 것을 알고도 왜 백손 그 새끼를 의심하지 못했는지…… 이런 제가 바보 같습니다."

그는 자신의 두 손을 보았다.

"미래가 창창한 후배들도 구하지 못하고, 저 자신도 이렇게 대협의 도움을 받아 구해진 것이 치욕스럽기까지 합니다."

여응암 무사를 통해 상황을 설명해 주었기에 이에 대해 알고 있는 것이다.

"그래도 마음이 무너지지 않도록 하셔야 합니다."

나는 의자를 끌어와 그 앞에 앉으며 말했다.

"살려 주신 황제 폐하를 위해서라도 말입니다."

"네? 황제 폐하 말입니까?"

"그럼 제가, 어떻게 알고 장 대협을 구했겠습니까? 황제 폐하께서 모든 것을 알고 저를 보내신 겁니다."

나는 말을 이었다.

"황제 폐하께서는 헛된 죽음을 원하지 않으십니다. 그리고 자신의 손이나 다름없는 금의위를 많이 아끼십니다. 그러니 그 마음에 보답해야지 않겠습니까?"

"크흑! 황제 폐하……."

후, 폐하.

보고 계십니까?

제가 이렇게 충신입니다. 황제 폐하의 이름을 높이고 또 한 명의 진정한 충신을 만들어 냈으니 말입니다.

그렇게 감격하던 장소석 대협이 화제를 돌렸다.

"그나저나 그것은 어떻게 하신 겁니까?"

"무엇 말입니까?"

"제 허깨비를 만든 것 말입니다."

"그냥 잡기일 뿐입니다."

나는 허매경으로 장소석 대협의 모습의 허깨비를 만들어 놨다.

허매경의 주인인 내 경지가 고강해진 덕분인지 이제 허깨비는 실체도 있었고 움직일 수도 있게 되었다.

비록 진짜 사람처럼 행동하는 것은 한계가 있지만, 암살하기 위해 찾아온 범인을 속여 넘기기에는 충분했다.

그래서 백손이 진짜 장소석 대협이라고 착각하고 그 허깨비를 살해한 것이다.

그나저나 내 경지가 화경의 벽을 넘어서게 되면, 그땐 허매경이 나 대신 서류도 처리할 수 있으려나?

– 꾸이!

가능하겠냐? 라고?

나도 알아. 그냥 해 본 말이야.

아무튼, 나는 허매경의 존재는 숨기고 내 잡기라고 둘러대었다.

기물이라는 건 그 존재 자체가 사람의 욕망을 불러일으키니까.

그래서 요물이라고도 불리지.

“그런데 백손, 그자가 범인이라는 건 어찌 밝혀내실 생각이십니까?”

“그것도 생각해 둔 바가 있습니다.”

이번에 진유 무사가 도움이 많이 되었다.

장소석 대협의 방 안에 은신해 있던 덕분에 백손이 범인이라는 것도, 그리고 어떤 방식으로 밀실을 만들었는지도 전부 봤거든.

그러니 이제 남은 건, 내가 범인을 밝혀낸 듯이 연기하면 될 뿐이다.

그리고 나에게는 육식공이라 불리는 방효명 대인이 주신 후계자의 증표가 있지.

내게는 이 사건을 조사할 자격이 있고, 내 말에 신빙성이 더해질 조건도 충분하다.

그나저나 백손은 저들에게 정체를 들키는 바람에 회유

당했을까? 아니면 처음부터 저들 편이었을까?

밀실을 만든 방법을 보면 머리가 좋은 편인 듯한데, 단순히 정체를 들켜서 그런 상황이 된 건 아닌 것 같단 말이지.

.

.

.

저녁을 먹을 시간이 되었다.

그리고 회의실로 열아홉 명의 금의위들이 모였다.

나는 단상에 서서 그들에게 물었다.

"과제는 어떠셨습니까?"

"……."

그들의 표정만 봐도 어땠는지 알 수 있었다.

"그리 쉬운 일은 아니었을 겁니다. 돌멩이를 판다는 말에 미친놈을 보는 눈빛도 받으셨을 테고요."

내 말에 그들은 고개를 주억였다.

"그런 상황에서도 물건을 팔고 또는 사들이는 자들이 상인입니다. 이를 위해서 갖가지 방법을 다 사용합니다. 인맥을 활용하기도 하고, 상황을 이용하기도 하고, 언변을 발휘해 설득하기도 하죠."

나는 그들을 둘러보며 말을 이었다.

"여러분도 각자의 장점을 발휘해 그리하셨을 겁니다. 그럼, 얼마에 누구에게 파셨는지 한 분씩 말씀해 주십시오."

그들은 각자 돌멩이를 얼마에 팔았는지 말하기 시작했다.

물론 누구에게 어떤 방식으로 팔았는지도 물었다.

간혹 본인 돈으로 때우고 팔았다고 거짓말하는 자들도 있으니까.

내 생각대로였다.

"어, 그, 그러니까……."

"즉답을 못 하는 것을 보니, 본인 돈을 가지고 오셨군요. 다시 기회를 드리겠습니다. 어떻게 해서든지 오늘 밤까지 팔아 오십시오."

그렇게 꼼수를 쓰려던 자를 세 명 정도 색출해 냈다.

나는 가장 큰돈을 벌어온 이에게 주목했다.

무려 금자 한 냥을 벌어온 이가 있었기 때문이다.

"대체 어떻게 하셨기에 황보선유 대협께 금자 한 냥에 파신 겁니까?"

"아, 끼워팔기를 했습니다."

"네?"

"황보선유 대협께 중요한 정보를 파는 대가로 그 돌멩이를 끼워 팔았습니다."

같은 금의위이니 기밀정보를 판 것은 아닐 터.

그러고 보니…….

"이름이 무엇입니까?"

"악첨입니다."

"혹시 산동악가 출신입니까?"

"맞습니다."

아…… 그렇다면 이자가 무슨 정보를 팔았는지 알 것 같았다.

조만간 산동악가의 가주님이 황궁에 오신다는 정보를 황보선유 대협에게 팔았군.

그들은 경쟁하는 사이이니, 그건 제법 중요한 정보일 터다.

금자 한 냥을 지불할 정도로 말이다.

"그런데, 그런 정보를 다른 가문에 넘겨도 됩니까?"

"제가 무슨 정보를 넘겼는지 아시는 듯하네요. 역시 선협미랑이십니다."

그는 씨익 웃으며 말했다.

"뭐, 상관없습니다. 어차피 모두 알게 되는 건 시간문제니까요. 다만 이 정보는 언제 알게 되느냐가 문제이고 황보선유 대협도 그걸 알기에 금자를 주신 겁니다."

"그 정보를 사용해서 황보세가에서 어찌 나올지 알 수 없는 것 아닙니까?"

"그럼, 뭐 일이 재밌어지는 거죠."

자신감일까? 아니면 야심가일까?

뭐, 그건 지금 중요한 게 아니지.

"잘하셨습니다. 배운 것을 아주 잘 실천하셨군요."

내가 이론적으로 끼워팔기에 대해 설명은 했지만 그걸 정말 적용할 줄은 몰랐다.

제법이군.

마음에 들었다.

금의위만 아니라면 확 채가고 싶은 생각이 들 정도.

미래가 기대되네.

"그런데…… 왜 그렇게 보십니까?"

악첨은 뭔가 두려운 표정으로 나를 보았고, 나는 얼른 시선을 거두었다. 제법 감이 좋군.

"아무것도 아닙니다. 약속대로 선물을 드리죠. 기대해도 좋을 겁니다."

그리고 모두를 둘러보며 말했다.

"그럼 다음 과제를 내드리겠습니다. 여러분이 번 돈을 가지고, 여러분이 지금 번 돈보다 더 비싸게 팔 수 있을 만한 상품을 사신 후 저에게 보여 주십시오."

자, 이번 문제는 다들 어떻게 풀까.

"하나를 사든, 두 개를 사든 상관없습니다. 그리고 무엇을 사든 상관없습니다."

나는 씩 웃었다.

"저에게 상품을 보여 준 후 그것을 팔아 오십시오. 기한은 내일 점심을 먹기 전까지입니다. 그때 여러분 수중의 돈이 지금보다 더 많으면 됩니다."

누군가 물었다.

"이번에는 어떻게 우열을 가립니까?"

"좋은 질문입니다. 현재의 돈을 기준으로 최종적으로 남아 있는 돈과의 차이가 가장 많은 분이 승자입니다. 그 분께도 좋은 선물을 드리겠습니다."

나는 말을 이었다.

“만약, 또다시 본인의 돈을 사용하거나 조건을 어기고 하급자에게 판매한다거나 한다면 별로 재미없을 겁니다. 알고 계실지 모르겠지만 황제 폐하께 이 교육의 각 과정이 보고됩니다.”

“……!”

내 말에 꼼수를 썼던 세 명의 금의위의 얼굴이 하얗게 질렸다.

“그, 그걸 진작 말해 줬어야 하는 거 아닙니까?”

“맞습니다.”

그 반응에 나는 웃으며 되물었다.

“그걸 왜 미리 말해 줘야 합니까?”

“네?”

“사실 말하지 않으려고 했지만, 그래도 자비를 베푸는 셈 치고 말하는 겁니다. 저는 자비롭거든요.”

“…….”

“그리고 황제 폐하께 보고가 되든 되지 않든 최선을 다하는 것이 당연한 겁니다. 황제 폐하께 보고가 되지 않는다고 최선을 다하지 않고 꼼수를 부리는 건 황제 폐하를 기만하는 겁니다. 아니 그렇습니까?”

내 물음에 권을 대협이 고개를 끄덕였다.

“자네의 말이 맞네. 그런 생각을 가지고 있는 자는 금의위로서의 자격이 없지.”

나는 손뼉을 쳐서 주위를 환기시켰다.

짝짝!

“그러니 최선을 다해서 과제를 하시면 됩니다. 물건을 보여 주시는 건 언제든 괜찮습니다만, 기한은 내일 점심을 먹기 전까지입니다.”

그렇게 말하고는 강의실을 나섰다.

사실 이번 교육에 대해 황제 폐하께 보고하기로 되어 있지는 않았다.

그럼 거짓말을 한 거냐고?

그건 아니다.

나는 보고가 된다고 했지 보고하기로 되어 있다고는 하지 않았다.

어찌 보면 단순한 말장난일 수도 있지만, 이런 것 하나 하나가 제법 중요하다.

한 단어, 한 문장 때문에 억울한 일을 겪게 될 수 있으니까.

그걸 금의위 대협들도 느껴 봐야지.

그래야 앞으로 그런 말장난에 걸려들지 않을 테니까.

내가 이렇게 자비롭다니까.

– 꾸이?

금령아. 조용히 해.

나는 진유 무사를 대동하고 충의관에 있는 기숙사로 향했다.

그곳에 누군가 있었다.

“누구? 아…… 선협미랑 대협이군.”

나와 구면인 황보선유 대협이다.

금의위에서도 제법 높은 지위에 있는 만큼 이번 사건의 책임자가 된 듯했다.

나에게는 잘된 일이지.

"그래, 어쩐 일인가?"

"혹시 제가 이번 일에 도움이 될까 하여 찾아왔습니다."

"자네가?"

"네."

나는 품에서 패 하나를 꺼내어 보였다.

붉은색과 하얀색이 적당히 섞여져 있는 옥패는 방효명 대인이 준, 자신의 후계자라는 징표다.

"제가 교육을 담당했던 자가 그리되었는데, 어찌 방 대인의 후계자로서 가만히 있을 수 있겠습니까."

내 말에 황보선유 대협은 고개를 주억였다.

"그건 그렇지. 나 역시 자네의 능력을 알고 있는데 어찌 거절하겠나. 허락할 테니 마음껏 조사해 보게나."

"감사합니다."

나는 포권하며 읍했다.

"그리고 사실, 드릴 말씀이 있습니다."

"무엇인가?"

나는 전음으로 대답했다.

– 제 말을 듣고 놀라지 마십시오, 대협.

– 비밀스러운 일인가 보군. 말해 보게.

– 장소석 대협은 죽지 않았습니다.

– 뭐라고?

황보선유 대협은 놀라 눈을 크게 뜨기는 했지만, 입을 열거나 하지는 않았다.

이제 슬슬 허매경으로 만든 허깨비를 없애야 할 때라서 미리 말한 것이다.

오늘 저녁을 먹은 후 검시를 시작한다고 들었는데, 검시에 들어가면 드러날 일이니까.

– 교육 도중에 뭔가 수상한 낌새를 알아차렸습니다. 혹시나 해서 장소석 대협을 몰래 빼돌렸고 제가 익힌 비술로 허깨비를 만들어 놓은 것입니다.

– 자네의 말대로라면, 범인은 교육을 받는 자들 중에 있다는 거군.

–그렇습니다.

역시 황보선유 대협이다.

척이면 척이시네.

– 그럼 내가 무엇을 해 주면 되겠는가?

– 우선, 장소석 대협이 살아 있음은 비밀로 해 주십시오.

– 그건 어렵지 않네.

그리고…….

* * *

그 시각.

백손은 기숙사에 있는 자신의 처소로 돌아와 침상에 앉았다.

후…….

그리고 자신의 두 손을 내려다보았다.

아까까지만 해도 떨리고 있던 손이다.

하지만 이제는 단단히 각오했기 때문일까? 아니면 이미 벌인 일이라 체념했기 때문일까?

더 이상 손은 떨리지 않았다.

선배인 장소석을 죽였다.

그의 입을 통해 자신의 죄가 밝혀지면 곤란하기 때문이다.

'이건 전부 은서호 그 자식 때문이다. 그에 대해 교육을 하지만 않았어도 아무도 눈치채지 못할 일이었으니까.'

하지만 자신의 범행은 완벽했다.

그 누구도 자신의 범행은 알아차리지 못하고, 장소석이 죽은 일은 단순 자살로 마무리될 것이 분명했다.

그때였다.

문 밖에서 다른 이들의 목소리가 들린 것은.

"뭐? 은서호 대협이 이번 일의 정황을 밝힌다고?"

"그가 이번 일에 대해 알아냈다는 거야?"

"그래서 지금 장소석 선배의 처소에 있대."

"그런데 우리도 가도 되는 거냐?"

"황보선유 대인께서, 공부가 될 거라면서 허락하셨다는데?"

이에 백손의 두 눈이 흔들렸다.

'정황을 알아냈다고? 그럴 리가 없는데?'

불안해진 그는 얼른 자리를 박차고 장소석의 처소로 향했다.

* * *

나는 장소석 대협의 처소 앞에 모인 이들을 둘러보았다.

좁은 복도에 제법 많이 모였군.

내가 장소석 대협의 죽음에 대한 진상을 밝힌다니 모여든 이들이다.

황보선유 대협의 도움이 있었지.

그나저나 지휘사까지 오신 것을 보니, 이번 일이 제법 신경 쓰이셨던 모양이군.

아니면 진상을 밝히겠다고 나선 이가 나라서 그럴지도.

"그래, 장소석 대원의 죽음에 대한 진상이라…… 그대는 이번 일이 자살이 아닌 살인이라 생각하는군."

"네. 그렇습니다."

지휘사 대인의 물음에 나는 자신 있게 대답했다.

"그래, 그럼 말해 보게나. 장소석 대원이 어떻게 살해되었는지 말이야. 육식공 대인이 후계자로 정한 그 솜씨를 보도록 하지."

그러고 보니 방효명 대인이 사건의 진상을 밝히는 솜씨는 금의위도 인정할 정도라고 했지.

금의위도 여러 사건 현장에 투입되긴 하지만, 그들은 증거를 모아 추론을 통해 진상을 밝히는 방식보다는 매복이나 위장 같은 방법을 주로 사용한다.

그래서 이런 류의 사건에는 좀 취약하긴 하지.

하지만 폐쇄적인 금의위 특성상 전문적으로 수사하는 외부 인원을 불러오기는 꺼려지던 차에, 이미 금의위와 여러 번 협력해 본 내가 진상을 밝히겠다고 하니 지휘사 대인 입장에서는 매우 기꺼울 터.

"그럼 말씀드리겠습니다."

나는 모두를 보며 입을 열었다.

"우선 장소석 대협이 죽은 시간은 교육이 끝나고 연무장에서의 기본 수련을 마친 묘시(오전 05시~07시) 초부터 강여 대협이 깨우기 위해 이곳에 찾아왔던 묘시 말까지입니다."

나는 모두를 바라보며 말을 이었다.

"즉, 한 시진 사이에 일어난 일이라는 겁니다."

"그건 딱히 새로운 건 아니네. 모두가 알고 있는 사실이잖나?"

나는 피식 웃고는 힘을 주어 말했다.

"중요합니다."

그러곤 강여 대협에게 고개를 돌려 물었다.

"강 대협께서 장소석 대협을 깨운 건 왜입니까?"

"아, 장 선배께서 아침을 먹으러 갈 때 깨우라고 하셨기 때문입니다."

“그건 혼자만 아는 이야기입니까?”

“그건 아닐 겁니다. 당시 연무장에서의 기본 수련을 마친 후에 그리 말하셨으니, 그곳에 있던 이들 대부분은 저희의 대화를 들었습니다.”

“연무장에 있던 이들은 누구였습니까?”

“저와 함께 교육을 받던 이들입니다. 이론 교육을 마치고 함께 연무장으로 향했고, 그때 이미 다른 이들은 수련을 마치고 연무장을 비웠기 때문입니다.”

이에 지휘사 대인이 말했다.

“그렇다면 범인은, 함께 교육을 받던 이들 중에 있다는 말인가?”

“그렇게 되겠죠. 장소석 대협이 기숙사에서 잔다는 것을 모른다면, 그리고 강 대협이 장소석 대협을 깨울 시간을 몰랐다면 정확하게 그 시간을 노릴 수는 없었을 테니까요.”

그때 황보선유 대협이 이의를 제기했다.

“하지만 금의위는 다들 잠귀가 상당히 밝은 편이네.”

“그건 수면제를 사용하면 됩니다.”

“수면제?”

“네. 금의위 대협들께서는 임무에 사용하기 위한 수면제를 소지하고 계신다고 들었습니다.”

내가 그걸 알고 있는 건, 일전에 춘경성에 주현 황자가 억류되어 있던 사건 당시 함께 임무를 수행했던 금의위들이 배신자를 몇 명 몰래 납치하는 과정에서 수면제를 사용하는 것을 봤기 때문이다.

그 수면제, 상당히 강력했지.

아마 방효명 대인이 사용하셨던 수면제도 그와 같은 계열일 터.

"자네 말이 맞네."

지휘사 대인이 고개를 주억여 긍정했다.

"만약, 천에 묻힌 수면제의 냄새를 직접 맡게 되면 어찌 됩니까?"

"기절할 정도로 잠들어 버리지."

"그걸 이용한 겁니다."

"수면제를 사용했음은 어찌 안 것인가?"

어떻게 알긴요. 진유 무사가 다 봤거든요.

하지만 여기서 그리 말할 순 없지.

"여기, 서탁을 보시면 서탁 위에 먼지가 있습니다. 평소 서탁을 잘 사용하지 않는다는 것을 알 수 있죠."

"험험."

내 말에 일부 금의위들이 민망한 표정을 지었다.

사실 기숙사 처소의 서탁이 장식용인 자들이 대부분이었기 때문이다.

서류를 작성할 때만 서탁을 사용하는데, 그것도 보통은 집무실에서 함께 작성한다.

내가 알기로 문장을 갈고닦을 시간에 무공을 익힌 탓에 문장력이 부족한 분들이 많아서 도움을 얻기 위해서지만, 여기서 굳이 그걸 말할 필요는 없지.

"그런데, 먼지가 일부분만 닦여 있습니다."

"음, 그렇군."

"이곳에 뭔가를 올려놓았다는 건데, 자세히 보면 색이 살짝 희게 변해 있습니다."

나는 손가락으로 그것을 슥 문질렀다.

"하지만 아무것도 묻어 나오지 않죠? 이건 가구 자체의 색이 변했다는 뜻입니다. 그런데 예전부터 이랬다면 여기에도 먼지가 있어야 하는데, 먼지가 없다는 건 여기에 놓아두었던 무언가로 인해 색이 변했다는 겁니다."

나는 주변을 둘러보며 말을 이었다.

"일전에 금의위에서 쓰는 수면제 성분이 나무를 변색시키는 것을 보았습니다. 아마 여기에 수면제가 묻은 천을 올려놨을 겁니다."

"……."

"천을 손에 든 상태로 장소석 대협을 천장에 매달 수는 없으니까요. 일을 마친 후 그것을 회수했기에 그 과정에서 먼지가 닦인 것이지요."

이에 황보선유 대협이 입을 열었다.

"수면제를 가지고 오게."

곧 금의위 중에 한 명이 수면제를 가지고 왔고, 그는 수면제를 한 방울 서탁 위에 떨어트렸다.

또옥.

그리고 약 반 각 정도 지났을 때 서탁의 색이 변하기 시작했다.

"이 부분과 같은 색이군."

이어 지휘사 대인이 말했다.

"자네의 말대로 수면제를 사용했음이 분명하네."

나는 고개를 끄덕이며 확신에 찬 목소리로 말했다.

"그리고 수면제로 재운 장 대협을 옷장에서 찾은 허리끈을 사용하여 목을 감아 위로 올린 것입니다."

"그렇군."

"그리고 여기서 범인은 또 한 가지 실수를 했습니다."

"그게 무엇인가?"

이에 나는 바닥에 쓰러진 의자를 가리켰다.

"이 의자가 바닥에 쓰러져 있다는 것은, 장소석 대협이 이 의자를 밟고 올라간 것이라는 의미겠죠?"

"그렇겠지."

"장 대협의 키가 몇입니까?"

"육 척 정도 되네."

"그런데 이 허리끈으로 목을 매달았습니다. 허리끈이 제법 짧군요."

나는 의자를 가리켰다.

"즉, 이 의자를 밟고 목을 매려고 해도 목이 고리에 닿지 않습니다. 이 의자를 밟고 목을 매려면 키가 칠 척은 넘어야 합니다."

"그렇군!"

"이래서야 힘들지."

"이렇게 두 가지 증거를 통해, 장소석 대협은 자살한

것이 아니라 살해되었음을 알 수 있습니다."

내 말에 지휘사 대인이 고개를 주억였다.

"그렇군. 타당한 추론이야. 하지만 이곳은 밀실로 발견되었네. 그건 어찌 설명할 수 있는가?"

"그건 별로 어렵지 않습니다."

나는 문의 잠금쇠를 가리켰다.

"이건 가로쇠를 내려서 문을 잠그는 방식입니다. 그리고 이 걸쇠 아랫부분의 하얀 가루가 보이십니까?"

내 물음에 황보선유 대협이 고개를 끄덕였다.

"그래, 보이는군."

"찍어서 맛을 보시겠습니까?"

이에 그는 손가락으로 그곳을 찍어 맛을 보았다.

"짜군. 소금인가?"

"맞습니다. 그런데 왜 거기에 소금이 묻어 있을까요?"

아무도 대답하지 않았고, 내가 말했다.

"얼음을 사용했기 때문입니다. 얼음에 소금을 뿌리면 금방 녹지만, 얼음에 소금을 뿌린 후 그곳에 뭔가 물체를 놓으면 오히려 달라붙어 버리더군요."

나는 그 걸쇠를 보며 말을 이었다.

"아마 범인은, 소금을 이용하여 걸쇠에 얼음을 고정해서 걸쇠를 비스듬하게 놓았을 겁니다. 그리고 장 대협을 살해한 후 문을 닫고 나가면 얼음이 녹으면서 자연스럽게 문이 잠기게 되는 겁니다."

"하지만 불과 두 시진도 안 되는 짧은 시간 만에 그게 가능합니까?"

누군가의 의문에 내가 대답했다.

"이 방법을 사용할 수 있었던 건 여름이기 때문입니다. 아침부터 푹푹 쪘습니다. 그깟 얼음, 반 시진도 안 되어서 다 녹습니다."

"그렇게 빨리 말입니까?"

"네. 이건 제가 장담할 수 있습니다. 그리고 녹은 물은 자연스럽게 증발합니다만, 범인이 미처 생각하지 못한 게 있습니다."

"그게 무엇인가?"

지휘사 대인의 말에 나는 손으로 문을 가리켰다.

"나무는 생각보다 잘 마르지 않는다는 것 말입니다."

내 말대로 나무문 일부에 젖은 부분이 약간 남아 있었다. 그리고 문 바깥쪽에도 결로가 생기게 되지.

그것을 확인한 지휘사 대인이 말했다.

"이제 남은 건 범인의 정체뿐이군."

"그렇습니다."

나는 주위를 둘러보다가 누군가를 보고 빙긋 웃었다.

범인도 이 자리에 와 있었다.

내가 진상을 밝힌다고 하니까 상당히 신경이 쓰였나 보군.

그런데 이거 어쩌나?

나는 무고한 자를 죽인 범인이 마음 편하게 지내는 꼴은 못 봐서 말이지.

조금 더 피가 바짝바짝 마르게 해 주지.

“그건 조금 정리가 필요합니다. 내일 새벽에 제가 따로 찾아가서 말씀드리겠습니다.”

* * *

백손은 방으로 돌아가며 입술을 깨물었다.

은서호는 자신을 보며 미소 지었다.

그 미소가 섬뜩하게 느껴진 것은, 분명 자신이 범인이라는 것을 알고 있기 때문일 터.

입술이 마르고 목이 탔다.

그는 자신의 방으로 돌아왔다.

무슨 정신으로 돌아왔는지 알 수 없었다.

그는 찻주전자를 들고 그대로 꿀꺽꿀꺽 마셨다. 목이 타서 견딜 수가 없었으니까.

그러니 조금 갈증이 가라앉았다.

은서호가 말했던 대로, 자신은 수면제를 사용해서 장소석을 죽이고 얼음을 이용해서 밀실로 만들었다.

예전에 얼음 위에 사탕을 뿌려야 하는데, 실수로 소금을 뿌려서 수저에 얼음이 붙어 버렸던 적이 있었다.

그 경험을 떠올려서 행한 기발한 방법이었는데, 은서호는 그 방법을 정확히 알아챘을 뿐만 아니라 자신의 실수까지도 찾아냈다.

'젠장!'

이대로는 안 된다.

어떻게든 손을 써야 했다.

'그러고 보니 내일 새벽에 지휘사를 찾아간다고 했던 것 같은데?'

그렇다면 기회는 오늘 밤뿐이다.

하지만 은서호 개인의 실력도 절정인 데다가, 그 호위무사 중에도 절정의 무사들이 있다고 들었다.

그렇다면 자신 혼자의 힘으로는 어렵다.

'그렇다면…… 무공을 쓰지 못하도록 하는 수밖에.'

금의위의 창고 안에는 여러 기물이 있고, 그중에 상대방의 무공을 묶을 수 있는 기물도 있다.

절정의 무인까지는 그 기물에 걸리면 꼼짝도 못 한다.

이를 반출하기 위해서는 반출장부에 반드시 기록해야 한다는 게 문제.

고민하던 그는 처소를 나섰고, 곧 충의관의 기물창고에 도착했다.

"기물을 대여하러 오셨습니까?"

충의관의 기물창고를 지키는 이는 역설적이게도 동창이었다.

금의위들끼리 물건을 빼돌리는 것을 막기 위해서다.

반대로 동창의 기물창고에는 금의위가 배치되어 있다.

"그게 아니라…… 그게……."

"왜 그러십니까?"

"이걸 말해야 하나 말아야 하나 고민했지만, 말하는 게 맞을 듯해서 이리 왔습니다."

백손이 난감한 표정으로 어렵게 말을 꺼냈다.

"이번에 장소석 선배가 죽은 이번 일, 은서호 대협이 동창을 의심하고 있습니다."

"동창을 의심하고 있다니! 그게 무슨 말입니까?"

"장소석 선배가 동창의 비리를 알아냈고, 그로 인해 동창이 죄를 덮기 위해 그리했다는 의견입니다. 오늘 저녁을 먹으러 가다가 우연히 듣게 되었습니다."

그가 걱정스럽게 말을 이었다.

"그리고 이에 대해 지휘사 대인께 은밀히 말씀드린다고 하니, 어서 무언가 조치를 취하셔야 합니다."

"백 대협의 말이 사실이라면, 이건 보통 일이 아닙니다만……."

그는 곤란한 표정을 지었다.

"제가 자리를 비울 수 없는 상황입니다."

"걱정하지 마십시오. 마침 할 일도 없으니 제가 대신 번을 서 드리겠습니다."

"그래도 되겠습니까?"

"우리가 소속은 다르지만, 황제 폐하를 위해 함께 애쓰는 처지 아닙니까? 저 역시 이런 일로 시끄러워지는 건 원하지 않습니다."

"알겠습니다. 그렇다면 잠시만 부탁드립니다."

기물창고를 지키던 동창은 그에게 열쇠를 맡기고 부리

나케 자리를 떴다.

그리고 백손은 기물창고 안으로 들어갔고 자신이 찾던 기물을 슬쩍 몸에 숨겼다.

이전에 사용했던 것이었기에 어렵지 않게 찾을 수 있었고, 크기가 작기에 옷소매에 감출 수도 있었다.

'저것도 있었군.'

다른 기물 역시 슬쩍 몸에 숨겼다.

그리고 아무 일 없다는 듯이 다시 기물창고에서 나와 번을 서는 척을 했다.

이제 은서호에게 무슨 일이 생긴다고 해도 자신이 의심받을 일은 없다.

동창이 모든 것을 뒤집어쓰게 될 테니까.

밤이었다.

그는 은서호를 찾아갔다.

"저, 제가 구매한 물건을 보여 드리려고 왔습니다."

"그렇습니까?"

"그런데 그 물건이 이곳에 있지 않고 다른 곳에 있습니다."

"그러면 직접 가서 봐야겠군요."

"수고롭게 해서 송구합니다."

"괜찮습니다."

순순히 자신을 따라오는 은서호의 태도는 백손을 아리송하게 했다.

아까는 분명히 자신이 범인이라는 것을 아는 것 같았는데…….

상관없다. 어차피 은서호를 처리하기로 결심했으니까.

자신의 범행 방법을 밝혀낸 이상, 자신이 범인임을 밝혀내는 것도 시간문제다.

그렇기에 그는 은서호를 데리고 미리 함정을 설치해 놓은 곳으로 향했다.

"저곳입니다."

"대체 무엇이기에 이렇게 인적이 드문 곳에 있는 것입니까?"

"그건……."

은서호와 그의 호위무사가 함정을 설치한 곳에 다다르자 그는 함정을 발동시켰다.

파앗-!

그와 동시에 땅에 숨겨 놓았던, 천잠사로 만든 그물이 은서호와 호위무사를 휘감아 위로 올렸다.

"이게 무슨 짓입니까?"

그는 검을 빼 들고 그들에게 다가가며 말했다.

"쓸데없이 저항하지 마십시오. 어차피 내공을 쓰지 못할 테니 말입니다."

그 순간.

찌이이익!

힘없이 찢어지는 천잠사 그물.

"내공을 쓰지 못한다니? 누가 말입니까?"

나는 그물에서 빠져나와 옷을 툭툭 털며 말했다.

“에구, 팔갑이 옷을 더럽혔다고 잔소리하겠네.”

내 말에 진유 무사가 말했다.

“어쩔 수 없는 일이었습니다. 제가 사정을 잘 말하겠습니다.”

“고맙습니다.”

그리고 고개를 돌려 백손을 보았다. 지금 그는 귀신이라도 본 듯한 표정이다.

“어, 어, 어떻게 이런 일이! 그건 천잠사로 만든 그물인데!”

“아…… 이런! 진작 말하지 그랬습니까? 그럼 최소한 저렇게 크게 찢어 버리지는 않았을 거 아닙니까?”

사실 알고 있긴 했다.

그도 그럴 것이 천잠사 덕분에 내공 수발이 아주 원활하니까.

“분명 제공배(制功盃)는 지금 제대로 작동하고 있는데 어떻게 이런 일이!”

그의 손에는 술잔 하나가 들려 있었고, 붉은빛이 흘러나오고 있었다.

“분명히 이 술잔 근처에서는 내공을 쓰지 못해야 하는데!”

그래서 이름이 제공배로군.

내공을 제하는 잔이라는 뜻이니까.

그 찻잔을 본 금령이 꾸이거렸다.

상당히 비싼 건가 보군.

하긴, 상대방의 내공을 쓰지 못하게 할 정도면 상당히 귀한 기물이긴 하지.

아마 저 기물은 절정의 무인에게까지는 통하는 것일 거다.

내 경지가 절정으로 알려져 있으니까.

아니면 다른 방법을 사용했겠지.

나와 진유 무사는 초절정이니 저 찻잔이 위력을 발휘하지 못하는 거지.

이거 미안해서 어쩌나?

이래서 무림인은 실력의 삼 할을 숨기라는 말이 있는 것이다.

그래야 이런 함정에서도 무사할 수 있으니까.

나는 고개를 갸웃했다.

"아무래도 그 찻잔이 이상한가 봅니다. 아니면 함부로 다루어 고장 났을 수도 있고요."

나는 말을 이었다.

"그나저나 이렇게 움직여 주다니, 고맙군요. 당신이 범인이라는 증거가 없어서 어찌해야 하나 고민했는데 이런 식으로 자백하다니 말입니다."

물론 증거가 아예 없는 것은 아니었다.

그가 얼음을 구한 과정이나 범행 시간의 동선 등을 파악하면 그가 범인이라는 것을 특정할 수 있다.

그것도 안 되면 죽은 것으로 알려진 장소석 대협이 나

서서 증언해도 되고.

하지만 그것보다 더 쉬운 방법이 있기에 이렇게 함정을 파 놓은 것이다.

지휘사 대인에게 내일 새벽에 은밀히 말하겠다고 한 것부터가 함정이었지.

백손은 본인이 파 놓은 함정에 내가 걸렸다고 생각했겠지만, 사실 내가 파 놓은 함정에 백손이 걸린 것.

"그래서, 저를 죽이려고 한 이유가 무엇입니까?"

"몰라서 묻는 거냐!"

"장소석 대협을 죽인 범인이 당신이라는 것이 저로 인해 밝혀질 것이 두려우셨던 모양입니다."

고맙게도 백손이 순순히 인정했다.

"이거 다 네놈 때문이다. 네놈이 쓸데없는 소리만 하지 않았어도 장소석 선배가 저번 임무 때 있었던 일로 나를 의심하지 않았을 테니까."

"저번 임무 때 있었던 일이 문제였군요. 그때 순직한 이들과 같이 임무에 투입되었다고 들었는데……."

나는 미간을 찌푸리며 말을 이었다.

"그들이 순직한 것이 당신 때문이었군요! 당신이 그들을 죽인 겁니까?"

"나도 어쩔 수 없었어!"

그는 버럭 소리를 질렀다.

"상인으로 위장한 금의위가 누군지 말하지 않으면 그동안 내통해 온 것을 밝혀 버리겠다는데…… 어떻게 하라고!"

"그래서 배신한 겁니까?"

"배신이라니?"

그는 비웃음 가득한 표정으로 말했다.

"처음부터 내게 충성의 대상은 돈이었어. 그 돈을 따랐을 뿐인데 배신은 무슨."

기가 차는군.

나는 한숨을 내쉬며 고개를 저었다.

"그거 아십니까? 이번에 실습을 해 온 것을 보니 당신에게 돈 버는 재주 따윈 없습니다. 그런데 돈에 충성한다? 웃기는군요."

나는 말을 이었다.

"당신은 돈의 신하가 아닌, 돈의 노예였을 뿐입니다. 그리고 돈은 자신의 노예를 언제든 비참하게 버리죠."

"닥쳐."

그는 살기를 띤 눈으로 외쳤다.

"아까 그랬지? 내가 범인이라는 증거가 없다고? 그럼 내가 범인이라는 네 주장을 믿어 줄 자가 없다는 거잖아? 하하하하!"

그는 미친 듯이 웃으며 말했다.

"내가 재밌는 거 알려 줄까? 네놈이 나를 죽이면 죄 없는 금의위를 살해한 죄로 금의위에 쫓길 거야. 그리고 동창 역시 너를 노릴 거고. 내가 작업을 다 해 뒀거든. 그리고 내가 네놈을 죽인다고 해도 나는 무사할 거야. 동창이다 뒤집어쓸 테니까."

"그렇군요. 혹시 지금 본인이 머리가 좋다고 자랑하시는 건가요?"

"자랑으로 들렸나? 그렇다면 제대로 들었군!"

그리 말하면서 그가 검을 휘두르며 달려들었는데, 나나 진유 무사가 그 공격에 당해 줄 이유가 없지.

빠악!

나는 그 공격을 가볍게 피하며 백손의 가슴을 왼쪽으로 걷어차 버렸고, 왼쪽으로 피한 진유 무사가 이번에는 그를 오른쪽으로 차 버렸다.

퍽!

커헉!

내상을 입었는지, 그를 앞으로 고꾸라지며 피를 토했다. 하지만 그는 웃음을 멈추지 않았다.

"흐흐흐흐, 내가 말했잖아. 나를 죽이면 많이 곤란해질 거라고. 그래도 괜찮겠어?"

"언제 제가 죽인다고 했습니까?"

"응?"

"그쪽을 맡아 주실 분은 따로 있습니다."

나는 신호를 보냈고, 이내 몇 명의 사람들이 다가왔다.

지휘사 대인을 비롯한 금의위들이었다.

"헉!"

그들은 본 백손의 얼굴은 하얗게 질렸다.

이들이 바로 내가 준비한 진짜 함정이다.

"백손 대원."

지휘사 대인이 차가운 목소리로 말했다.

"그대의 이야기 잘 들었네. 그래, 처음부터 황제 폐하에게 충성하지 않았다니 나 역시 그대를 황제 폐하의 신하로 취급하지 않을 생각이네."

그리고 그가 손을 든 순간.

슉!

순식간에 그에게 쇄도한 황보선유 대협과 다른 대협이 그의 양팔을 잡아 강제로 일으켰다.

지휘사 대인이 그에게 다가갔다.

파바바박!

그의 온몸의 혈도를 점했고, 마지막으로 그의 뒤에서 등을 향해 손을 뻗었다.

"폐(廢)!"

"쿨럭!"

백손은 크게 휘청거리며 피를 토했다.

나는 속으로 살짝 놀랐다.

이 자리에서 곧바로 황궁무공을 거두고, 단전을 폐해 버릴 줄이야.

"너는 더 이상 금의위가 아니다."

그리 선언한 지휘사 대인이 이어서 명했다.

"이자를 일급에 준하는 취급을 하도록."

"네!"

일전에 진영 대협에게 들은 적이 있다.

일급에 준하는 취급이란 대역 죄인보다 더한 취급을 받는다는 의미다.

재갈을 물린 채 벽이나 천장에 거꾸로 매달아 놓고 취조를 하거나 형벌을 가한다.

그 아래에 화로까지 놓아둔다고 하니, 그 고통스러움은 이루 말할 수 없겠지.

"끄윽……."

나는 신음하며 끌려가는 그를 불렀다.

"백 대협."

그를 끌고 가는 금의위 대협들이 백손의 몸을 돌렸다.

"알려 드릴 게 있는데, 듣고 가지 않으면 섭섭할 것 같아서 말입니다."

이미 재갈을 물린 상황이라 대답은 할 수 없겠지만 상관없다.

"아까 동창이 저를 노릴 거라고 하셨죠? 그런데 어쩌죠. 그 비고를 지키던 동창은 상부로 간 게 아닙니다. 저와 있었습니다."

"……!"

"그리고, 사실 장소석 대협은 죽지 않았습니다."

내 말과 동시에 모습을 드러내는 장소석 대협.

그는 백손에게 인사했다.

"오랜만에 보는군."

그를 본 백손의 두 눈은 찢어질 듯 커졌다.

"왜 그리 놀라나? 왜 내가 죽지 않아서 놀랐나?"

"으읍읍읍!"

"아, 그쪽이 죽인 건 뭐였냐고요? 제가 익힌 비술로 만든 허깨비였습니다."

"으어어!"

백손은 발광하여 몸부림쳤지만, 이미 끝난 일이다.

금의위 대협들은 그를 끌고 이동했고, 점점 멀어지는 그를 보던 지휘사 대인이 내게 말했다.

"고맙네. 자네 덕분에 금의위를 좀먹던 놈을 잡을 수 있었네."

"제가 도움이 되었다니 다행입니다."

그나저나 금의위 중에서 불량한 자를 제법 걸러 냈다고 생각했는데, 아직도 남아 있었다니 황제께서 크게 근심하시겠군.

"방 대인께서 왜 자네에게 후계자의 증표를 주었는지 알 것 같군."

"과찬이십니다."

"과찬이 아닐세. 그나저나 이번 일에 대해 최대한 빨리 대인께 말씀드리게나. 다른 사람의 입을 통해 이번 일에 대해 들으면 서운해하실 거네."

"헉! 그래야겠습니다. 조언 감사드립니다."

"그리고, 장소석 대원의 목숨을 구해 줘서 고맙네."

그렇게 이번 일이 마무리되었다.

.

.

.

다음 날.

점심을 먹기 전 금의위를 교육하던 회의실로 향했다.

장소석 대협이 복귀하고 백손이 빠져서 교육생들은 총 열아홉 명이다.

그들은 전원 회의실에 모여 있었다.

나를 보는 눈빛이 며칠 전과 또 달라진 것 같네.

그때는 두려움과 호기심이었는데, 이제는 존경 한 숟가락이 더해진 느낌이다.

"장소석 대협."

"네."

"대협께는 사정이 있었으니, 평가에서 제외하겠습니다. 물론 감점도 없으니 안심하십시오."

"감사합니다."

"그럼, 각자가 벌어 온 돈을 보여 주십시오."

교육생들은 어젯밤까지 각자가 번 돈으로 산 물건을 보여 주었다.

그것들은 참 제각각이었다.

붓을 사 온 사람이나, 단검을 사 온 사람도 있고 곡식을 사 온 사람도 있었다.

그걸 다시 팔아 돈을 벌어왔는데, 적게는 동 한 냥부터 많게는 금자 두 냥까지의 차이가 있었다.

그리고 나는 해곤이라는 자에게 주목했다.

무려 금자 두 냥이라는 이문을 남긴 자였다.

분명 어제 나에게 보여 준 것은 지필묵이었다. 그가 돌멩이를 번 돈으로 산 것.

"대체 어떻게 금자 두 냥을 버신 겁니까?"

그는 내 물음에 선선히 대답했다.

"저는 제 재주를 팔았습니다."

"재주라면?"

"사실 제가 글씨를 좀 잘 씁니다. 그래서 이번 강의를 필기한 것을 정리하여 서책으로 만들어서 팔았습니다."

응?

"아주 인기리에 팔리더라고요."

그는 그리 말하며 소매 안에서 서책 하나를 꺼냈다.

[선협미랑 대협 직강 : 상인의 길이란]

나는 그 서책을 펼쳐 보았다. 내가 강의한 것들이 일목요연하게 정리되어 있었다.

나는 고개를 들어 해곤 대협을 보았다.

이 사람, 탐나는데…… 내 집무실로 끌고 가면 안 되려나?

"왜…… 그러십니까?"

그는 얼른 품에서 돈주머니를 꺼냈다.

"여기 대협의 몫도 있습니다. 수익금의 반입니다."

"그럼 총 수익이 금자 넉 냥이라는 겁니까?"

"네."

진짜 탐나네.

“혹시 제가 뭐 잘못한 게 있으면 말씀해 주십시오. 즉시 시정하겠습니다.”

“아닙니다. 험험.”

나는 아쉬움에 헛기침을 하며 돈주머니를 다시 내밀었다.

“이것도 해곤 대협이 번 돈이니 대협이 챙기십시오.”

“그래도 됩니까?”

“물론입니다. 제가 이런 걸 하지 말라고 제약을 둔 적이 없지 않습니까?”

그러곤 교육생들을 둘러보며 말했다.

“오늘 가장 우수한 성적을 낸 분은 해곤 대협입니다. 그러니 악첨 대협과 해곤 대협께는 약속한 선물을 드리겠습니다.”

나는 품에서 나무로 만든 패를 두 개 꺼내어 내밀었다.

“이건 무엇입니까?”

“앞으로 상계에서 제 도움이 필요하시면 딱 한 번 도와드리지요. 물론 저에게 큰 손해가 아닐 때 말입니다. 그 약속의 증표입니다.”

“그, 그게 정말입니까?”

“감사합니다. 정말 감사합니다.”

그들은 뛸 듯이 기뻐했다.

고작 교육에서 우수한 성적을 냈다고 저런 걸 주는 건 손해일 수도 있지만, 장기적으로는 내게도 이득이다.

그들은 앞으로 금의위에서도 고위직에 오를 가능성이 높다.

그런 이들과 인연을 미리 맺어 두는 것이니까.

훗날에는 억만금을 들여도 못할 일이지만, 지금이니까 가능한 일이다.

"그럼, 수업을 이어서 하겠습니다."

내 말에 모두의 시선이 나를 향했다.

"지금까지 상인에 대한 이론도 배웠고, 실습도 했습니다. 하지만 아직 가장 중요한 것을 배우지 않았습니다. 그건 바로 모멸감을 참는 것입니다."

나는 말을 이었다.

"제국에서 상인에 대한 사람들의 인식은 좋지 않은 편입니다. 대우는 더 바닥이죠. 특히 관리들은 시도 때도 없이 뇌물을 요구하고, 수틀리면 따귀를 때리기도 합니다."

"……."

"그럼에도 상인이기 때문에 눈물을 머금고 고개를 조아릴 수밖에 없습니다."

나는 피식 웃었다.

"웃긴 일이지요. 정작 상인이 없으면 제국의 물자들이 제대로 이동하지 못해 백성부터 고관대작까지 필요한 물건을 마음대로 구하지 못할 텐데 말입니다."

좌중이 조용해졌다.

"만약 여러분이 상인으로 위장한다고 한다면, 그 어떤 상황이 닥치더라도 참아야 한다는 것이 가장 중요합니다.

사실 많은 분들이 여기서 실수하여 목숨을 잃는다고 알고 있습니다."

나는 목소리를 높였다.

"면전에서 황제 폐하를 욕하고 금의위를 욕해도 참으십시오. 기분이 나쁘다고 뺨을 때리고 정강이를 때려도 참으십시오."

"참기만 해야 하는 겁니까?"

"물론 그건 아닙니다."

나는 단호하게 고개를 저었다.

"참는다는 건 기회를 노린다는 의미입니다. 기회가 왔을 때 득달같이 달려들어서 상대방의 숨통을 끊어 놓기 위해서 말입니다."

"……."

"그러니, 만약 여러분을 향해 굽실거리는 상인을 본다면 되도록 친절하게 대해 주십시오. 그러면 물지 않을 겁니다."

그렇게 교육을 끝냈다.

이걸로 도움이 될지 모르겠지만, 그래도 하지 않은 것보다는 나을 거다.

그럼 이제 교육비를 받으러 가야겠군.

잠시 후.

나는 지휘사 대인의 집무실에서 마주 앉았다.

"고생 많았네."

"아닙니다. 저야말로 보람 있는 경험이었습니다."

그는 내게 주머니 하나를 내밀었다.

"이건 약속한 보수일세."

"감사합니다."

"그나저나 교보재가 돌멩이였다는데, 그 돌멩이 값도 줘야 하는 건가?"

"그거 평범한 돌멩이가 아닙니다. 제가 직접 주워서 열심히 다듬은 돌멩이입니다."

"인건비 정도면 되겠나?"

지휘사 대인은 피식 웃더니 은자 한 냥을 더 꺼내 주셨고, 나는 넙죽 받았다.

마음 같아서는 백손을 처리한 보상도 받고 싶었지만, 그건 잠자코 있었다.

내가 찢은 천잠사 그물을 물어내라고 하면 곤란하니까.

"감사합니다. 그럼 저는 이만 가 보……."

"잠깐. 아직 퇴청은 이르네. 황제 폐하께서 부르신다네."

"……."

내 이럴 줄 알았다.

160장. 신기루 서책방

신기루 서책방

나는 의관을 정제하고 황제 폐하가 계신 곳으로 향했다.

그리고 앞에 시립해 있는 내관에게 정중하게 말했다.

"소상 은서호. 내재를 뵙습니다. 황제 폐하께서 찾으신다고 들었습니다."

"아, 잠시만 기다리십시오. 안에 아뢰겠습니다."

내관은 안으로 들어갔다 나와서 나를 안으로 안내했다.

"저를 따라오십시오."

"네."

그 내관을 따라서 안으로 들어갔고, 황제의 앞에 도착했다.

극상의 예를 갖춰 인사하자 황제가 말했다.

"일어나라."

"황은이 망극하옵니다."

"그래, 내 지휘사에게 보고는 들었다. 백손이라는 자의 범행을 네가 밝혀냈다고."

"소신의 미약한 재주가 폐하께 도움이 되어 기쁠 따름입니다."

"그나저나 금의위들 중에 썩어 빠진 자들이 그리도 많다니! 내가 아무래도 금의위를 너무 편하게 둔 것 같단 말이지."

황제의 말에서는 은은한 노기가 느껴졌다.

나는 침착하게 그런 황제에게 간언했다.

"어느 집단이든 썩은 부분은 있기 마련입니다. 금의위들이 전부 몇 명인지는 알 수 없지만, 지금까지의 일을 살펴보면 그렇게까지 썩은 건 아니라고 봅니다."

"금의위는 나를 대신하여 내 위신을 세우기 위한 집단이다. 동창 역시 마찬가지. 그렇기에 더 철저한 자기 관리가 필요한 것이다."

틀린 말은 아니지.

금의위나 동창은 가진 권력이 강한 만큼 다른 집단에 비해 더 기준이 엄격해야 한다.

"존경을 받지 못하는 자가 권력을 휘두른다면 그건 다른 이들의 반감을 사게 되지. 그게 결국은 내 목에 칼을 겨누는 형국이 될 터."

그것도 틀린 말이 아니고.

"그러니 내 좀 더 신경을 쓸 생각이다."

금의위와 동창은 이제 좀 힘들어지겠군.

안타깝지만, 그건 그들이 자초한 일이다. 평소에 서로서로 감시와 관리를 철저하게 했다면 황제의 심기를 건드리는 일이 없었겠지.

어찌하실 생각인지 궁금하긴 했지만, 잠자코 있어야 한다.

괜히 물어봤다가 "네가 해 봐라."라든지, "좋은 생각이 있으면 말해 보라."라고 하시면 곤란하니까.

솔직히 피곤해서 얼른 자고 싶은 마음이 한가득이다.

특히 이제 곧 팔월이다.

슬슬 호북성으로 가서 혼례 준비를 해야 한다.

그러려면 그전까지 북경에서 밀린 일을 다 처리해 놓고, 미리 처리할 수 있는 것들도 최대한 처리해 놔야지.

"그건 그렇고 교육은 어땠나? 제법 싹이 보이는 자가 있더냐?"

"소상의 눈에 든 자가 있기는 했습니다."

"오호? 그래?"

내 말에 황제는 즉각 관심을 보였다.

인재라면 항상 탐내시는 분답다.

나는 산동악가 출신의 악첨이라는 자와 기발한 방법으로 금자 넉 냥이나 벌어 온 해곤이라는 자에 대해서 아뢰었다.

솔직히 그들이 탐나긴 했지만, 그들을 황제에게 바치는 대신, 내가 편해질 수 있다면 좋은 거지.

그들의 고된 앞날을 생각하면 조금 미안하긴 하지만,

그들도 출사표를 던지고 황궁으로 들어온 만큼 황제의 눈에 띄어 출셋길이 열리게 되니 싫어하지는 않을 거다.

그 밖에도 괜찮은 성과를 보였던 자들 몇 명을 아뢰었다.

"그런데 모두 충실히 네 교육을 따랐느냐?"

"그건 아닙니다. 꼼수를 부린 자도 있긴 했습니다."

어차피 이 자리에서 내가 말하지 않아도 결국은 아시게 될 터.

내가 묵과해서 감싸줄 의미가 없다.

"돌멩이를 팔아오라는 과제에 본인의 돈을 가져와 눈속임하려던 자도 있었습니다."

"그랬군."

황제는 고개를 주억였다.

"그래, 이번에도 공을 세웠으니 포상이 있어야겠지."

황제의 말에 내 눈이 번쩍 뜨였다.

포기하고 있던 참이었기에 더더욱 그랬다.

"허, 속 보인다. 이놈아. 조금 전까지 동태눈 같더니만 포상이라 말하기 무섭게 눈이 반짝이는구나."

"송구합니다. 소신이 추태를 보였습니다. 하나 황제 폐하. 자고로 상 받는 것을 싫어하는 자는 없사옵니다."

내 말에 황제는 피식 웃더니 태감을 불렀다.

"태감."

"네, 폐하."

"아까 말한 것을 건네도록."

"네."

태감은 공손히 읍하더니, 잠시 나갔다가 돌아왔다. 그의 손에는 상자 하나가 들어 있었다.

"황제 폐하께서 내리시는 하사품입니다."

"황은이 망극하옵니다."

나는 황제를 향해 예를 취하고는, 태감에게 물었다.

"열어 봐도 됩니까?"

"댁에 가서 열어 보십시오."

황제는 피식 웃었다.

"그만 가라. 이놈아."

"그럼 소상, 물러가겠습니다."

나는 상자를 들고 부리나케 물러났다. 얻을 건 다 얻었으니 황제가 가라고 할 때 얼른 가는 것이 상책이다.

나는 내 뒤를 따라 나온 내관에게 말했다.

"저, 혹시 부탁 하나 해도 됩니까?"

"말씀하십시오."

"방효명 대인께 내일 저녁에 댁으로 찾아가겠다고 전해 주십시오."

나는 미소 지어 보이며 말했다.

"후계자로서 성과를 보였으니, 당연히 자랑해야지 않겠습니까?"

"알겠습니다. 그리하겠습니다."

"감사합니다."

그렇게 충의관으로 돌아오니 일행들이 떠날 준비를 마

치고 기다리고 있었다.

"오셨습니까?"

"네. 그럼 갑시다."

아까 지휘사 대인께 간다고 인사드렸으니 이대로 가면 된다.

금의위 대원들은 지금 한창 훈련 중이고.

나는 충의관을 나섰고 북경지부로 향했다.

.

.

.

곧 북경지부에 도착했다.

"오셨습니까?"

"네. 잘 다녀왔습니다."

나를 반겨 주는 이들에게 인사를 하며 정호 형에게 향했다.

"형!"

집무실에서 서류를 붙잡고 끙끙대고 있던 정호 형이 나를 보자마자 환한 미소를 지었다.

"왔냐!"

"응. 고생 많았어."

"후, 진짜 힘들었다. 너도 힘들었겠구나. 금의위들 사이에서 살얼음 걷는 것 같았겠지."

"음? 아닌데?"

아. 그러고 보니 정호 형은 제한적 면책권에 대해서 아

직 모르는구나.

나는 정호 형에게 설명했다.

"일전에 황제 폐하께서 내리신 임무를 수행하고, 그 보상으로 제한적 면책권을 받았거든. 그래서 금의위들은 나를 함부로 잡아들이거나 하지 못해."

"……어?"

내 말에 정호 형이 버럭 소리쳤다.

"야! 이 자식아! 그러면 진작 말할 것이지! 괜히 마음 졸였잖아!"

"이게 뭐 쉽게 말할 것도 아니고, 딱히 말할 기회가 없었어."

"후……."

한숨을 내쉬며 고개를 절레절레 젓는 정호 형을 보며 멋쩍게 웃었다.

"아무튼, 잘 다녀왔고 내일부터 나도 열심히 일할게."

이럴 땐 형을 좀 달래 줘야겠지.

"그리고 오늘 저녁은 맛있는 거 먹자. 내가 살게. 형수님이랑 건혁이하고 보연이도 함께 나가서 밥 먹자."

"……비싼 거 사라."

"……응."

방효명 대인과의 약속을 내일로 잡아서 다행이군.

정호 형에게 내 귀가를 알린 후 향한 곳은 내 처소였다. 내가 올 것을 알고 있었는지 서향 소저가 나를 기다리고 있었다.

“다녀왔습니다.”

“오셨어요?”

“네.”

나는 웃으며 그녀에게 말했다.

“조언이 큰 도움이 되었습니다. 감사합니다.”

“제가 도움이 되어 기쁘네요.”

그때 팔갑이 물었다.

“도련님, 그런데 그 상자는 무엇입니까요?”

아! 이걸 열어 봐야지.

“황제 폐하께서 주신 포상입니다.”

그리 말하며 상자를 다탁 위에 올려놓고 조심스레 상자를 열어 보았다.

“…….”

그 안에 들어 있는 건…….

“이건 보약입니까요?”

나는 그 위에 올려져 있는 붉은색 종이를 집어 들어 펼쳐 보았다.

이전과 마찬가지로 이 보약을 지은 어의가 직접 적은 서신이었다.

[은서호 소단주는 보시게, 이건 남자에게 좋은 보약이네. 어디에 좋은지 차마 적지는 못하지만, 남자에게 참 좋은 보약이지. 자네의 체질을 고려하여 지었으니 아무

걱정하지 않고 먹어도 되네. 그리고 미리 혼인 축하하네. 황제 폐하의 명으로 비싼 약재를 아끼지 않고 지은 보약이니, 이걸 마실 때마다 황제 폐하의 황은을 생각하게. 아래는 이 보약을 달이는 방법과 복용 방법…….]

나는 서신을 내리며 서향 소저를 보았다.

"왜 그러시나요?"

"그게 말입니다……."

황제가 내린 보약이니 다른 사람을 시킬 수가 없다. 천상 서향 소저가 달여 줘야 하는데…….

이걸 내 입으로 말하기는 민망해서 말없이 서향 소저에게 서신을 내밀었다.

서향 소저는 서신을 읽더니 점점 얼굴이 붉어졌고, 더듬거리며 말했다.

"황제 폐하께서 하사하신 보약이니 여, 열심히 달여드릴게요."

"감사합니다."

나는 하늘을 보았고, 왠지 황제가 빙긋 웃고 있는 모습이 보이는 듯했다.

그냥 돈으로 주시지.

저희 은해상단이 약재 전문 상단이란 말입니다.

.

.

.

그날 저녁.

약속대로 정호 형 가족과 함께 인근 주루로 향했다.

북경에서도 음식이 맛있는 것으로 유명한 주루였다.

미리 최상층을 예약해서 비싸고 맛있는 음식들을 주문해 두었다.

약속한 건 지켜야 하니까.

“와! 맛있겠다!”

보연이가 그리 외칠 만큼 화려한 음식들이 식탁을 가득 채웠다.

“맛있게 먹겠습니다!”

“그래, 맛있게 먹으렴.”

건혁이가 의젓하게 정호 형과 형수님에게 말했다.

“아버지, 어머니. 어서 먼저 드세요.”

“그래.”

정호 형이 먼저 젓가락으로 음식을 집었고, 형수님과 나와 서향 소저까지 음식을 집자 그제야 건혁이와 보연이가 젓가락을 들었다.

이제 건혁이와 보연이는 일곱 살이고 조금 있으면 여덟 살이 된다.

나는 형에게 말했다.

“애들이 참 예의가 바르네.”

“응. 예절만큼은 철저하게 가르치고 있거든. 우리 부부에게 귀하고 사랑스러운 아이들인 만큼 다른 사람들도 우리 아이를 사랑스럽게 봐줬으면 하니까.”

형수님이 웃으며 동의했다.

“맞아요. 본인은 버릇없이 행동하는 아이를 싫어하면서 내 자녀가 버릇없이 행동하는 것을 다른 사람이 용인하고 또 사랑스럽게 봐주기를 원해서는 안 되잖아요.”

“그리고 아이들의 장래를 위해서도 예의 바르게 행동하는 것이 더 유리하니까.”

하긴 그렇지.

사람들은 버릇없는 아이보다 예의 바른 아이에게 호감을 느끼니까.

또한, 그 자체로 집안의 격을 나타내기도 한다.

정호 형과 형수님은 식사를 하는 두 아이를 보며 흐뭇한 미소를 지었다.

세상 다 가진 듯한 표정이다.

저렇게 좋을까?

나도 나중에 서향 소저와의 사이에서 아이가 생기면 저런 표정을 짓게 될까?

아직은 저 마음을 잘 모르겠네.

“아, 정호 형.”

“응?”

“이번에 일을 처리하고 팔월 중순쯤에 호북성으로 갈 생각이야.”

“하긴, 준비할 것이 많긴 하지.”

정호 형은 나와 서향 소저를 보며 말을 이었다.

“집안 어른들과 지역 유지분들도 만나 뵈어야 하고.”

나는 고개를 주억였다.

"그래야지."

.

.

.

다음 날부터 나는 바쁘게 움직였다.

그리고 가장 중요한 일이 있었으니, 방 대인을 찾아가 이번 나의 활약에 대해 말씀드리는 것이다.

내 이야기를 들은 방 대인은 무척 좋아했다.

"하하하! 역시 나의 후계자야! 내 후계자가 금의위들의 코를 납작하게 해 줬군!"

그 정도는 아닙니다.

방 대인에게 얼른 소식을 알리라고 조언하신 분이 지휘사 대인이라는 것은 말하지 않는 게 좋겠지.

지휘사 대인의 조언을 듣기를 잘했군. 방 대인이 토라질 뻔했어.

"이렇게 좋은 날에는 고기를 먹어 줘야지!"

평소에도 고기를 잘 드시지 않았습니까?

"석백아! 오늘은 소고기다!"

아, 소고기면 말이 다르지.

"이쪽으로 오거라. 숯불에 구워 먹는 소고기가 얼마나 맛있는지 모르지?"

"제가 껴도 됩니까?"

"그럼 그럼! 하하하! 내 자랑스러운 후계자가 아니냐!"

"그런데, 소고기가 생각보다 질기지 않습니다."

"고기망치 덕분입니다."

방 대인의 시종인 석백 소이가 말했다.

"숙성하는 기술도 기술이지만, 고기 망치 덕분에 육질을 부드럽게 할 수 있습니다."

기뻐해라. 팔갑아.

네가 개발한 물건이 아주 잘 팔리고 있구나.

덕분에 팔갑 명의로 금산전장에 돈이 차곡차곡 쌓여 가고 있었다.

음?

그런데 그 돈이면 충분히 하화 소저를 기적에서 빼낼 수 있을 텐데, 어째서 나에게 돈을 빌려 달라고 했던 거지?

팔갑은 본인이 부자라는 것을 아직 모르고 있는 건가?

아무튼, 그날 나는 소고기를 실컷 먹었다.

그리고 부지런히 일을 마쳤고, 어느새 시간은 팔월 중순이 되었다.

이제 호북성으로 향할 시간이다.

떠나기 전날.

나는 정호 형과 단둘이 저녁을 먹었다.

"혼례 때는 내려올 거지?"

내 물음에 형이 피식 웃었다.

"당연한 걸 묻네. 네 혼례에 참석 안 하면 두고두고 우려먹을 텐데, 나 그거 감당 못 한다."

"아, 형!"

"그러니까 걱정하지 말라고. 네 혼례에 꼭 갈 테니까."

형은 웃으며 말했다.

"먼저 가 있어. 나도 여기 일 마무리하고 갈 테니까."

"응."

정호 형이 내 찻잔에 차를 따라 주며 말했다.

"이곳저곳에 네 혼례를 다 알리고 다닌 것 같은데, 맹주님께도 알렸냐?"

"……."

그 말에 침묵할 수밖에 없었다.

"알리지 않은 모양이구나. 이유가 뭐냐?"

"그건……."

나는 말끝을 흐릴 수밖에 없었다.

맹주와 여러 번 만나기는 했지만, 혼례를 알리러 가기에는 내키질 않았다.

여러모로 같은 길을 갈 수 있는 사이는 아니니까.

엄밀히 말하면 원수라고 할 수 있지.

하지만 이런 것을 정호 형에게 설명할 수는 없는 노릇.

"뭔가 사정이 있나 보구나. 네게 어떤 사정이 있는지를 묻지는 않을게. 하지만 네가 원했든 원하지 않았든 맹주님과 인연을 맺은 상황이야."

"……."

"그런데 맹주님께 네 혼례 소식을 알리지 않는다면 그 분이 어떻게 생각할지를 생각해 봐라. 그로 인해서 나중에 화를 입을 수도 있어."

틀린 말이 아니기에 나는 입술을 깨물었다.

"우리는 상인이 아니냐. 화는 피할 수 있으면 피하고, 이용할 수 있는 건 최대한 이용해야지."

그래, 정호 형의 말대로다.

아무리 상대가 껄끄러운 사이라고 해도, 현재 무림에서 가장 위상이 높은 인물 중 하나다.

그와 척져서 좋을 것도 없고, 이용할 수 있는 건 최대한 이용해 먹어야지.

그 눈을 가릴 방법이 없는 것도 아니니.

그렇게 내 낙양행이 결정되었다.

.

.

.

나는 서향 소저와 함께 북경지부를 떠났다.

그리고 떠나기 전에 진영 대협에게 서신을 보냈다.

혼인으로 인해 잠시 북경을 떠나 있겠다는 내용이다.

그렇게 우리는 북경지부 사람들의 배웅을 받으며 낙양으로 향했다.

그러면서 얼마 전에 산동악가의 가주님이 황제 폐하의 부름을 받고 황궁으로 온 사실을 떠올렸다.

놀라운 건 황제 폐하께서 직접 황궁 앞까지 나와 산동악가의 가주님을 맞아 주셨고, 황제의 마차에 태워서 함께 황궁 안으로 들어갔다고 했다.

황궁 안에서 마차나 말을 탈 수 있는 자는 오직 황제와 황후 그리고 태자뿐.

그 외에는 황제가 허락한 사람뿐이다.

게다가 황제와 같이 황제의 마차를 타는 것은 쉽게 누릴 수 없는 대단한 영광이다.

즉, 황제는 내 조언대로 산동악가의 가주를 극진하게 대접한 것이다.

게다가 신하들을 불러 모아 주연을 베풀고, 그 자리에서 최상급 비단까지 하사했다고 한다.

이에 산동악가 가주님은 감동하여 열두 번이나 눈물을 흘렸다나…….

황제 폐하, 정말 화끈하시네.

내가 그리 말씀드리기는 했지만, 불러서 감사를 표하고 함께 연회에 참석하는 것 정도만 생각했다.

하지만 황제는 그보다 훨씬 더 화끈하게 대접하셨다.

"왜 그리 웃으십니까요? 혼자만 웃지 말고 같이 웃으면 안 됩니까요?"

궁금해하는 팔갑을 보며 나는 피식 웃었다.

"이번에 산동악가 가주님이 무관에 십이창법을 넘기고 황궁에서 황제 폐하께 거하게 대접받으셨잖아."

"아, 그랬다고 들었습니다."

"과연 다른 곳에서 어찌 나올지 궁금하네."

이에 다른 호위무사들이 말했다.

"아마 다들 머리가 아플 겁니다. 가전무공이나 비전무공을 넘길 수는 없고, 그렇다고 수준이 낮은 무공을 넘길 수도 없으니 말입니다."

"지켜보는 재미가 있을 겁니다."

뭐, 어느 쪽이든 무관의 이득으로 돌아오니 좋은 일이지.

"진유 무사님."

"네."

"그리고…… 서향 소저."

이제 서향 소저는 공식적으로 내 부관에서 물러났으니 곽 부관이 아니다.

그러니 서향 소저라고 불러야지.

그러나 그것도 잠깐이다.

얼마 후면 내 아내가 될 테고, 그때도 서향 소저라고 부를 순 없으니까.

나는 두 사람에게 당부했다.

"아시다시피 낙양은 두 분에게 위험한 곳입니다. 그러니 낙양에서는 신이변용술을 절대 풀면 안 됩니다."

"네."

"그렇게 할게요."

그 사람의 외양은 물론이고 기운까지도 바꾸어 주는 신이변용술을 익힌 것이 얼마나 다행인지.

"다행히 신이변용술의 숙련도가 많이 높아졌습니다."

"매일매일 신이변용술을 사용했으니까요."

두 사람의 말대로, 그들은 신이변용술을 숙달하기 위해 무척 노력했다.

심지어 잘 때도 신이변용술을 사용하면서 잘 정도.

"그리고 소단주님께서 알려 주신 제 배경에 대해서도 달달 외우고 있고요."

서향 소저의 말에 나는 뺨을 긁적였다.

"이렇게 고생시켜서 제가 염치가 없습니다."

"왜 그런 말을 하세요? 제가 모르고 혼인하기로 한 것도 아니잖아요."

그리 말해주는 서향 소저가 무척이나 고마웠다.

우리는 개봉까지 다른 곳에 들르지 않고 직행했다.

중간중간 들러서 만나야 할 사람들이 있지만, 어차피 혼례 때 만날 이들이다.

그리고 맹주를 만나는 건 상당한 심력이 소모되는 일이니만큼, 체력 안배가 필수다.

사람들을 만나는 건 체력을 사용해야 하는 일이니까.

그리고 이번에는 서향 소저도 동행 중인 만큼, 그녀를 배려해야 한다.

사실 그녀 먼저 호북성으로 보낼 생각이었지만, 그녀가 거절했다.

함께 움직이는 것이 좋겠다는 이유에서다.

지금 와서는 그녀 먼저 호북성으로 가지 않아서 다행이란 생각이 들었다.

자신보다 높은 자에게 혼인을 알릴 땐 신부와 함께 가는 것이 예의다.

혼자 갔으면 탐탁잖은 반응이 나오거나 의심을 받을 수도 있었을 터.

그런 여지 자체를 아예 없애는 게 좋겠지.

그렇게 개봉에 도착한 우리는 여춘객잔 개봉점에서 묵었다.

그곳만큼 편한 객잔도 없었으니까.

그리고 이런저런 편의시설도 마음에 들었고.

개인적으로 여춘객잔이 산동이나 다른 곳에도 지점을 냈으면 좋겠다는 생각이 들 정도다.

다음 날 다시 출발한 우리는 마침내 낙양에 도착했다.

주강마를 타고 달린 덕분에 상당히 빠르게 도착한 것.

우리는 은해상단 낙양지부로 향했다.

"여긴 정말 오랜만이네요."

"그렇군요."

낙양지부는 내가 마련한 부지 위에 세워져 있는 곳.

확장할 필요성을 느껴서 제갈세가의 태상가주님께 부탁해서 마련한 부지인데, 귀신 들린 장원이었기 때문에 싸게 살 수 있었다.

그런데 알고 보니 귀신 들린 장원이 아니라, 정순한 기운이 모여 지상으로 솟구치는 장소였다.

설풍궁에 변고가 없었다면, 그곳은 설풍궁의 낙양지궁이 되었겠지.

아무튼, 지금은 은해상단의 낙양지부다.

그리고 모두를 겁에 질리게 했던 귀신의 정체는…….

“어머, 저 아이가 먼저 우리를 반겨 주네요.”
서향 소저가 담의 지붕을 가리키며 말했다.
하얀 담비다.
이곳의 맥을 지키는 영물이지.
내 눈에는 보이지 않지만.
“그럼 들어갑시다.”
우리가 연락하지 않고 방문했기 때문인지, 은중선 낙양 지부장이 놀라 달려왔다.
“아니! 연락도 없이 어인 일이십니까?”
“놀라게 해서 미안합니다. 호북성으로 가는 길에 무림맹에 용건이 있어 잠시 들렀습니다.”
“그러셨군요. 그러면 이곳에서 머무실 예정입니까?”
“네. 며칠 머무를 듯합니다.”
“알겠습니다. 그럼 처소로 모시겠습니다.”
그렇게 우리는 안으로 들어갔다.
“모습이 제법 많이 바뀌었습니다.”
이전 장원의 모습이 다 사라진 것은 아니지만, 많은 것들이 바뀌어 있었다.
내 말에 지부장이 고개를 끄덕였다.
“생각보다 낡은 것들이 많아 그것들을 싹 교체했습니다.”
“잘하셨습니다.”
나는 지부장을 보며 말했다.
“그나저나 건강해지신 듯합니다.”

"소단주님 덕분입니다. 그리고 상단주님께서도 신경 써 주셔서 좋은 약재를 마음껏 사용할 수 있었습니다. 그래서 얼마 전에 완치되었습니다."

"정말 다행입니다."

일전에 무림대연회 때문에 낙양에 왔을 때, 나는 그에게 낙양지부에 파견된 의원이 그를 속이고 있음을 알려 주었다.

하여 이번 생에는 목숨을 건질 수 있었다.

당연한 말이지만 그 의원의 최후는 썩 좋지 않았다. 자신을 죽이려고 했던 자를 은중선 지부장이 가만둘 리가 없으니까.

지부장이 안내해 준 처소는 안쪽에 있었다.

그리고 오늘 청소를 한 듯 깨끗했다.

"청소가 잘 되어 있군요."

"매일 청소를 합니다. 상단주님의 가족분들께서 언제 오셔도 편안하게 모실 수 있도록 말입니다."

"신경 써 주셔서 감사합니다."

우리는 각자 방에 짐을 풀었고, 맹주님을 만날 약속을 잡기 위해 서우 무사를 보냈다.

맹주님과 언제쯤 만날 수 있으려나.

그리고 내가 혼례를 올린다고 전하면 어떤 반응을 보일지, 그리고 누구를 보낼지 등.

침상에 누워 이런저런 생각을 하며 휴식을 취했다.

얼마 지나지 않아 서우 무사가 돌아왔다.

"오셨습니까?"

"네. 맹주님과 이틀 뒤 오전에 접견 약속을 잡았습니다."

"그 자리에서 약속을 받아 온 것입니까?"

"네. 잠시 기다리라고 하더니 접견 날짜를 말해 주더군요. 사람을 보내어 모시러 오겠다고 합니다."

"수고하셨습니다."

이틀 뒤 오전이라…… 내 생각보다 좀 이르군.

내가 알기로 맹주님의 일정은 거의 한 달 정도가 꽉 차 있다.

하지만 중요한 손님과 만나야 할 수도 있으니 중간중간 비워 두는 시간이 있지.

그 시간을 내게 배정해 준 셈이니, 나를 중요한 손님으로 여기고 있다는 의미다.

하긴 내가 무림에서의 입지가 그리 부족하진 않지.

바로 직전 무림대연회에서 압도적인 실력으로 삼위를 차지한, 미래가 기대되는 절정 고수다.

음, 이렇게 내 스스로 생각하니 쑥스럽군.

"이틀 뒤라면 나쁘지 않네요."

서향 소저의 말에 나는 고개를 주억였다. 이에 서우 무사가 웃으며 말했다.

"마음 같아서는 오늘 당장 만나고 싶지만, 중요한 손님들과의 일정이 있어서 가장 이른 날짜가 이틀 뒤라고 합니다."

"그렇군요."

내심 다행이다 싶었다.

오늘 만나면 심적으로 엄청 힘들 것 같았으니까.

"삐익. 삑!"

"꾸잇! 꾸우?"

"삐익."

지금 서향 소저의 무릎에는 담비 영물이 앉아 있었다.

그리고 금령에게 그동안 있었던 일에 대해서 말하고 있었는데, 왠지 상급자에게 보고하는 것 같네.

어째 군기가 바짝 들어있는 게, 혹시 금령이가 금괴 들고 협박했나?

담비는 금을 무척이나 싫어하니까.

"꾸잇?"

아니라고?

그럴 금이 있으면 먹어야지 왜 그딴 곳에 쓰냐고?

음, 일리가 있군.

어쨌든 이틀 뒤에 맹주를 만나는 것으로 정해졌고.

나는 모두에게 물었다.

"혹시 이틀 동안 일정이 있는 분 있습니까?"

"주군의 일정이 저희의 일정입니다."

"우문이었군요."

창운 무사의 대답에 나는 웃으며 말했다.

"이렇게 낙양까지 왔으니까, 맛있는 거 먹으러 가죠."

나는 모두에게 외출을 제안했다.

내 경험상 머리가 복잡할 땐 다른 일로 관심을 돌리는 것이 최고다.

“여 무사님, 지부장께 혹시 오늘 저녁 일정이 있는지 여쭈어보고, 일정이 없으면 지부 사람들 모두 함께 저녁을 먹자고 전해 주세요.”

“알겠습니다.”

잠시 후 여응암 무사가 돌아왔다.

“오늘 저녁 일정은 없다고 하십니다. 그리고 주군의 의향대로 지부 사람들 모두 저녁 식사에 참석하겠다고 합니다.”

“수고하셨습니다.”

나는 팔갑을 불렀다.

“팔갑아. 해파루에 가서 최상층 오늘 저녁에 대절 가능하냐고 묻고, 가능하면 대절해 놓고 와.”

“알겠습니다요.”

그렇게 팔갑이 최상층을 대절하고 돌아온 후, 우리는 약속한 시간보다 훨씬 빠르게 출발했다.

미리 그곳을 살펴보기 위해서다.

해파루는 바다의 파도처럼 계속해서 손님이 몰려오기를 바라는 마음에서 지은 이름이라고 했다.

“어서 오십시오. 혹시 선협미랑 대협이십니까?”

“네. 그렇습니다.”

“이리 직접 만나 뵈어 영광입니다.”

낙양에서 누각을 운영하거나 그 누각에서 점소이를 하기 위해서는 무림인들의 얼굴을 외우는 것이 필수다.

재수 없으면, 경을 칠 수 있거든.

점소이는 조심스레 말했다.

“그런데 상당히 일찍 오셨네요.”

“잠시 살펴볼 것이 있어서 왔습니다. 지금 올라가 봐도 됩니까?”

“물론입니다. 지금 연회를 준비 중입니다.”

점소이의 안내를 받아 최상층으로 올라가자, 낙양의 전경이 한눈에 들어왔다.

이곳을 오늘 연회 장소로 삼은 이유는 지금 보이는 이 여름밤의 풍경이 보기 좋은 것도 있지만, 이곳의 음식 때문이다.

특히 양꼬치와 불번탕이 맛있거든.

우리는 연회 장소를 살폈다. 혹시라도 누군가 숨어 있을 만한 장소는 모조리 살폈는데 그건 이곳이 낙양이기 때문이다.

내 일거수일투족에 관심이 많은 자들이 많으니까.

특히 백천상단에 속한 자라면 이 연회를 주목할 터.

그렇게 확인을 마치고 쉬고 있으니 지부 사람들이 도착하기 시작했다.

“이렇게 연회에 초대해 주셔서 감사합니다.”

“별말씀을요. 다들 즐거운 시간 되시길 바랍니다.”

“두 분의 혼인을 축하드립니다.”

그렇게 우리가 낙양지부 사람들과 축하를 주고받는 사이 음식들이 차려졌다.

내가 모든 음식을 한 번에 달라고 했기 때문이다.

그리고 따로 시중은 필요 없으니 부를 때만 와 주면 된다고 말해두었다.

이런 객잔의 점소이들에게 방심해서는 안 된다.

평범한 점소이도 있겠지만, 하오문 소속인 경우도 많으니까.

누군가에게 매수당했을 수도 있고.

연회는 무척 즐거웠고, 그리 늦지 않은 시간에 연회가 끝났다.

그리고 생각보다 술을 부어라 마셔라 하지 않았다.

"내일 또 일해야 하지 않습니까?"

지부장이 웃으며 말을 이었다.

"금주령이 풀리자마자 주점으로 달려가 밤새 술을 마신 직원들이 있었습니다."

하긴 몇 년이나 술을 마시지 못했으니, 술이 간절할 만도 하지.

"그런데 오랜만에 마셔서 그런지 평소보다 적게 마셨음에도 인사불성이 되어서 제가 직접 가서 데려온 적이 있습니다."

"다음 날 볼 만했겠군요."

"그다음부터는 자제하더군요."

그래도 빠르게 반성해서 다행이군.

주량이라는 게 타고나는 것도 있지만, 오래 마시지 않으면 줄어드는 것도 맞지.

차츰 적응하면서 마시면 문제 없을 거다.

그렇게 연회를 마친 나는 하늘을 올려다보았다.

달이 밝네.

나는 서향 소저에게 말했다.

“먼저 들어가 계시겠습니까? 저는 잠시 낙양 저잣거리를 좀 거닐다가 들어가겠습니다.”

“저도 함께 걷고 싶은데, 괜찮을까요?”

“그러시면 같이 걷죠.”

서향 소저는 낙양에 온 것이 몇 번 되지 않았고, 그마저도 정체를 들킬 가능성이 있기에 객잔 밖으로 나온 적이 거의 없다.

그러니 낙양 저잣거리가 궁금했겠지.

나는 그녀와 함께 걸으며, 설명도 해 주었다.

역시 여름밤은 여름밤만의 정취가 있다.

“이곳은 서책방 거리입니다. 북경의 서책방 거리와는 좀 다르죠.”

내 말에 그녀가 고개를 끄덕였다.

“그러네요. 특히 무공에 대한 서책들이 대부분인 것 같네요.”

“맞습니다.”

나는 그녀에게 물었다.

“혹시 필요한 서책 있으십니까?”

“아뇨. 무공에 대해 잘 모르는데 서책이 왜 필요하겠어요?”

그리 말은 하지만, 그녀도 알아차린 것이다.

정말 쓸 만한 서책은 여기에 없다는 것을.

귀한 서책들은 전부 각 문파와 가문, 그리고 무림맹의 비고에 숨겨져 있지.

그때 팔갑이 말했다.

“혹시 도련님의 소싯적이 궁금하지 않으십니까요? [삼십육회 용봉비무회 신진 영웅들]이란 서책…….”

퍽-!

그 순간, 금령이 팔갑의 배에 박치기를 했다.

“꾸엑!”

덕분에 팔갑은 말을 미처 잇지 못했다.

잘했어. 금령아.

팔갑이 배를 부여잡고 끙끙거렸고, 옆에서 진유 무사가 웃으며 말했다.

“그러게 왜 그 이야기를 꺼내나.”

[삼십육회 용봉비무회 신진 영웅들]이란 서책에는 나에 대해 나와 있다.

서우 무사에 대해서도 있긴 하지만, 그걸 서향 소저에게 보여 주는 건 뭔가 쑥스럽다고.

- 꾸이!

자신이 팔갑의 입을 막았으니 은자를 달라고.

그래. 이건 줘야지.

나는 얼른 화제를 돌렸다.

"그래도 여기가 나름 걷기 좋지 않습니까?"

내 노력을 알았는지, 그녀가 웃으며 대답했다.

"네. 그러네요."

그러고 보니 이전에 설풍궁의 무공서와 팔갑의 [살왕지로]라는 서책을 샀던 이상한 서책방이 이곳에 있었지.

다음 날 다시 찾아봤지만, 그 이상한 노인은 물론이고 그 서책방도 보이지 않았다.

꿈인가 싶기도 했지만, 그곳에서 샀던 서책들은 내가 그곳에 갔었다는 증거였다.

나는 기억 속 서책방이 있었던 곳을 힐끔 보았지만, 여전히 그곳에 서책방 같은 건 없었다.

"저 서책방은 다른 곳과 달리 고풍스럽네요. 상당히 오래 운영하셨나 봐요."

그런데 서향 소저가 내가 보고 있던 곳을 바라보며 감탄했다.

"네?"

나는 그녀에게 반문했다.

"저기에 있는 건물이 보이십니까?"

"네."

"저희는 안 보입니다."

그 말은 즉, 그곳에 서책방이 숨겨져 있다는 의미다.

서향 소저의 눈은 숨겨진 것을 볼 수 있는 능력이 있는 빙정안이니까.

그때였다.

이전에 들은 적이 있는 노인의 목소리가 들린 것은.

"쯧쯧, 이것도 인연이니 어쩔 수 없군."

그리고 안개가 걷히듯이 서서히 모습을 드러내는 서책방.

그 앞에, 그때의 무뚝뚝했던 노인이 서서 나를 바라보고 있었다.

"안 들어오고 뭐 하나?"

나는 당황하여 반문했다.

"네?"

"그냥 밖에 서 있을 건가? 보아하니 이곳이 필요해 보이는 자들이 있는데, 주군인 자네가 들어오지 않으면 저들도 못 들어오네."

"들어가겠습니다."

그나저나 이곳이 필요해 보이는 자들이 있다고?

우리가 안으로 들어가자 서책방 노인이 내게 물었다.

"일전에 이곳에서 사 간 무공서는 마음에 들었나?"

"네. 큰 도움이 되었습니다."

"뭐, 그쪽은 내가 골라 준 서책을 가지고 간 것이 아니지만 말이지."

그건 그렇군.

나는 설풍궁의 비급이 이끄는 대로 온 것이니까.

서책방 노인은 서향 소저를 보더니 고개를 주억였다.

"이곳을 어찌 보았나 했더니, 이유가 있었군."

서향 소저의 빙정안을 알아차리신 건가?

서책방 주인은 우리 일행을 쓱 훑어보더니 서가로 향했고, 서책 한 권을 꺼내 이필 무사에게 건넸다.

"자네에겐 이게 좋을 듯하군."

이필 무사는 어찌해야 하느냐는 물음을 담은 눈빛으로 나를 바라보았다.

"받으세요."

"감사합니다."

이필 무사는 서책을 받았다. 서책 겉면에는 [녹수일록(綠手日錄)]이라고 적혀 있었다.

"그리고……."

서책방 주인은 다시 서가 사이로 들어가더니, 서책을 뒤적거렸다.

서가에 꽂혀 있는 서책 말고도 상당한 양의 서책이 바닥에 쌓여 있었으니까.

"어디 보자, 여기쯤 있었는데? 아! 여기 있군!"

노인은 서책 한 권을 찾았고, 옷자락으로 먼지를 슥슥 문질러 닦아 명종 무사에게 내밀었다.

"받게."

"감사합니다."

그 서책의 제목은 [화원유희]였다.

이어서 노인은 또 다른 서책 한 권을 집어 들어 창운 무사에게 건넸다.

"뭐 하나? 안 받고?"

"감사합니다."

창운 무사에게 건네준 서책은 [수암공(水巖功)]이라는 무공서다.

그러곤 나를 돌아보며 말했다.

"모두 해서 은문 열 냥이네."

"전에도 그렇고, 그렇게 싸게 받으셔도 되는 겁니까?"

내 물음에 서책방 주인이 대답했다.

"내 말했지 않나? 이곳에 있어 봤자 썩어 갈 뿐이라고."

"그건 그렇죠. 여기 있습니다."

내가 고개를 끄덕이며 그에게 돈을 내밀자, 옆에서 서책을 받은 세 무사가 말했다.

"아닙니다. 저희가 사겠습니다."

"저희 서책이니 저희가 사는 것이 맞습니다."

"괜찮습니다."

나는 부드럽게 거절했다.

"이건 복지 차원에서 제가 사 드리겠습니다."

서책방 주인은 내게서 돈을 받아 옆에 대충 내려놓았다.

"그런데 이곳은 중고 무공서를 파는 곳이잖습니까? 처음 두 권도 무공서입니까?"

녹수일록과 화원유희라는 제목은 무공서에 썩 어울리지 않는 제목이니까.

"무공서라는 것이 별거 있나? 그냥 무공에 대한 것이 담겨 있으면 무공서지."

무공서의 일종이라는 거군.

"그런데 서책 추천은 세 권이 끝입니까?"

"끝이니까 그만 가 보게."

"그럼 조금 더 둘러봐도 됩니까?"

"상관없네."

그러곤 이제 볼일 없다는 듯, 자리에 앉아 망가진 서책을 고치기 시작하셨다.

아까 이곳이 필요해 보이는 이들이 있다고 하셨는데 그들이 이필 무사와 명종 무사, 그리고 창운 무사인가 보군. 세 사람에게만 서책을 추천했으니까.

나는 천천히 서가를 살피기 시작했다.

이전에 여기서 설풍궁의 소실되었다고 알려진 서책을 발견했으니, 이번에도 그런 행운이 찾아올까 싶었기 때문이다.

하지만 이내 문제가 있다는 것을 깨달았다.

서책의 제목만 봐서는 내게 필요한 것을 알아차릴 수가 없다는 것이다.

저 신비한 서책방 주인이 더 이상 팔 게 없다고 하는 이유는, 다른 책들이 나와 연이 없기 때문일 거다.

아마도 이전에 이곳이 내 눈에 보였던 이유는 당시 발견했던 설풍궁의 서책이 나를 불렀기 때문이겠지.

오늘은 날이 아닌가 보네.

나는 서가를 둘러보는 것을 멈추고 서책방 주인에게 다가가 물었다.

"어르신. 이 서책방의 이름이 무엇입니까?"

"음?"

"이곳에 대해 궁금해져서 말입니다."

"이곳은 신기루 서책방이네."

"네?"

신기루(蜃氣樓).

신(蜃)이라는 이름의 영물이 뿜어내는 기운으로 인해 보이는 공중누각이라는 의미다.

즉, 허상의 것을 의미하지.

"이곳은 인연이 닿은 자에게만 출입이 허락된 곳이라서 말이야."

"그렇군요. 그 말씀은, 원래 저희가 오늘 이곳과 인연이 없었다는 의미입니까?"

"뭐, 그렇지. 하지만 인연이라는 것은 하늘이 정한 인연도 있지만, 사람이 만드는 인연도 있지. 오늘처럼 말이야."

그리 말하며 서향 소저를 보셨다.

그 말은 즉, 서향 소저가 이곳을 보는 바람에 인연이 생겼다는 의미다.

"그러니까 여기 소저에게 감사하게나."

이에 세 호위무사는 서향 소저에게 살짝 묵례를 해 보였다.

"노파심에 당부하자면, 이곳에 대해 다른 이들에게 말하지 않는 게 좋을 거네. 미친놈 취급받지 않으려면 말이지."

"확실히 말하지 않는 편이 좋겠네요."

“그러면 이제 슬슬 가 보게나.”

정중한 축객령에 나는 포권하여 예를 갖추었다.

“그럼 다음에 또 뵙겠습니다.”

“으잉? 또 온다고? 하긴 이 소저가 있으니 이곳을 숨기는 건 글렀군.”

“그럼 안녕히 계십시오.”

그렇게 우리는 신기루 서책방을 나섰다.

서책방을 나와 뒤를 돌아보니, 우리가 들어갔던 서책방은 흔적도 없이 사라져 있었다.

“아직 서책방이 있습니까?”

내 물음에 서향 소저가 고개를 끄덕였다.

“네.”

그때 서책을 들고 있던 세 무사가 서향 소저에게 포권하며 감사를 표했다.

“정말 감사합니다.”

“뭘요. 제가 도움이 되어서 기쁘네요.”

그들의 표정을 보니 어서 숙소로 돌아가서 그 무공서를 살펴보고 싶은 마음이 간절해 보였다.

“그럼 들어갑시다.”

.

.

.

다음 날.

아침을 먹은 후 지부장의 집무실로 향했다.

지부장을 믿기는 하지만, 그렇다고 해도 기회가 있을 때마다 장부를 살피고 점검해야 한다.

지부장도 알아차리지 못한 실수를 발견할 수도 있고, 지부장을 비롯한 직원들에게 경각심을 주기 위해서도 말이다.

더군다나 이곳은 낙양이다.

은해상단을 노리는 승냥이 떼들이 침을 뚝뚝 흘리고 있으니 더 경계해야 한다.

마침, 내 호위는 서우 무사와 이필 무사다.

나는 이필 무사에게 물었다.

"어제 그 무공서는 다 읽으신 겁니까?"

"아직 다 읽지는 못했습니다."

"제목이 좀 특이하더군요. 녹수일록이었지요."

"녹수는, 사천당가 선조의 자호입니다."

자호라는 건 스스로를 부르는 이름이다.

"사천당가에서 녹수라는 의미는 무공이 뛰어난 분을 의미하는데 그건 방금 말씀드린 사천당가의 선조로부터 유래된 겁니다."

이필 무사가 말을 이었다.

"그분은 독기로 인해 손이 청록색으로 변했는데 이를 무척 마음에 들어 하셨다고 합니다. 사천당가에 대한 본인의 마음을 두 손이 증명하고 있다고 말입니다."

사천당가의 상징은 청록색이다.

그리고 청록색의 옷을 입을 수 있는 자는 오직 직계와

가문에 공을 세웠다고 인정받은 자뿐이다.

허가받지 않은 자가 사천당가 내에서 청록의를 입는다는 것은 가주의 권위에 도전한다는 의미.

“그리고 그건 그분의 일기였습니다.”

“그랬군요.”

“그것을 읽으면 읽을수록 그 안에 담긴 심득은 감히 헤아릴 수 없을 정도입니다. 하여 조금밖에 읽지 못했습니다.”

서책방의 노인이 제대로 추천해 줬군.

그 서책으로 인해 이필 무사가 빠르게 성장할 테니.

곧 나는 낙양지부장의 집무실에 도착했고, 형식적으로나마 양해를 구하고 서류들을 살피기 시작했다.

나를 지켜보는 이들의 긴장된 시선이 느껴지는군.

내가 의도한 바였기에 별로 신경 쓰지는 않았다.

그렇게 한참 살펴보니 서류에는 이상이 없었다.

저번에 의원의 배신으로 인해 은중선 낙양지부장이 한층 더 신경 쓰고 있는 듯했다.

역시 낙양지부를 맡을 만한 분이라니까.

“혹시 무슨 문제라도…….”

나는 고개를 저었다.

“아닙니다. 서류가 아주 완벽합니다. 이렇게까지 완벽하기 힘든데, 애쓰셨습니다.”

“그리 말씀해 주시니 몸 둘 바를 모르겠습니다.”

“너무 본인을 낮추시지 않아도 됩니다.”

“그런 말씀 마십시오. 소단주님은 제 목숨을 살려 주신

은인이시며 무림의 영웅 중 한 분이십니다. 그런데 어찌 제가 함부로 하겠습니까?"

그가 웃으며 말을 이었다.

"그나저나 내일 맹주님을 만나러 가신다고 들었습니다. 예물은 준비하셨습니까?"

우리의 혼인을 알리려 가는 것이니만큼, 적당한 선물을 가져가는 것이 예의지.

"안 그래도 무엇이 좋을지 고민하던 참이었습니다."

"그렇다면 다기는 어떻습니까? 이번에 저희 지부에 들어온 무동상단의 다기가 있는데 제법 괜찮습니다."

"한번 보고 싶습니다."

나는 그의 안내를 받아 창고로 향했고, 그곳에 보관되어 있던 다기들을 살폈다.

무동상단의 특기가 잔을 만드는 것이다.

술잔이든, 찻잔이든 그 색이 아름답고 잔에 그려진 그림이 여운을 더해 주지.

"이 정도면 특상품이군요."

"그렇습니다. 특상품을 여섯 조를 주문했습니다."

"그랬군요."

잔은 보통 여섯 개나 여덟 개, 혹은 열 개로 한 조를 만든다.

넷이라는 숫자는 죽음을 연상하기에 피하는 편이니까. 그래서 같은 물건을 네 개를 보내는 건 상대방을 향한 저주의 의미다.

이번에 주문한 여섯 조의 특상품 찻잔은 열 개짜리다.

십(十)이라는 숫자는 완전함을 의미하지.

하지만 그것들을 살피던 중 하자를 발견했다.

"이 찻잔, 금이 가 있군요."

"이런! 정말이군요. 미처 살피지 못한 제 탓입니다. 당장 표국과 무동상단에 항의해야겠습니다."

"아닙니다. 이 정도의 실금은 그 책임을 묻기가 어렵지 않습니까?"

나는 잠시 생각하다가 말했다.

"제가 이걸 맹주님의 예물로 사용하죠."

"네? 이걸 말입니까?"

"여기서 하자가 있는 이 찻잔만 빼면 아홉 개입니다. 예물로서 딱 좋은 숫자 아닙니까?"

"하긴 그렇긴 합니다. 아홉이란 숫자는 좋은 숫자이니 말입니다."

숫자 아홉은 건강과 장수, 그리고 관계가 오랫동안 지속되기를 원한다는 의미.

"여기 비어 있는 곳은 고급 찻잎을 포장해서 담으면 될 듯합니다."

나는 말을 이었다.

"그리고 이 찻잔은 제가 값을 치르죠."

"아닙니다. 하자가 있는 물건인데 어찌 값을 치르려 하십니까?"

"저는 은해상단의 소단주입니다. 그러니 제가 본을 보

여야지 않겠습니까? 제가 이걸 그냥 가져가면 사정을 알리 없는 다른 이들이 뒤에서 손가락질할 것입니다."

"정 그렇다면, 알겠습니다."

덕분에 예물 걱정은 덜었군.

내가 하자가 있는 이 찻잔을 예물로 고른 이유는 간단했다.

왠지 맹주에게 완전하다는 의미가 있는 열 개의 찻잔을 주기 싫었기 때문이다.

다음 날.

나와 서향 소저는 맹주님을 만나러 갈 채비를 마쳤다.

그리고 호위는 서우 무사와 여응암 무사가 맡기로 했다.

진유 무사는 맹주와 가까이 가면 문제가 생길 수도 있다며 본인이 고사했다.

그렇기에 그를 제외하고 가장 무공이 강한 두 사람이 내 호위를 맡은 것이다.

아침을 먹은 후 잠시 기다리고 있자 팔갑이 무림맹에서 사람이 왔음을 알렸다.

"무림맹의 왕 조장님께서 오셨습니다."

우리가 밖으로 나가니, 오랜만에 보는 얼굴이 보였다.

무림맹 호정대의 왕구 조장이다.

일전에 구암문에 보관되어 있던 금불상을 가져왔고 그것이 맹주의 침소에서 사라졌을 때 나에게 혐의점이 있다며 조사하기 위해 데리러 왔던 자다.

당시 그 태도가 고압적이어서, 일부러 맹주의 친필문서를 밟게 만들어서 공손하게 만들었지.

"소상이 왕 조장님을 뵙습니다."

"아이고, 아닙니다! 이제 제가 먼저 인사드려야 할 분이 그러시면 되겠습니까?"

이제는 내 위상을 제대로 알고 있나 보군.

하긴 맹주님이 이렇게 따로 사람을 불러서 만날 정도니 모를 리가 없지.

"맹주님께서 부르십니다. 모시러 왔습니다."

"감사합니다."

내가 서향 소저와 함께하니 왕 조장이 고개를 갸웃하며 물었다.

"여기 소저께서도 함께 가시는 겁니까?"

"네. 제 부인이 될 사람입니다. 이번에 혼인을 앞두고 있고 이를 고하기 위해 맹주님을 찾아뵈려는 것입니다."

"그러셨군요! 이거 실례가 많았습니다."

왕구 조장이 말했다.

"그럼 가시지요."

나는 속으로 중얼거렸다.

아……. 가기 싫다.

.

.

.

잠시 후, 우리는 무림맹에 도착했다.

호위무사들은 접빈실 밖에서 대기했고, 나와 서향 소저만이 접빈실 안으로 들어갔다.

서향 소저는 떨리는 손으로 너울을 벗고 심호흡을 했다. 그도 그럴 것이 자신을 죽이라는 명을 내린 자 앞에 모습을 드러내는 것이다.

떨리지 않을 리가 없지.

나는 그녀의 손을 부드럽게 잡아 주고는 전음을 보냈다.

- 걱정하지 마십시오. 제가 소저만은 반드시 지킬 겁니다.

그녀는 나를 보며 미소 짓고는 고개를 끄덕였다.

- 그래도 떨린다면, 금령이가 은자를 안고 뒹굴뒹굴하는 것을 떠올려 보십시오.

이에 그녀가 풋 하고 웃었고, 그녀의 떨림이 금방 가라앉았다.

나보다 금령이가 더 효과가 좋은 거 같은데?

- 꾸이?

부럽냐고?

그런 거 아니야…….

접빈실에서 차를 대접받으며 잠시 기다리자 밖에서 시위의 목소리가 들렸다.

"맹주님께서 오셨습니다."

우리는 얼른 자리에서 일어났다.

문이 열리며 맹주가 들어왔고, 우리는 공손하게 예를 갖추었다.

"소상 은서호, 맹주님을 뵙습니다."

"소녀, 곽서향이 맹주님을 뵙습니다."

"편히 앉게."

"감사합니다."

우리가 자리에 앉고, 맹주님이 상석에 앉으셨다.

"오랜만에 뵙습니다. 그간 강녕하셨습니까?"

"그럭저럭 지내고 있네."

그런데 왠지 맹주님의 얼굴이 이전보다 조금 더 젊어지신 것 같은데.

내 착각인가?

일단 그 생각은 지우고 준비해 온 예물을 올려놓았다.

"약소하지만, 제 마음입니다."

나는 찻잔을 담은 상자를 열어 보였다.

"특상품의 찻잔입니다."

"찻잔이 아홉 개로군."

"맹주님과 좋은 관계가 오랫동안 이어졌으면 하는 바람을 담았습니다. 너무 주제넘은 바람이었을까요?"

"허허허, 아니네. 나 역시 자네 같은 신진고수와 좋은 인연을 이어 가는 것은 언제든 환영이라네."

역시 선물은 말빨이 팔 할이라니까.

"그리고 여기 들어있는 차는 저희 상단에서 자체적으로 만든 차입니다. 차의 이름은 월야(月夜)입니다. 다른 차와 달리 잠들기 전에 마시면 좋습니다."

"좋은 선물이군. 감사히 받겠네."

맹주님은 예물이 만족스러운 듯, 미소를 지으며 고개를 끄덕였다.

"일전에 다친 다리는 괜찮은가?"

"네, 덕분에 다 나았습니다."

"그런데 여기까지 어인 일인가?"

"다름이 아니라 제가 이번 시월에 혼인을 합니다."

그리 말하며 청첩장을 내밀었다.

이에 맹주님은 청첩장을 받아 열어보더니, 웃으며 말씀하셨다.

"오! 축하하네."

"감사합니다."

맹주님은 웃으며 나를 보다가, 서향 소저를 보고는 고개를 갸웃했다.

"왜 그러십니까?"

"아, 미안하군. 어딘가 낯익은 얼굴이라 말이네."

그 말에 나는 확신했다.

맹주는 서향 소저의 얼굴을 알고 있다.

하지만 낙양에서 벗어나기 힘든 그의 위치상, 귀주성에서 직접 그녀를 본 건 아닐 터.

아마 그림으로 봤겠지.

이를 통해 일이 진행되었을 테니까.

그때 서향 소저가 말했다.

"혹시 동자령이라는 분을 말씀하시는 걸까요?"

그녀가 그리 묻자 맹주는 허허 웃었다.

"그랬던 것 같군."

최대한 감정을 드러내지 않으려 했지만, 내 눈은 못 속인다.

움찔한 것을 보니 당황했나 보군.

하긴, 서향 소저가 대놓고 그 이름을 말할 줄 몰랐겠지.

"그 이름을 어찌 아는가?"

그 물음에 서향 소저가 대답했다.

"일전에 그녀의 오라버니를 만났고, 저를 자신의 죽은 누이동생으로 착각하셨던 적이 있습니다."

내가 설명을 덧붙였다.

"그리고 최근에는 그 소저의 약혼자의 동생이 제게 제자로 삼아 달라고 찾아온 적이 있습니다. 그 공자도 제 부인이 될 사람을 보고 깜짝 놀라더군요. 사실, 저도 처음 봤을 때 놀랐으니 말해 무엇하겠습니까?"

원래 누군가를 속이기 위해서는 구 할의 진실에 일 할의 거짓을 섞으라고 했다.

"자네도 동자령이라는 소저와 연이 있었군."

맹주의 물음에 나는 고개를 주억였다.

"네. 일전에 동자령 소저의 아버지인 귀주성 포정사께서, 그녀를 위해 눈을 가져와 달라는 요청을 하셨습니다. 맹주님도 아시다시피 제 무공은 천류공입니다. 그래서 제 음기의 내공을 활용해서 눈을 가져다준 적이 있습니다."

"그녀가 좋아했겠군."

"네. 무척 좋아했습니다. 하지만 얼마 되지 않아 그만

사고로 명을 달리했으니 안타까울 뿐입니다.”

맹주님이 고개를 흔들며 탄식했다.

“허! 그녀가 죽었다니! 참 안타까운 일이군.”

“그런데 맹주님께서는 그 소저를 어찌 아십니까?”

“……그녀가 낙양에 왔을 때 본 적이 있다네. 귀주성 포정사와 함께 북경으로 가던 길에 낙양에 들렀었다네.”

와, 입에 침도 바르지 않고 거짓말을 줄줄 하시네.

내가 알기로 서향 소저는 태어나서 나와 만나기 전까지 한 번도 귀주성을 벗어나 본 적이 없는데 말이지.

나는 서향 소저를 흘깃 살폈다.

하지만 그녀는 담담한 얼굴이었다.

마치 타인의 이야기를 듣는 듯, 아무런 감정도 내비치지 않고 있는 모습.

그녀의 오라버니인 동혁수 대협을 만난 이후로 무척 노력하였지.

다행히 그 성과가 이 자리에서 발휘되고 있었다.

“그러셨군요.”

“하지만 자세히 보니 확실히 다른 사람이긴 하군. 게다가 무공의 성취를 보아하니 어릴 적부터 익힌 듯하고.”

서향 소저의 체질 덕분에 천류공의 성취 속도가 빠른 편인데, 덕분에 오해를 한 듯했다.

“네. 그렇습니다.”

“이리 훤칠한 영웅과의 혼인이라니! 춘부장께서 기뻐하시겠군.”

이에 서향 소저가 말했다.

"네. 하늘에서 기뻐하실 거라 생각합니다."

"음?"

"제가 어릴 적에 돌아가셨습니다. 그래서 제가 혼인하는 것을 보시지 못한다는 게 가슴 아픕니다."

그러면서 눈물 한 방울을 흘렸고, 옷소매에 달린 손수건으로 눈물을 눌러 닦았다.

나조차도 연기인지 진짜인지 헷갈릴 정도의 감정.

맹주는 민망해하며 헛기침했다.

"험험, 저런, 미안하군."

"괜찮습니다."

"그럼 누구에게 무공을 사사한 건가?"

"숙부님께 사사했습니다."

이에 내가 설명을 덧붙였다.

"저와 같은 천류공을 익혔습니다."

"그렇군."

맹주는 고개를 주억이며 말을 이었다.

"아무튼, 잘 어울리는 선남선녀군. 혼인 축하하네."

"감사합니다."

"내 반드시 축하 사절을 보내도록 하지."

사실 필요는 없습니다. 별로 달갑지도 않고요.

하지만 그 마음을 내뱉을 수는 없지.

나는 공손히 포권하며 말했다.

"그리해 주신다면 가문의 영광으로 알겠습니다."

그렇게 맹주와의 만남을 마쳤다.

우리는 낙양지부로 돌아올 때까지 아무 말도 하지 않았다.

이 낙양은 어디에나 무림맹의 눈과 귀가 있을 수 있으니까.

"후!"

나는 내 방에 들어와서야 한숨을 내쉬며 서향 소저에게 말했다.

"수고하셨습니다."

"소단주님께서 더 수고하셨지요."

"솔직히 중간에 맹주가 거짓말을 할 때 이걸 어찌 반응해야 하나 싶었습니다."

내 말에 그녀가 웃었다.

"강아지가 하품하는 소리에도 반응하나요?"

"……네?"

"그냥 강아지가 하품한다고 생각했어요."

그녀의 말에 나도 모르게 웃음이 터졌다.

역시 그녀도 만만치 않은 사람이구나 싶었다.

다음 날.

우리는 아침만 먹고 곧바로 움직였다.

낙양에 온 목적인 맹주와의 만남을 끝냈으니, 낙양에 더 남을 이유가 없었으니까.

그렇게 낙양지부장님과 낙양지부 사람들의 배웅을 받

으며 길을 나섰다.

낙양부터 호북성 은해상단 본단까지는 금방이다.

실제로는 닷새가 넘게 걸리는 길이지만, 우리는 주강마를 타고 움직이니까.

해가 져 가는데, 주변에 적당한 객잔이 보이지 않아 야숙을 하기로 했다.

수상한 객잔은 가지 않는 것이 상책이니까.

타닥, 탁.

나무 타는 소리가 들려왔다.

모닥불 위에서는 갓 잡은 물고기들이 노릇노릇하게 익어가고 있었다.

"명종 무사님, 창운 무사님."

"네."

"일전에 신기루 서책방에서 사신 무공서는 읽어 보셨습니까?"

내 물음에 그들은 고개를 끄덕였다.

먼저 대답한 자는 명종 무사다.

"제 손에 들어온 건 화원유희라는 무공서입니다. 무공서답지 않은 제목이라서 의아했는데…… 읽어 보니 그건 확실히 무공서가 맞았습니다."

그가 말을 이었다.

"화산파의 무공을 상징하는 건 매화입니다. 매화를 통해 화산의 무공을 표현하기 때문입니다. 하지만 화원유희를 지은 분은 그리 말하더군요. 꼭 매화여야만 화산의 무공을 표현할 수 있는 건 아니라고요.”

“무언가 깊은 의미가 담겨 있는 듯하군요.”

“네. 하지만 아직 거기까지밖에 읽지 못해서 조금 더 시간이 필요할 것 같습니다.”

“그렇군요.”

하지만 그 표정에 떠오른 미소를 보니 뭔가 이전보다 후련해 보인다.

“제 무공서는 수암공이라는 무공서입니다.”

창운 무사가 말을 이었다.

그가 추천받은 건 대놓고 무공서였지.

“그건 수공이었습니다.”

수공?

왜 창운 무사에게 수공의 무공서를 추천한 거지?

“그건 물속에서 바위처럼 오래 버티는 것을 목적으로 하는 수공 같은데, 이를 위해서 꽤 깊은 물이 필요한 듯합니다. 그리고 아직 이를 끝까지 읽지는 못했습니다.”

“그랬군요. 솔직히 세 분 다 그 무공서를 탐독하고 수련하기에는 시간이 부족했을 겁니다.”

나는 그들을 둘러보며 말했다.

“그래서 말인데, 호북성 본단에 도착하면 세 분께 수련할 수 있는 시간을 드리려고 합니다.”

“네?”

“이미 서우 무사님과 진유 무사님 그리고 여응암 무사님과 의논을 마쳤습니다. 본단에서는 여러분이 지금처럼 철저하게 호위하실 필요가 없습니다. 그러니 세 분께서 돌아가면서 제 호위를 해 주시기로 했습니다."

내 말에 이필 무사와 명종 무사 그리고 창운 무사는 뭐라 형언하기 힘든 표정이었다.

미안해 보이기도 하고 감동한 것 같기도 하고…….

서우 무사가 말했다.

"거절할 생각은 하지 마시게. 이번에 신기루 서책방에 방문하여 무공서를 추천받은 것이 무엇을 의미하겠는가? 지금이 기회라는 거네."

진유 무사도 그를 거들었다.

"기회는 잡는 것입니다. 그러니 부담가지지 말고 열심히 수련하여 주군께 더욱 보탬이 될 수 있도록 하면 됩니다."

너무 무거워지려는 분위기를 여응암 무사가 환기했다.

"그렇다고 너무 감동하지 말고. 하하하."

그들의 말에 눈시울이 붉어지는 세 무사.

나는 웃으며 말했다.

"감사의 인사는 나중에 성과로 보여 주면 됩니다."

그리고 팔갑을 불렀다.

"팔갑아. 배고프다. 아직 물고기 안 익었어?"

"다 익었습니다요."

– 꾸이…….

너도 배고프다고?

아직 창고에 쌓아 놓은 금자랑 은자 안 먹었잖아? 그거 먹으면 되지 않니?

꾸잇?

그건 비상식량이라고? 그렇구나.

그래도 그렇게 정색할 건 없잖아.

다음 날.

우리는 다시 출발했고 호북성에 다다랐다.

“드디어 호북성입니다.”

여응암 무사가 말했다.

“왠지 호북성에만 와도 집에 온 것 같습니다.”

“하하. 저도 그렇습니다.”

그렇게 우리는 더 달려서 호북성 본단에 도착했다.

“헉! 오셨습니까?”

“셋째 소단주님께서 오셨다!”

우리가 도착하자 종을 쳐서 안에 우리의 도착을 알리는 등 위사들의 움직임이 분주해졌다.

“왔느냐.”

“조부님!”

조부님께서 직접 우리를 맞아 주셔서 살짝 놀랐다.

“소녀가 태상상단주님을 뵙습니다.”

서향 소저의 인사에 조부님이 못마땅한 표정으로 혀를 차셨다.

“쯧쯧, 그게 아니다.”

“네?”

“이제 이 집안의 며느리가 되는 건데, 그것보다 더 어울리는 호칭이 있지 않느냐?"

이에 서향 소저는 조심스럽게 입을 열었다.

"조부님……."

"그래, 그렇지."

나는 흐뭇하게 미소를 지으시는 조부님께 물었다.

"다른 가족들은 다 바쁜 모양이군요?"

"네 아비랑 어미는 지금 모임에 갔고, 진호는 상행을 갔다가 아직 돌아오지 않았다."

"그렇군요."

"먼 길에 피곤했을 텐데 어서 들어와서 쉬어라."

"네."

조부님께서는 이전보다 더 건강해 보이셨다.

아무래도 일전에 내가 드린 강녕초 덕분인 듯했다.

이리 건강하게 거동하시니, 기쁘네.

우리는 처소로 돌아왔다.

서향 소저를 돌봐 주는 하녀는 정호 형이 올 때 함께 오기로 했다.

주강마를 타고 움직이는 만큼, 함께 올 수가 없었기 때문이다.

하여 그녀는 내 별당에서 함께 지내기로 했다.

별당은 혼인까지 염두에 두고 지어졌기 때문에 넓고 방도 많기 때문이다.

내 별당의 하녀가 있으니 그때까지는 그녀의 도움을 받

으면 될 터.

그나저나 이제 서향 소저에게도 시녀가 필요하다.

시녀와 하녀는 그 하는 일이 구분되어 있으니까.

우리가 상인이긴 해도 제법 높은 분들을 만날 일도 많기에 시종이나 시녀의 역할이 중요하다.

어느 정도 지식이 있는 것은 물론이고 격식에도 밝아야 하며, 눈치도 빨라야 하니까.

그래서 충성스러우면서 능력 있는 시종과 시녀를 구하는 건 쉽지 않은 일이지.

그래서 팔갑이 내 시종이라는 건 항상 행운이라고 생각하고 있다.

원래는 그녀를 옆에서 보필하던 하녀를 시녀로 삼고자 했는데, 그 하녀가 고사했다.

시녀는 항상 붙어 다녀야 하는데, 혹시라도 본인의 얼굴을 알고 있는 자가 있다면 서향 소저가 의심받을 거라는 이유였다.

일리가 있기에 그녀는 계속 하녀로 남기로 했다.

아무래도 서향 소저의 시녀 건은 어머니께 조언을 구해야겠군.

두 형수님도 어머니를 통해 시녀를 구했으니까.

그날 저녁.

모임에 가셨던 아버지와 어머니께서 돌아오셨다는 전갈을 받았다.

"번거롭게 지금 인사하러 오지 말고, 이따 저녁을 먹을 때 보자고 하십니다."

아무래도 피곤하니 좀 더 쉬라는 의미이신 듯했다.

덕분에 침상에 누워서 뒹굴뒹굴하는 시간을 가질 수 있었다.

"꾸이! 꾸이!"

옆에서는 금령이가 은자를 안고 뒹굴뒹굴하고 있었다.

내 비고에 있던 금령의 비상식량이다.

혹시 이걸 위해서 남겨 놓은 건가?

"꾸잇……."

어떻게 알았냐고?

허……. 진짜였냐?

161장. 혜림문

저녁 식사 시간이 되어 서향 소저와 함께 식당으로 향했다.

식당에 앉아 기다리니 둘째 형수님이 먼저 도착했다.

"형수님을 뵙습니다. 그간 평안하셨습니까?"

"네, 덕분에요."

"소녀, 형님을 뵙습니다."

둘째 형수님이 서향 소저의 인사를 웃으며 받아 주셨다.

"반가워요. 그동안 잘 지냈어요?"

친우처럼 지내는 사이인 만큼 둘째 형수님께서는 무척 반가워하셨다.

"드디어 형님이란 소리를 듣네요. 호호."

그리고 고개를 돌려 나를 보며 말했다.

"서호 도련님이 복이 참 많아요. 어디를 가도 이렇게

좋은 여자는 두 번 다시 만나지 못할 거예요."

"저도 그렇게 생각합니다. 하하하."

그렇게 담소를 나누고 있을 때 부모님께서 식당으로 들어오셨다.

나와 서향 소저는 얼른 자리에서 일어나 예를 갖추었다.

"소자, 아버지와 어머니를 뵙습니다."

"소녀, 아버님과 어머님을 뵙습니다."

부모님은 흐뭇하게 미소 지으며 우리의 인사를 받아 주셨다.

"오느라 고생 많았다."

이어서 조부님께서 들어오셨고, 우리에게 말했다.

"자리에 편히 앉거라."

"네."

"감사합니다."

우리가 자리에 앉고, 어머니가 신호하자 하녀들이 음식을 나르기 시작했다.

이 자리에 진호 형은 없다.

아직 상행에서 돌아오지 않았으니까.

팔갑에게 듣기로는 이틀 뒤에 도착할 예정이라지.

제발 이번에는 아무 일도 터지지 않았으면 좋겠다.

우리는 식사를 하며 근황을 주고받았다.

정호 형 가족에 대한 안부라든지, 산동악가에 다녀온 이야기라든지, 북해로 간 이들에 대한 소식이라든지 등등에 대한 것이지.

나는 그 이야기가 끝날 즈음에 말을 꺼냈다.

“어머니. 이제 서향 소저에게도 시녀가 필요할 듯합니다.”

“그렇긴 하지.”

“그래서 말인데 혹시 적당한 사람이 있을까요?”

“그래, 마침 적당한 사람이 있단다.”

마치 기다렸다는 듯이 말씀하시는 것을 보니 이미 준비해 놓고 계셨다는 의미다.

후, 여쭤봐서 다행이다.

어머니께서 엄청 섭섭해하실 뻔했네.

.

.

.

다음 날.

나와 서향 소저는 어머니의 처소로 향했다.

어머니께서 서향 소저의 시녀를 소개해 주신다고 하셨기 때문이다.

어머니께서 우리를 반갑게 맞아 주셨다.

“어서 오너라. 차 마실래?”

“좋죠.”

어머니께서 따라 주신 차를 마시며 기다리는데, 이곳에는 우리 셋 말고 아무도 없었다.

시녀를 소개해 주신다고 했는데 왜 우리뿐이지?

내 의문을 눈치챈 듯, 어머니께서 말씀하셨다.

"내가 추천하는 사람은 혜림문의 여식이란다."

"네?"

나는 살짝 놀랐다.

혜림문은 숭양현에 자리 잡은 문파 중 한 곳이다.

"그곳이 작은 문파기는 하지만, 그래도 지금까지 꿋꿋하게 잘 이어져 온 곳 아닙니까?"

"그래, 그만큼 자부심이 강하다는 의미기도 하니 문파의 딸로서 자존심을 꺾고 셋째 새아가의 시녀가 되는 건 어려운 일이지."

어머니가 말을 이었다.

"하지만 혜림문에 조만간 변고가 닥칠 듯하구나."

역시 어머니도 알고 계시는구나.

혜림문이 사는 방법은 그녀가 서향 소저의 시녀가 되는 것밖에는 없을 거다.

이전 삶의 기억대로라면 혜림문은 조만간 비참하게 멸문하게 된다.

그들이 진 빚을 해결할 수 없을 정도가 되기 때문이다.

우리 은해상단에서도 제법 돈을 빌렸는데, 그것으로도 모자라 질이 좋지 않은 곳에까지 돈을 빌린 것이 화근이었다.

결국 변제일이 다 되었음에도 혜림문이 빚을 갚지 못하자 그 흑도들이 혜림문의 건물을 뺏었다.

그 와중에 문주는 중상을 입었고, 장남이 죽는 것을 보게 된다.

그리고 그의 딸은 도주하다가 잡혀서 자결했지.

그 비극을 목도한 문주는 결국 강물에 몸을 던져 생을 마쳤다.

문파가 멸문한 데다가 가족들도 모두 죽어 버린, 비참한 최후였다.

내가 그 기억을 떠올리고 있자니 어머니께서 말을 이었다.

"대체 무엇 때문에 그리 많은 돈이 필요했는지 모르겠지만, 모임에서 들으니 이제 한계란다. 이전에 봤을 때 그 여식이 참으로 마음에 들었는데 이대로라면 기루에 팔려 갈 거란다. 기루에 팔리는 것보다는 시녀가 낫지 않겠니?"

"그렇긴 합니다."

어머니가 나와 서향 소저를 보셨다.

"그녀에게 은혜를 입히도록 해라. 그리고 너희 사람으로 만들렴."

우리는 어머니 처소에서 물러났다.

서향 소저가 고민스러운 표정으로 말했다.

"그녀에게 일부러 은혜를 입혀서 제 시녀가 되게 하는 건 왠지 미안한 마음이 드네요."

"마음에 걸리십니까?"

"네. 목적을 위해서 상황을 이용하는 것 같아서요."

"비정한 말 같지만, 세상에는 그런 기회조차 얻지 못하고 스러져 가는 이들이 제법 많습니다.”

이전 삶에서의 혜림문이 그랬지.

나는 차분하게 말을 이었다.

“그리고 만약 저희가 혜림문을 돕지 않는다면 그곳에 닥칠 건 비참한 죽음뿐일 겁니다. 하지만 저희도 아무 이유 없이 그들을 도울 순 없습니다. 막대한 돈이 들어가는 만큼 이쪽도 얻는 게 있어야죠.”

이번 삶에서도 어머니가 혜림문의 여식을 서향 소저의 시녀로 추천하지 않았다면 내가 그곳을 도울 이유는 없었을 거다.

비정하다고 생각되겠지만, 내가 내 돈을 들여 아무 이유 없이 모두를 도울 순 없는 노릇이니까.

서향 소저가 한숨을 내쉬었다.

“미안해요. 제가 너무 이상적인 말을 하게 되네요. 세상이 그리 이상적으로 돌아가지 않는다는 것은 저도 잘 아는데 말이에요.”

“아닙니다. 그리 생각하신다는 건, 소저가 좋은 사람이라는 뜻입니다.”

서향 소저를 위로하며 말을 이었다.

“저는 선택을 강요하지 않을 것입니다. 선택은 혜림문주의 여식의 몫입니다.”

우선 혜림문에 대해 알아보는 것이 먼저다.

상단 차원에서 막대한 지원을 하고 있고, 내가 영입한

인재들 덕분에 우리 상단의 정보대는 호북성의 모든 정보를 꿰고 있다고 해도 과언이 아니다.

나는 오랜만에 정보대를 찾아갔다.

바쁘게 움직이는 그곳에서 반가운 얼굴을 보았다.

"오랜만입니다."

"소단주님!"

나를 반가워하는 이는 바로 허운.

백천상단이 버린 보물이지.

"잠시 시간 있습니까?"

"물론입니다. 소단주님의 요청인데 없는 시간도 만들어야지요."

그는 고개를 끄덕이더니 지팡이를 짚고 움직였다.

먼 거리를 오갈 땐 의륜의를 사용하지만, 사무실 안에서는 지팡이를 짚고 생활한다고 들었다.

다리를 아예 못 쓰는 게 아니기에 다리가 굳지 않도록 하기 위함이다.

"앉으십시오."

그가 다탁을 권했고, 나는 자리에 앉았다.

그 사이 정보대의 차를 담당하는 자가 차를 가져다주었다.

"정보를 요청하고자 왔습니다."

"어떤 정보입니까?"

"혜림문에 대해서 알고 싶습니다. 그에 관련된 정보를 모조리 주십시오."

"알겠습니다. 언제까지 드리면 되겠습니까?"

"빠르면 빠를수록 좋습니다만, 늦어도 나흘 내에 주셨으면 합니다."

"멀리 있는 곳이 아니니만큼 충분히 그 안에 드릴 수 있을 겁니다."

나는 그렇게 용건을 마무리하고 근황을 물었다.

"요즘 어찌 지내고 계십니까?"

내 물음에 그가 웃으며 말했다.

"하루하루 즐겁게 지내고 있습니다. 특히 제 능력이 도움이 되니 보람도 있고요."

모두를 놀라게 한 그의 기억력이다.

그 기억력은 이 정보대에서 아주 큰 역할이 되고 있었다.

사소한 정보들이 모여 중요한 정보가 되는 것인데, 이를 위해서는 이전의 정보들을 찾아 조각을 맞춰야 한다.

하지만 허운은 뛰어난 기억력 덕분에 그 시간을 상당히 단축할 수 있다.

그리고 그는 또 좋은 소식을 하나 전해 주었다.

"궁금해하지 않으실 수도 있지만, 백천상단에 대한 정보가 있습니다."

궁금해하지 않는다니! 설마!

백천상단에 대한 정보는 언제나 궁금하다.

"상단주의 자리에서 물러난 남궁강과 새로운 상단주인 남궁석의 사이가 좋지 않다는 정보가 있습니다."

음? 그들의 사이가 좋지 않다고?

서로 밀어주고 끌어 주고 우애 좋던 형제인데?

“아무래도 남궁강이 반강제로 밀려나면서 남궁석을 새로운 상단주로 세운 것이 화근이 된 모양입니다. 권력의 맛을 보니 남궁강을 얕보게 된 것 같습니다.”

아…….

무슨 의미인지 알 것 같았다.

사람이 권력에 취하게 되면 그때부터 주변이 보이지 않는다고 한다.

심지어 자신을 그 자리에 올려 준 자조차 밑으로 보게 되는 것이다.

반대로 자신이 허수아비로 세워 두었다고 생각한 자가 자신과 대립하게 되면 몇 배로 더 괘씸하게 생각되겠지.

그렇게 갈등이 생기고, 그 갈등은 점점 커지게 될 터.

그럴 가능성도 있다고 생각은 했지만, 상황이 내게 훨씬 좋게 흘러가는군.

나는 허운에게 말했다.

“하지만 결국 남궁강 전 상단주가 이길 겁니다. 남궁석 현 상단주는 그런 큰 상단을 이끌 사람이 아니거든요. 아직 남아 있는 남궁강 전 상단주의 영향력도 무시할 정도가 아니고요.”

“저도 그리 생각합니다.”

“그리고 남궁석 상단주는 아직 실감하지 못하고 있습니다. 백천상단의 진짜 주인은 상단주가 아닌, 백천상단에 자금을 출자한 무림의 세력들이라는 것을 말입니다. 그들에게 상단주가 남궁강이든 남궁석이든 아무 상관 없습니다. 그저 돈을 잘 버는지 못 버는지가 중요하죠."

그나저나 궁금하군.

이번에 백천상단에서도 내 축하를 위해 올 터.

과연 누가 오려나?

내 예상으로는 이번에 내 혼인 연회에 참석하는 자가 누군지에 따라 백천상단의 판도가 바뀔 거다.

* * *

숭양현 산자락에 한 건물이 세워져 있다.

그곳의 낡은 현판에 새겨진 이름은 [혜림문(慧林門)].

오래전에는 숭양현에서도 삼대 세력에 꼽힐 정도의 문파였지만, 시간이 지나며 그 세가 약해졌다.

오래전 혜림문에 갑작스러운 사고가 벌어졌는데, 그게 상당히 치명적이었다.

당대 문주가 비명횡사하면서 문파의 비고를 여는 방법을 후계자에게 알려 주지 못했다는 것이다.

혜림문의 중요한 비급이라든지 비싼 물건이 가득한 비고였음에도 그림의 떡이 되어 버린 것.

게다가 몇몇 방탕한 문주가 등장하였고, 그로 인해 혜림문의 쇠퇴는 가속화되었다.

결국, 지금에 이르러서는 낡은 건물과 과거의 영광밖에

남지 않았다.

벅벅벅벅!

참방참방!

혜림문 근처의 시냇가.

그곳에서 한 소녀가 빨래를 하고 있었다.

그녀의 이름은 임석화(林晳花).

혜림문주의 딸이지만, 하녀를 둘 상황이 되지 않아서 직접 빨래를 하는 것이다.

그래서 그녀의 오라버니도 총관으로서 궂은일을 하고 있었다.

그 와중에 무공도 익혀야 했다.

그녀의 아버지는 항상 입버릇처럼 말했다.

언젠가 혜림문에 영광이 찾아올 거라고. 자신이 비고만 연다면 고생은 끝이라고.

'후, 아버지. 그래서 그 영광은 언제 찾아오는 건데요. 이 고생은 언제 끝나는 거냐고요.'

퍽퍽퍽!

방망이로 빨래를 두들기며 열심히 때를 빼려고 노력해도 그리 쉬운 건 아니었다.

비조라도 있으면 빨래가 한결 수월하겠지만, 그런 건 혜림문에게 사치였다.

하루 두 끼 먹는 것도 빠듯했으니까.

문제는 계속해서 쌓여만 가는 빚이다.

그녀의 오라버니가 필사를 하고 그녀가 삯바느질과 길쌈을 해서 먹고 살고는 있지만, 문주가 비고의 문을 열기 위해 온갖 방법을 사용하면서 빚이 늘어만 가고 있었다.

그리고 얼마 전 혜림문이 돈을 빌렸던 적두방에서 최후통첩을 보내왔다.

보름 안에 돈을 갚지 않으면 문파의 건물과 땅을 가져가겠다는 것.

적두방이라는 곳은 임석화도 알고 있는 곳이다.

숭양현에서 질이 나쁜 곳으로, 그들의 사채업은 무자비하기로 유명했다.

'아버지는 왜 하필 그곳에서 돈을 빌리셔서…….'

이제 이틀 뒤가 적두방에서 강제로 채무를 정리하기로 정한 날이다.

하지만 돈 나올 구멍은 없고, 아버지는 필사적으로 비고를 열기 위해 애쓰고 있었다.

그때였다.

"앗!"

북받치는 설움을 삼키기 위해 잠시 손을 놓은 사이, 빨래가 물살을 타고 저 아래로 떠내려갔다.

그녀가 다급히 그 빨래를 건져 내기 위해 움직이려는데, 아래쪽에서 한 여인이 빨래를 건졌다.

입가에 점이 있는, 살짝 차가운 인상의 여인이었다.

"이거, 그대의 것인가요?"

그녀의 물음에 임석화는 고개를 끄덕였다.

"네. 맞아요."

그 여인은 임석화에게 건진 빨래감을 건네주었다.

그러고 보니 그녀의 옆에는 한 남자가 서 있었다.

무척이나 훤칠하고 수려한 얼굴의 남자.

그를 보자마자 임석화는 그가 누군지 알아차렸다. 숭양현에 사는 사람 치고 그가 누군지 알아보지 못할 사람은 없었다.

그는 은해상단의 셋째 소단주, 은서호다.

"아! 소단주님을 뵙습니다."

"제가 누군지 아시는군요. 반갑습니다. 혹시 소저가 혜림문의 임석화 소저이십니까?"

"네. 맞아요."

"그럼 잘 찾아왔군요."

"네?"

이에 그녀가 눈을 동그랗게 뜨고 물었다.

"저를 찾아오셨다고요?"

"그렇습니다."

* * *

나는 눈앞의 소녀를 보았다.

올해 열여섯 살.

다른 소녀들은 한창 꽃단장하느라 여념이 없을 때였지만, 그녀는 군데군데 기워진 옷을 입은 채 빨래를 하고 있었다.

어느 누가 그녀를 한 문파의 금지옥엽이라 생각할까?

나는 이미 정보대의 보고를 통해 혜림문의 상황에 대해 알고 있었다.

그들이 악명 높은 사채업자인 적두방에게 돈을 빌렸다는 사실도 말이다.

"이틀 뒤에 적두방이 찾아온다고 들었습니다."

내 말에 그녀는 움찔했지만, 이내 표정을 관리하며 물었다.

"그건 어떻게 아셨나요?"

"이 호북성에서, 그것도 숭양현에서 벌어지는 일에 대해 저희 은해상단이 모르는 일도 있을까요?"

"우문이었네요."

그녀가 고개를 흔들고는 물었다.

"그래서, 소녀에게 무슨 용건이 있으시기에 그 이야기를 꺼내시는 건가요?"

사실 일부러 그 이야기를 먼저 꺼냈다. 그녀가 어찌 반응할지 궁금했기 때문이다.

기가 죽을 법도 한데, 그녀의 눈빛은 당당했다.

맑은 기운도 그렇고 기세도 그렇고.

우선, 합격이다.

나는 그녀에게 용건을 말했다.

"여기는 제 부인입니다. 그리고 저는 제 부인을 가까이서 도와줄 시녀가 필요합니다. 그래서 소저에게 부탁드리려고 왔습니다."

그녀는 내 말을 이해한 듯, 곧바로 물어 왔다.

"저에게 소단주님의 부인의 시녀가 되라는 말씀인가요?"

"네. 그렇습니다."

과연 그녀는 어떤 반응을 보일까?

화를 낼까? 아니면…….

그녀는 잠시 생각하더니 물었다.

"어째서 저인가요?"

"여러 이유가 있습니다만, 가장 중요한 건 소저께서 기품과 학식을 갖추고 있다는 것이겠지요."

"그렇군요. 그리 봐 주시니 감사합니다."

"만약 이 제안을 받아들인다면, 혜림문의 채무는 저희 은해상단에서 해결해 드리겠습니다. 제 부인의 시녀의 집안이 빚 때문에 허덕이게 할 순 없지요. 그건 여러모로 좋지 않으니까요."

"……."

"저는 강요하지 않겠습니다. 하지만 이거 하나는 알아두십시오. 그 어떤 결정을 하든 정답은 없습니다. 그저 최악을 피하기 위한 차선만이 있을 뿐입니다."

내 말에 임석화 소저가 말했다.

"조언 감사해요. 하지만 이는 저 혼자 결정할 일은 아니니, 가족들과 의논해 본 후 결정해도 될까요?"

"그리하십시오."

나는 고개를 끄덕였지만, 당부의 말을 남겼다.

"하지만 늦어도 내일까지는 결정해 주셨으면 합니다. 이틀 후에 적두방이 찾아와 깽판을 치면 다치지 않아도 될 자가 다치게 될 겁니다."

"알겠어요."

그때 서향 소저가 내 옷소매를 당겼다. 뭔가 할 말이 있다는 의미.

그녀의 말을 들은 나는 속으로 한숨을 내쉬었고, 품에서 무언가를 꺼냈다.

"이거 받으십시오."

"이게 무엇인가요?"

"혹시라도 제 도움이 필요하다면 이걸 사용하십시오. 이 호각을 힘껏 불면 됩니다."

"네."

"목에 걸고 계십시오. 그거 옥으로 만든 비싼 거라서 잊어버리면 변상하셔야 합니다."

내 말에 그녀는 곧바로 그것을 목에 걸었다.

이제야 좀 안심이군.

나는 팔갑에게서 손잡이 달린 바구니를 받아 그녀에게 건넸다.

"만두입니다. 오늘 점심으로 먹었는데 제법 맛있더군요. 드십시오."

"감사합니다."

"그리고 다음에 정식으로 혜림문에 방문하겠습니다."

우리는 그녀와 헤어져 산을 내려왔다.

내가 그녀에게 호각을 준 이유는 서향 소저의 조언 때문이다.

아무래도 적두방을 좀 손봐야겠군.

아무리 악명 높은 사채업자라고 해도 신용이 없으면 되겠어?

* * *

임석화는 빨래를 마치고 집으로 돌아왔다.

"왔느냐?"

"네. 아버지."

그녀의 아버지인 혜림문주가 콜록거리며 집 옆의 동굴에서 나오고 있었다.

그 동굴이 비고가 있는 곳이라 알려진 곳.

그곳에서 오랜 시간 연구를 지속했으니 건강이 나빠진 건 당연했다.

"배고프시죠? 먹을 것 좀 가져올게요."

"먹을 만한 것이 있느냐?"

그리 묻는 건 혜림문주도 문파의 사정을 잘 알기 때문이다.

"네. 아까 은해상단의 은서호 소단주님께서 찾아오셨는데, 만두를 주시고 가셨거든요."

"응? 은서호 소단주가?"

임석화의 말에 혜림문주의 눈이 커졌다.

"네. 제게 제안을 하러 오셨어요. 조만간 은서호 소단주님이 혼인을 하잖아요."

이에 그는 고개를 주억였다.

혜림문도 청첩장을 받았으니까.

"그 부인의 시녀가 되어 줄 수 있느냐고 묻더라고요."

"뭐? 시녀?"

"대신 본문의 모든 빚을 해결해 주겠다고 하셨어요."

"……."

이에 혜림문주는 평상에 앉으며 말했다.

"최악이냐 차악이냐를 고르는 문제구나."

"……."

"너는 어찌하고 싶으냐?"

그의 물음에 임석화가 물었다.

"최악보다는 차악이 낫잖아요. 그나저나 역정을 내지 않으시네요?"

"무슨 소리냐?"

"우리 문파가 어떤 문파인데 감히 상인 놈이 혜림문의 여식을 시녀로 삼으려 하느냐고 역정을 내실 법도 하잖아요."

"후……."

혜림문주가 한숨을 내쉬었다.

"아마 오 년 전만 하더라도 네 말대로 역정을 냈을 거다. 하지만 점점 시간이 가면 갈수록 느낀다. 이 혜림문은 미래가 없다는 것을."

그가 어두운 표정으로 말을 이었다.

"그러니 너라도 좋은 곳에 자리를 잡아서 네 살길을 도모해야지."

"아버지……."

"은서호 소단주는 선협미랑이라 알려진 분이고, 그 부인은 자애롭다는 소문이 자자하다. 그러니 썩 나쁘지 않은 선택일 것이다."

"그건 저도 그렇게 생각해요."

"다만…… 왠지 너를 팔아 빚을 갚는 것 같아 마음이 좋지는 않구나."

그들로서는 그 제안을 받아들일 수밖에 없었다.

당장 발등에 불이 떨어진 상황이니까.

"그리 생각하지 마세요. 오히려 이건 기회일 수 있어요. 호북성에서 둘째가라면 서러운 은해상단이에요. 그런 곳에서 시녀로 일할 수 있다면 오히려 감사한 일 아니겠어요?"

부스럭.

그때 문 쪽에서 누군가 온 듯한 소리가 들린 듯하여 뒤를 돌아보았다.

하지만 그곳에는 아무도 없었다.

.

.

.

"헉헉헉!"

한 사내가 부리나케 달려가고 있었다.

그는 적두방의 방도다.

혜림문이 빚을 갚을 준비를 하는지 확인하러 왔다가 방금 뜻밖의 소리를 듣게 되었다.

그건 바로 혜림문주의 딸이 은해상단에 시녀로 가기로 했다는 이야기였다.

그리고 은해상단에서 모든 빚을 해결해 주기로 했다는 이야기도 들었다.

이는 상당히 중요한 정보였다.

곧 그는 자신이 속한 적두방에 도착했다.

"헉헉! 형님! 형님!"

"무슨 일이냐?"

"큰일났소! 형님!"

그의 외침에 적두방주가 심드렁하게 말했다.

"뭔데 그래? 큰일 아니기만 해 봐라! 네 머리통 작살나는 거다."

"후우…… 혜림문에 대한 겁니다."

"거기? 내일모레 정리하러 가기로 한 곳이잖아?"

"그게, 빚을 갚을 방도가 생겼답니다."

"엥? 그건 또 무슨 달 토끼가 방망이로 계수나무 작살내는 소리야?"

"그 딸이 은해상단에 시녀로 가기로 했고 그 대신 은해상단에서 모든 빚을 해결해 주기로 했다고 합니다."

"뭐?"

그 소리에 적두방주는 자리에서 벌떡 일어났다.

"이런 젠장!"

숭양현, 아니 이 호북성에서 가장 조심해야 할 곳이 바로 은해상단이었다.

그리고 그곳에서 빚을 해결하겠다고 나선다면 적두방은 이자에 이자에 이자를 붙여 먹지 못하고 그냥 원금과 약간의 이자만을 받을 수밖에 없었다.

그리고 그보다 더 큰 문제가 있었다.

이미 그곳의 땅을 구매하겠다는 자에게 땅값을 받았고 그걸 다 써 버렸다는 것이다.

그 땅을 구매한 자에게서 느껴지는 기운에 적두방은 본능적으로 깨달았다.

그의 심기를 거슬러서는 안 된다는 것을.

그런데 그자와의 계약을 어기게 된 것은 물론이고 돈까지 돌려주지 못한다면…….

꿀꺽.

이어지는 상상에 적두방두는 침을 삼켰다.

고민하던 그는 마침내 결정을 내렸다.

"후, 애들 모아라."

"네?"

"오늘 저녁에 그곳을 정리한다."

"하지만 내일모레까지 기한을 주기로 하지 않았습니까?"

"그곳을 건드리면 은해상단에게 죽고 그곳을 포기하면 그 땅을 산 자에게 죽는다. 그러니까…… 방법은 하나뿐이지. 그곳의 땅문서를 손에 넣은 후 잽싸게 이곳을 뜬다.”

.

.

.

그날 저녁.

혜림문주의 딸 임석화는 집에 돌아온 자신의 오라버니에게 은서호의 제안을 알렸다.

“그래서 저는 그 제안을 받아들이기로 했어요.”

“그거 잘 됐구나!”

그녀의 오라버니 임석제는 무척 기뻐했다.

“내 듣기로 은해상단의 은서호 소단주는 사람을 잘 보기로 유명하다고 하니, 분명 너를 좋게 보고 시녀로 삼으려는 것이 분명해.”

“아버지께서는 제가 빚 때문에 시녀로 가는 것 같다고 속상해하세요.”

“아버지의 말씀이 틀린 건 아니지. 하지만 은서호 소단주는 상인이다. 그리고 상인은 자신에게 손해인 거래는 하지 않아. 분명 본문의 빚보다 너를 더 가치 있게 생각한다는 의미야.”

“그렇겠죠.”

그렇게 이야기를 나누고 있을 때.

빠악!

밖에서 굉음이 들렸다.

이에 밖으로 나가 보니, 한 무리의 이들이 대문을 깨부

수고 마당 안으로 들어오고 있었다.

적두방의 방주와 그 방도들이다.

"이게 무슨 짓인가!"

혜림문주가 노성을 터트렸다.

"어디서 행패인 것이냐!"

"어디긴요. 우리 땅에서 행패를 부리는 거죠."

"뭐?"

"이틀 뒤까지 기다려 주려고 했는데, 안 되겠습니다. 사정이 있어서 오늘 빚을 받아야겠습니다."

"분명 이틀 뒤에 변제하기로 약속했네!"

"말했잖습니까? 사정이 생겼다고요."

"그게 무슨 말도 안 되는……."

항의하는 그를 적두방주가 밀어 버렸다.

"거 말귀 참 못 알아 처먹네! 아! ××! 땅문서 내놓으라고!"

"약속과 다르네!"

혜림문주는 분노를 토하며 검을 뽑아 들었고, 이에 적두방주는 비아냥거렸다.

"그러고 보니 혜림문의 검술은 파리 한 마리도 잡지 못한다는데, 괜찮겠소? 내가 파리보단 좀 크거든."

그리 조롱하며 검을 빼 들었다.

동시에 검을 빼 드는 방도들.

임석화는 직감했다.

여기서 누구 하나 검을 휘두르기 시작한다면, 아버지와

오라버니의 필패라는 것을.

머릿수에서 먼저 밀리고, 실력에서도 밀린다.

아버지의 경지는 일류 수준.

한 문파의 수장으로서는 초라한 경지였지만, 그게 아버지의 최선이었다.

반면 적두방은 일류 무사만 다섯 명이 넘는다.

그렇기에 지금까지 적두방이 숭양현에서 암약할 수 있었던 것이다.

그때 적두방주가 임설화를 보고는 혀로 입술을 핥으면서 명령했다.

"야! 저년 도망가지 못하게 감시해라. 제법 반반하게 생긴 것이 비싸게 팔릴 테니까."

"네!"

이에 혜림문주는 입술을 깨물었다.

그 눈빛은 죽음을 불사하고서라도 딸을 지키겠다는 아버지의 눈빛이었다.

임석화는 자신의 목 주변을 더듬거렸다.

왜 은서호가 자신에게 호각을 주었는지 알 것 같았다. 그리고 잊어버리지 않게 목에 걸고 있으라고 했는지도.

'대체 어디까지 내다보신 것이지?'

아무튼, 지금 그녀가 해야 하는 건 단 하나다.

호각을 부는 것.

삐이이익! 삐이이이익! 삐이이익!

힘차게 호각을 불었고, 그 소리에 방주는 뭔가 직감했

는지 소리쳤다.

"야! 저년의 호각 뺏어! 당장 뺏으라고!"

하지만 임석화는 그 호각을 뺏기지 않기 위해 애쓰다가 지붕 위로 던져 버렸다.

그때였다.

탓-!

어디서 나타났는지 알 수 없는 누군가가 나타나 그 호각을 공중에서 잡아챘다.

탁.

그리고 우아하게 바닥에 내려섰다.

"호각, 잘 돌려받았습니다."

그 잘생긴 얼굴에 적두방의 방주의 얼굴에는 균열이 생기기 시작했다.

* * *

나는 주변을 둘러보았다.

하나, 둘, 아이고, 많이도 몰려왔네.

오늘 저녁에 이들이 올 것은 서향 소저 덕분에 미리 알고 있었다.

그래서 임석화 소저에게 호각을 건넨 것이다.

그리고 저녁이 되었을 때 호위무사들과 함께 미리 이 근처에 와서 기다리고 있었지.

나는 그들에게 말했다.

"제가 듣기로 분명히 채무를 정리하러 오는 날은 오늘이 아니었습니다. 아무래도 날짜를 착각하신 게 아닌가 싶습니다만."

"사, 사정이 생겨서 어쩔 수 없었다!"

"그래도 그렇지. 돈 장사는 장사 아닙니까? 그리고 장사꾼이 신용이 없으면 되겠습니까?"

"이쪽도 사정이 있다고!"

격하게 반발하는 적두방주.

그에게서 느껴지는 기운은 아주 미약하지만 분명 수라혈교의 기운이다.

자랑은 아니지만, 이 호북성에서 은해상단의 심기를 건드리는 자들은 없다고 봐도 과언이 아니다.

그럼에도 이런 짓을 벌인다는 건…….

그러고 보니 얼마 전에 적두방주가 기루에서 흥청망청 놀다가 기녀에게 폭력을 행사하여 쫓겨났다는 정보를 들었다.

과연 그 돈이 어디서 났을까?

"이 혜림문의 땅을 원하는 자가 있군요."

"……."

"미리 땅값을 받았는데 혹시 그 돈, 다 써 버렸습니까?"

크게 움찔하는 적두방주.

내가 정곡을 찔렀군.

내 이전 삶을 떠올리면, 이곳에 새로운 건물이 세워졌던 것으로 기억한다.

하지만 그 주인이 누군지는 은해상단도 파악하지 못했었다.

이번 일도 수라혈교가 관련되어 있군.

나는 기분이 불쾌해졌다.

다른 곳도 아니고 이 은해상단이 자리한 숭양현에, 연화루 사건에 이어 또다시 수라혈교가 수작을 부렸다는 것이 말이다.

나는 그에게 경고를 담아 말했다.

"이곳 혜림문의 빚은 제가 대신 갚겠습니다. 그러니 이곳에서 물러나 주시죠."

"그 빚이 얼마인지는 알고 그러시는 거냐?"

"혜림문이 그쪽에서 빌린 돈이 은자 오백 냥에 이자까지 해서 천이백 냥. 아닙니까?"

"……!"

내 말에 그는 깜짝 놀라 자신의 방도들을 훑어보았다.

내가 말한 액수가 워낙 정확한 탓에 부하들 중에 누군가가 정보를 팔아먹은 것이 아닌가 의심하는 것이다.

"괜히 방도들 의심하지 마십시오. 이 숭양현에서 은해상단이 모르는 일이 있을 것 같습니까?"

"젠장!"

그때 뒤쪽에서 혜림문주의 목소리가 들렸다.

"은자 오백 냥이 불과 일 년도 안 되어서 배로 불어나다니! 이건 말도 안 되네."

"이게 저들의 방식입니다."

나는 적도방주에게 다시 고개를 돌렸다.

"아무튼, 제가 그 빚을 갚을 터이니 물러나 달라는 것입니다."

내가 저들의 방식대로 계산한 돈을 갚겠다는 건 내 쪽에서 많이 양보했음을 많이 저들도 알고 있을 터.

그렇기에 저리 갈등하는 것이다.

"어찌하시겠습니까?"

"으으윽, 젠장……."

결국 적두방주는 입술을 깨물며 검을 집어넣었다.

"그렇게 하지."

"잘 생각하셨습니다."

그리고 나는 뒤를 돌아보았고, 진유 무사가 들고 있던 돈주머니를 앞에 내려놓았다.

쿵!

그 소리가 돈의 무게를 짐작하게 했다.

"세 보시지요. 정확하게 은자 천이백 냥입니다."

내 말에 방주는 조심스레 다가왔고, 주머니를 들었다.

하지만 은자 천이백 냥이면 육십 근이 넘는 무게.

그게 그리 쉽게 들릴 리가 없지.

주머니가 찢어질까 봐 삼중으로 튼튼하게 만들었다.

그는 주머니를 열고 돈을 세어 보았다.

"은자 천이백 냥 확인했네."

그리고 끙끙대며 은자가 담긴 주머니를 본인이 짊어졌다. 방도들을 못 믿는다는 거지.

그렇게 적도방은 이곳을 떠났다.

조만간 저들에게 방문해야겠군.

수라혈교의 기운을 느낀 이상, 심도 있는 대화를 나누어야 할 필요가 있으니까.

나는 옷매무시를 가다듬고 혜림문주에게 포권했다.

"정식으로 인사드리겠습니다. 은해상단의 은서호 소단주입니다."

"혜림문주 임상일세."

그가 마주 포권하며 말을 이었다.

"오늘 본문을 도와주어 고맙네. 정말 큰일 날 뻔했네."

"때마침 소저께서 호각을 불어 위험을 알려 주신 덕분입니다."

내 말에 그가 물었다.

"내 딸에게 호각을 줬다는 건 저들이 불시에 찾아올 것을 알고 있었다는 건데, 대체 어찌 안 것인가?"

"흑도의 방식이야 뻔합니다. 그동안 상행을 하면서 수많은 흑도를 상대한 덕분에 그 수가 빤히 보이더군요."

나는 그리 말하며 임석화에게 고개를 돌렸다.

"결정은 하셨습니까?"

"이미 저들에게 진 빚을 해결해 주셨는데, 결정하고 말고가 있나요?"

이에 내가 고개를 저으며 말했다.

"여전히 소저에게 선택권은 있습니다. 혜림문이 진 빚을 제가 떠안고, 그 빚을 천천히 갚아 가시는 방법도 있으니 말입니다."

"……."

"위험한 빚은 없으니, 굳이 억지로 제 부인의 시녀가 될 필요는 없다는 겁니다."

내 말대로다.

시녀가 일을 잘하면 더할 나위 없겠지만, 충심이 가장 중요하다.

더군다나 서향 소저의 경우 비밀이 좀 있다.

그 비밀을 다른 자에게 발설하게 된다면 위험해질 수 있다.

그러니 신의와 충심이 가장 최우선이다.

그런데 억지로 서향 소저의 시녀가 되라고 하면 배신하게 될 가능성이 높아진다.

비록 내가 거금을 내어 혜림문을 도와주었지만, 그게 배신하지 않을 이유는 못 된다.

돈을 갚아 주었으니 내 사람이 될 거라고 단순하게 생각해서는 안 되지.

어머니도 그걸 아시기에 '우리 사람으로 만들라'고 말씀하신 것이다.

그리고 누군가를 내 사람으로 만드는 건 공을 들여야 하는 일이고.

"어찌하시겠습니까?"

내 물음에 잠시 생각하던 임석화가 말했다.

"오늘 소단주님께서는 본문을 구해 주신 것뿐만 아니

라 소녀의 목숨도 구해 주셨습니다. 제가 만약 수치스러운 일을 당하게 되었다면 저는 목숨을 끊었을 테니까요."

실제로 이전 삶에서는 정말 자결했었지.

"그런 큰 은혜를 베푸신 분께서 저를 필요로 하시는데 제가 어찌 거절하겠습니까? 소녀 임석화, 소단주님의 뜻대로 하겠습니다."

"제안을 수락해 주셔서 감사합니다."

혜림문주 임상이 우리에게 잠시 머물 것을 권했다.

"저, 변변찮지만 차라도 한잔하시고 가시게."

"그러죠."

앞으로의 일에 대해서 이야기를 나누기도 해야 하니 나는 그를 따라 걸음을 옮겼다.

그때였다.

– 꾸이?

금령이 나에게 전음을 보냈다.

잠시 기다려 보라고?

왜 그러지?

속으로 의아해하고 있는데, 이내 내 소매 안에서 금령이 파닥파닥하며 꼬리를 흔드는 것이 느껴졌다.

– 꾸이! 꾸! 꾸이잇!

돈 냄새가 난다고?

나는 고개를 돌려 어느 한 곳을 바라보았다. 그곳은 건물의 뒤쪽이다.

"왜 그러십니까?"

내가 그곳을 바라보니 혜림문주가 긴장한 표정으로 나에게 물었다.

나는 웃으며 말했다.

"혹시, 저곳에…… 보물창고가 있습니까?"

보물창고가 있었다면 이 혜림문이 이렇게 쪼들리지는 않았을 터.

나는 그냥 가볍게 던진 말이다.

금령이 돈 냄새가 난다고 하면 분명 그곳에 비싼 것이 있다.

그러니 이를 찾기 위해 밑 작업을 한 것.

그런데.

"헉! 그, 그걸 어찌 안 건가?"

진짜입니까?

.

.

.

잠시 후.

나는 차를 대접받았다.

솔직히 비싼 차는 아니고, 하급이지만 그것도 상당히 아껴서 마시는 것 같았다.

호록.

차를 한 모금 마신 나는 속으로 쓴웃음을 지었다.

하지만 아끼는 차를 대접한 그 마음이 느껴져서 아무 말도 하지 않았다.

"그런데, 정말 저곳에 보물창고가 있는 겁니까?"

내 물음에 혜림문주는 고개를 끄덕였다.

"그렇다네. 이에 대해 외부에 알린 적이 없는데 대체 어찌 안 것인가?"

"돈 냄새가 나서요."

"……."

금령이가 알아냈다고 말할 수 없으니 어쩔 수 없지.

이에 혜림문주가 감탄했다.

"은해상단이 어떻게 그리 급격하게 성장할 수 있었나 했더니 돈이 있는 곳을 알아보는 능력 덕분이었군."

"하하하."

"후…… 저곳은 사실 우리 혜림문의 아픈 과거와 관련이 깊은 곳이라네."

그는 문파의 비사에 대해서 말해 주었다.

오래전 혜림문의 비고는 여는 방법을 알려 주지 않고 비명횡사해 버린 문주와 그 이후로 퇴보하기 시작한 무공 등.

"하여 대대로 문주 자리를 이어받은 자에게는 저 비고에 얽힌 비사와 그것을 열라는 유지가 이어져 온다네."

"그렇군요."

"저 비고만 열 수 있다면, 이 혜림문이 영광을 되찾을 수 있을 터인데……."

그제야 나는 혜림문이 왜 그리 많은 돈이 필요했는지 알 것 같았다.

비고는 여는 방법을 찾기 위해서였다.

지금까지 열지 못했다는 건, 갖은 방법을 다 사용해 보았다는 의미지.

그 방법 중에는 돈이 많이 드는 방법도 있었겠고.

“하지만 지금은 거의 포기한 상황이네. 그저 빚만 늘어날 뿐이고…… 이번 일 덕분에 깨달았네. 저 빌어먹을 비고에만 신경 쓰다가 가장 중요한 것을 잃을 뻔했지.”

그리 말하는 혜림문주의 어조에는 씁쓸함과 자괴감이 가득했다.

그는 자신 옆의 딸의 손을 어루만지며 말했다.

“부디 내 딸을 잘 부탁하네.”

“물론입니다. 소저에게도 많은 도움을 받아야 하니까요. 과도하게 부려 먹지 않고, 살뜰히 살피겠다고 약속드리겠습니다.”

“그거면 됐네.”

“그런데 말입니다. 그 비고, 제가 열어 봐도 됩니까?”

“……뭐?”

당황하며 머뭇거리는 혜림문주.

“역시 안 되겠죠.”

“아, 아니, 내 말은 그게 아니라…… 그걸 열 수 있다면 어찌 마다하겠나?”

“그럼 제가 봐도 될까요?”

“물론이네. 내 안내해 주지.”

우리는 자리에서 일어나 건물 옆의 동굴로 향했다.

“이곳이네.”

그 앞을 보니, 거대한 문이 동굴 입구를 가로막고 있었다.

나는 그 문에 손을 대어 보았다.

한기가 느껴지는군.

단순히 차갑다는 느낌의 한기가 아니다. 문을 만든 자재 자체에서 흘러나오는 한기다.

“만년한철입니까?”

“그렇다네.”

그 문에는 이런저런 흠집들이 가득했다. 문을 열기 위해 부단히도 애를 쓴 흔적들이다.

그러나 그 어떤 흔적도 한 치 이상으로 파여 있는 건 없었다.

“혹시 여기 위에서 아래로 파 내려가 보셨습니까?”

“당연하지. 하지만 그것도 헛수고였네.”

혜림문주가 한숨을 내쉬었다.

“지금까지 밝혀진 바에 의하면 만년한철로 거대한 상자 모양의 비고를 만들고, 그 비고의 위를 흙으로 덮은 듯하네.”

“그렇군요.”

만년한철은 상당히 비싸다.

그 비싼 만년한철로 비고를 만들고 그 위를 흙으로 덮을 정도이니, 오래전 혜림문의 위세가 얼마나 대단했는지 짐작할 수 있었다.

하지만 지금은 하루하루 먹고 사는 것이 힘겨운, 다 쓰러져 가는 문파지만.

혹시 수라혈교에서도 이 비고의 존재를 알고 있었던 건가?

그래서 여기 혜림문의 땅을 노린 건가?

충분히 의심할 만한 상황이다.

그렇다면 내가 어떻게든 이곳을 열어야겠는데, 대체 어떻게 이 문을 열어야 하지?

문의 가운데 그 어떠한 흠집도 없는 것을 보면 미닫이 같은데.

– 꾸이!

그때 금령이 전음을 보냈다.

음? 여기가 아니라고?

– 꾸이! 꾸! 꾸이!

네가 돈 냄새를 맡은 곳은 이곳이 아니라 다른 곳이라고?

돈 냄새에 대해서는 무척이나 정확한 금령이다.

그런 금령이가 아니라고 하면 아닌 것이다.

그럼 어딘데?

– 꾸이!

금령이가 꼬리를 내밀어 나에게 방향을 알려 주었고, 나는 옷소매로 금령이를 슬쩍 가리며 그 방향을 살폈다.

우선 동굴 밖으로 나가야겠군.

나는 동굴 밖으로 나와 금령이가 가리키는 방향으로 향

했다.

내가 아무 말 없이 동굴 밖으로 나가자, 혜림문주와 그 자녀들도 의아한 얼굴로 나를 따라왔다.

바깥은 어느새 어둑어둑해지고 있었다.

금령이 이끄는 곳으로 다가간 나는 고개를 갸웃했다. 그곳에는 별채 하나가 있었기 때문이다.

"이 별채는 무엇입니까?"

"여기는 본문의 별채 중에 하나라네. 백오십 년쯤 되었을 거야."

"혹시 이 별채에 대한 기록이 있습니까?"

"서고에 있을 것이네. 그런데……."

왜 그러시지?

"험험, 날이 어두워서 보이지 않으니 내일 날이 밝자마자 찾아도 되겠는가?"

나는 그 이유를 알아차렸다.

등불을 밝힐 기름이 부족한 상황이니까.

여러모로 참 궁핍하게 살고 계셨구나.

"걱정하지 마십시오. 이걸 사용하면 됩니다."

나는 야명주를 꺼냈고, 이에 혜림문주님은 깜짝 놀랐다.

"헉! 이게 뭔가?"

"야명주입니다."

"이게 야명주라는 거군!"

"네."

"내 평생에 야명주는 처음 보네."

신기하게 야명주를 살펴보는 문주님.

하긴, 야명주가 그리 흔한 건 아니지.

"진유 무사님, 문주님을 따라 다녀오세요."

"예."

잠시 후, 혜림문주님은 오래된 서책을 가지고 돌아오셨다.

백오십여 년 정도 된 건물이라더니, 서책도 그만큼 오래 된 듯하군.

"여기 있네."

"감사합니다."

나는 서책을 살폈고, 내가 찾던 내용을 발견했다.

산 중턱의 낡은 건물이 혜림문의 격에 맞지 않는 듯하다는 문주의 넷째 부인의 말에 그곳을 부순 후 새로 멋진 별당을 지어 넷째 부인에게 선물했다는 내용이다.

"하아……."

내가 크게 한숨을 내쉬자, 임석화의 오라버니 임석제가 물었다.

"왜 그러십니까? 소단주님."

"여길 보십시오."

나는 내가 발견한 내용을 가리켰다. 이에 그는 고개를 갸웃하며 물었다.

"이게 왜 문제입니까?"

"만년한철이 얼마나 비싼지 아십니까? 그거 검 한 자루를 만들 양이면 기와집 한 채를 삽니다."

"헉! 그, 그렇게 비쌉니까?"

"그런데 그걸 아낌없이 사용해서 비고를 만들었습니다. 그 정도로 돈이 많은 상황에서 왜 낡은 건물을 남겨두었겠습니까?"

"아!"

"아아!"

내 말이 무슨 의미인지 알아차린 세 가족이 놀란 표정을 지었다.

"그럼?"

"네. 그렇습니다. 저 별당이 있던 자리가 바로 비고로 통하는 문이 있던 장소였던 것입니다."

"그, 그러면 그 동굴은 무엇인가?"

혜림문주의 물음에 내가 대답했다.

"아마도 진짜 비고의 입구를 숨기기 위해서였을 겁니다. 가짜 입구를 그럴듯하게 만들어 두고, 진짜 입구는 허름한 건물로 숨긴 겁니다."

"이런!"

털썩.

내 말에 혜림문주는 그 자리에 주저앉았다.

그도 그럴 것이, 지금까지 가짜 입구가 진짜 입구라 생각하며 온갖 정성을 다 들여왔다.

아마 수없이 희망을 품었다가 좌절하기를 반복했겠지.

그가 더듬거리며 물었다.

"그, 그러면 진짜 입구로 들어가기 위해서는 어찌해야

하는 건가?"

"저 별당을 부수면 됩니다. 그래도 되겠습니까?"

"상관없네."

이제는 증오스러운 눈으로 별당을 바라보셨다.

지금 혜림문주님이 원망과 증오의 눈으로 보시는 건 별당일까?

아니면 그곳의 건물을 부수고, 넷째 부인에게 주기 위해 별당을 지은 어리석은 선조일까?

우리는 곧 그 별채를 부수기 시작했다.

애초부터 백오십여 년이나 된 낡은 건물이다. 그동안 개보수가 잘 되었다면 모르겠지만, 그것조차 하지 않아 흉물스럽기 그지없었다.

그렇기에 부수는데 별 어렵지도 않았다.

그냥 툭 건드리니 와르르 무너져 버렸으니까.

우리는 부지런히 그곳의 잔해를 치웠고, 그곳의 단단한 기초석을 파냈다.

이제 금령이 활약할 차례다.

내 호위들이 세 가족의 시야를 가린 사이, 금령이 바닥으로 내려와 빨빨거리며 돌아다니다가 어느 한 곳을 짚었다.

– 꾸이!

거기로구나!

나는 금령을 손수건으로 닦아 주고는 다시 내 소매 안

에 넣고 말했다.

"이곳을 파 보죠."

이에 혜림문주의 아들인 임석제 공자가 그곳을 파기 시작했고, 내 호위무사들도 같이 주변을 파기 시작했다.

무릎 정도까지 땅을 팠을 때.

탁.

뭔가 부딪히는 소리가 들렸다.

이에 우리는 그 주변을 파내었고, 이내 모습이 온전히 드러났다.

그것은 바로 사각형의 철문이다.

만년한철로 만들어진 문.

이곳에 있는 별채를 지을 때 이곳을 보지 못한 걸까?

아니면 이곳에 흙을 올려 기반을 다지면서 교묘하게 시선을 피했을 수도 있지.

보통의 비고는 문이 옆에 있는데 이건 바닥에 있군.

아무래도 이곳의 지대가 제법 높으니 물이 찰 리가 없어 이런 방식으로 지은 것일 수도 있다.

"그런데, 이거 어떻게 엽니까?"

임석제 공자가 그리 물으며 문을 건드렸다.

그 순간.

툭.

문이 반응했다. 살짝 튀어나온 것.

그리고 그 옆에 손잡이가 있었다.

"아무래도, 이건 혈족에게만 반응하는 듯합니다."

내 말에 임석제 공자가 혜림문주님을 불렀다.

"아버지."

그러자 혜림문주님이 그 손잡이를 잡고 힘껏 들어 올렸다.

끼이이익.

그리고 모습을 드러내는 건 수많은 계단.

내부의 모습이 저리 잘 보인다는 건, 안에 야명주가 있다는 의미다.

"내려가 봅시다."

내 말에 그는 고개를 끄덕였다.

서우 무사를 포함해 세 무사에게 망을 봐 달라고 하고는 아래로 내려갔다.

저벅, 저벅,

꽤 오랫동안 밀폐되어 있었기 때문인지 공기가 그리 좋지는 않았다.

그리고 이내 또 하나의 문이 보였다.

이번에는 혜림문주님이 알아서 그 문을 잡고 열었다.

끼이익.

아무 저항 없이 매끄럽게 열리는 문.

그리고 그 안에는…….

와우.

금령이 반응한 이유를 알겠네.

우리는 한동안 말을 잇지 못했다.

그도 그럴 것이, 그 안에는 금은보화가 가득했기 때문

이다.

그뿐만이 아니라, 옆의 서가에는 비급과 각종 기물이 가지런히 정리되어 있었다.

"아버지."

"드디어 비고를 열었어요."

임석제 공자와 임석화 소저의 말에 혜림문주의 눈에서는 눈물이 주룩 흘렀다.

그 눈물은 기쁨의 눈물일까? 아니면 회한의 눈물일까?

"정말 비고가 있었군요."

"그래, 정말 있었어. 금은보화와 비급이 있었어."

나는 혜림문주에게 말했다.

"축하드립니다."

"감사하네. 그리고 정말 고맙네. 이렇게 본가의 숙원을 해결해 주어서 정말…… 고맙네."

"지금까지 잘 버텨 오신 문주님과 가족들의 덕입니다. 이제 다시금 혜림문이 번영할 수 있겠군요."

나는 말을 이었다.

"그래서 말인데, 임 소저."

"네."

"다시 한번 선택의 기회를 드리겠습니다. 제 부인의 시녀가 되시겠습니까? 아니면 혜림문에 남으시겠습니까?"

나는 말을 이었다.

"여기 있는 금은보화라면 제가 떠안기로 한 적두방의 빚은 물론이고 다른 곳에 빌린 돈도 충분히 갚고도 남을 것입니다."

"확실히, 그렇겠네요."

"그래서 묻는 겁니다. 아까와는 상황이 달라졌으니 말입니다."

아까와는 달리 임석화 소저가 서향 소저의 시녀가 되지 않아도 되는 상황이다.

이런 상황에서 억지로 서향 소저의 시녀가 되는 건 별로 좋은 일이 아니다.

뭐, 돈으로 매수당하는 일은 없겠지만.

내 물음에 임석화가 단호하게 말했다.

"소단주님께서는 저를 은혜도 모르는 사람으로 만드실 생각입니까?"

"네?"

"사람이라면 응당 은혜를 알아야지요. 소단주님께서 돕지 않으셨다면 저희는 이미 명을 달리했을 거예요. 그리고 이 비고 역시 소단주님 덕분에 열 수 있었습니다."

그녀는 나에게 고개 숙여 포권했다.

"소녀 임석화, 시녀로서 소단주님의 부인을 성심으로 모시겠습니다. 만약 제가 소단주님과 부인을 배신한다면 천벌을 받을 것을 맹세하는 바입니다."

"다시 한번 힘든 결정을 해 주셔서 감사합니다."

나는 고개를 들어 혜림문주와 임석제 공자를 보았다.

"여기서 이런 말을 해도 되나 싶지만, 그래도 제가 한마디 첨언을 해도 되겠습니까?"

"무엇입니까?"

"예로부터 보물은 힘 있는 자의 것이라고 했습니다. 왜 그런 말이 있는지 아십니까?"

"보물을 지킬 힘이 없으면 빼앗기기 때문이네."

혜림문주가 고개를 끄덕이며 말했다.

"그리고 아까 나는 그것을 실감할 수 있었지. 내 눈앞에서 내 보물인 아이들을 빼앗길 뻔했으니."

그는 어두운 얼굴로 말을 이었다.

"그걸 생각하니 이렇게 비고를 열어 이 안의 값진 것들을 얻게 되었지만, 겁이 나는군. 내가 이걸 지킬 수 있을지. 이걸 빼앗으려는 자들에 의해 또다시 본문이 비극을 겪지 않을지. 참으로 걱정이 되네."

역시 문주님이시다.

오랜 시간 힘들게 살아오시면서 쌓인 연륜은 무시할 수 없는 것.

이미 문주님께서는 앞날을 걱정하고 계셨다.

"제가 주제넘었군요."

"아니네. 우리를 걱정해서 해 준 말이 아닌가? 그리고 솔직히 자네의 경험은 우리보다 더 풍부할 걸세."

혜림문주님이 진지한 표정으로 내게 물었다.

"그래서 말인데, 이 비고를 지키려면 어찌하는 것이 좋겠는가?"

"우선, 표국에 부탁하여 경비를 서십시오."

"그게 좋겠군."

"그리고 문주님과 공자께서는 이 안의 비급으로 전성기의 무공을 되찾으셔야 합니다. 제가 경험한 바에 의하면 문파의 위세를 결정하는 건 결국은 무공입니다."

"무공이라…… 하긴, 전해져 내려오는 기록에 의하면 과거 혜림문의 무공은 구파(九派)가 인정했을 정도라고 했네."

"그렇군요."

나는 모두에게 말했다.

"그럼, 일단 이곳에서 나가죠. 이제 곧 아침입니다."

우리가 비고에서 나왔을 때, 이미 저 멀리 동이 트고 있었다.

팔갑에게 아침을 준비해 오라고 부탁한 후 나는 수련을 시작했다.

내가 운기조식을 하고, 물구나무서서 팔굽혀펴기를 하는 등 체력단련까지 하는 것을 보며 임석제 공자가 감탄했다.

"제가 저잣거리에서 듣기로 은해상단은 천하의 상단들 중에서도 이십 위 안에 든다고 들었습니다. 그렇게 돈이 많은데도 수련을 엄청 열심히 하시네요."

이에 옆에서 명종 무사가 첨언했다.

"제가 보아 온 바에 의하면 단 하루도 수련을 거르지 않으십니다."

"헉! 그렇습니까? 대단하십니다!"

"후, 대단한 것이 아니라 당연한 겁니다. 저희 상단의 재산을 지키기 위해서는 수련을 게을리할 수 없습니다.”

그리고 복수를 위해서도 말이지.

“세상에는 생각보다 무뢰배들이 많습니다. 법과 상식이 통하지 않는 이들에게는 개인의 무력만이 해결책이 될 수 있습니다.”

“…….”

나는 자세를 바로 하고, 땀을 닦으며 임석제 공자를 보았다.

“임 공자.”

“네.”

“갑자기 많은 돈이 생겼다고 해서 사치하거나 방탕한 생활을 하지 않았으면 좋겠군요.”

나는 말을 이었다.

“제가 전 제국을 돌아다니다 보니, 돈을 버는 것도 중요하지만 잘 쓰는 것이 더 중요하더군요.”

“…….”

“돈이 많아졌다는 소문이 나면, 온갖 사람들이 찾아와 그대의 비위를 맞추며 간사하게 아첨할 것입니다. 하지만 명심하십시오. 그대가 돈이 없을 땐 거들떠보지도 않던 이들입니다.”

나는 말을 이었다.

“그들이 공자를 찾는 이유라면 공자를 이용하거나 사기를 치기 위해서일 뿐입니다. 그러니 그들과 어울린다는 건 어리석은 일이죠. 또한, 다시금 문파를 말아먹는 일입니다."

"……."

"이 비고의 입구를 찾지 못했던 이유가, 방탕한 문주가 넷째 부인의 말에 혹해서 이곳에 화려한 별채를 지어서가 아니겠습니까?"

"맞습니다."

"그래서 하나 추천드리고 싶은 방법이 있습니다."

"말씀하십시오."

"이제 먹고살 걱정은 없으니, 딱 일 년만 폐관수련에 들어가십시오. 내년 시월의 용봉비무회에 참가하는 것을 목표로 말입니다."

"용봉비무회 말입니까?"

"네. 그곳에서 뛰어난 실력을 보여서 명성을 쌓아야 합니다. 그래야만 이 혜림문의 미래가 밝아질 것이고, 다시금 번영할 수 있을 것입니다."

"……."

"공자는 혜림문의 유일한 후계자라는 것을 기억하십시오."

"……알겠습니다."

그는 나에게 포권했다.

"소단주님의 조언을 깊이 새겨듣도록 하겠습니다."

잠시 후 팔갑이 아침 식사를 가져왔다.

그런데 혼자 온 것이 아니라, 서향 소저와 함께 왔다.

“일이 잘 해결되셨다고 들었어요.”

“네. 그렇습니다.”

나는 혜림문의 이들에게 서향 소저를 소개했다.

“제 부인이 될 사람입니다. 이름은 곽서향입니다.”

“이리 만나 뵙게 되어 반갑네. 나는 본문의 문주 임상이라 하네.”

“소녀 곽서향이 문주님을 뵙습니다.”

“그리고 여긴 내 아들 임석제와 딸 임석화네.”

“임석제입니다.”

“임석화예요.”

“만나서 반가워요.”

나는 서향 소저에게 말했다.

“여기, 임석화 소저가 시녀로 와 주기로 했습니다.”

“어머! 감사해요.”

서향 소저가 임석화 소저의 두 손을 잡고 기뻐했다.

“우리 앞으로 잘 지내봐요.”

“네. 부인. 성심을 다해 모시겠습니다.”

“어머! 내 정신 좀 봐. 배고프실 텐데.”

서향 소저가 팔갑에게 말했다.

“준비한 거 꺼낼까요?”

“알겠습니다요.”

이에 임석화 소저가 얼른 다가왔다.

“제가 도와드릴게요.”

그사이, 호위무사들과 임석제 공자가 집 안에서 식탁과

의자들을 가지고 나왔다.

“상당히 낡아서 땔감 가격밖에 쳐주지 않는다고 해서 남겨 뒀던 것들인데, 이렇게 사용하는군요.”

“그래도 꽤 튼튼합니다. 오래된 것 같은데 말입니다.”

그리 말하며 여응암 무사가 젖은 수건으로 식탁과 의자의 먼지를 닦았다.

“음? 잠깐만요.”

나는 그 식탁으로 다가갔고, 식탁을 손으로 쓸어 보고 두들겨도 보았다.

오래된 식탁임에도 감촉이 상당히 부드러웠다.

내가 식탁을 두들긴 것에 비해 상당히 작은 소리가 들렸다.

소리가 거의 들리지 않을 정도.

“역시 짐작대로네요.”

“왜 그러나?”

뒤에서 보고 있던 혜림문주가 물었고, 내가 대답해 주었다.

“이거, 금단목이네요.”

“금단목? 그건 무엇인가?”

“비단같이 부드러우면서도 흠집이 잘 나지 않고 나무를 가공하면 스스로 표면을 붉은색의 광택 물질로 덮어서 윤기가 사라지지 않는 나무입니다. 비단같이 곱고 윤기 나는 붉은 나무라 하여 금단목(錦丹木)이라 불립니다.”

“하지만 나는 들어 본 적이 없네.”

"그러셨을 겁니다. 금단목은 저 멀리 남쪽의 광동 지역에서 자라던 나무인데 상당히 드물게 발견되는 나무입니다. 남획으로 인해 몇 그루 남아 있지 않은데 현재 그것들은 전부 황실의 가구를 제작하는 데 쓰입니다."

나는 말을 이었다.

"일반인들은 구경도 못 하는 겁니다."

"헉! 그럼 이건 괜찮은 것인가? 혹시 금의위가 보고 의심하는 건 아니겠지?"

"물론 아닙니다. 아까 이 식탁을 옮길 때 보니 밑에 제작 연도와 장인의 이름이 적혀 있더군요."

이에 식탁을 살짝 뒤집어 보니, 무려 이백여 년 전의 것이다.

"이백여 년 전에는 누구나 살 수 있었습니다. 그나저나 이거 경매에 내놓으면 돈 많은 이들이 환장하겠군요."

"허…… 모르면 보물을 손에 쥐여 줘도 의미가 없다더니! 창고에서 먼지가 쌓여 가던 이 식탁이 그런 귀한 것이었다니!"

"땔감 가격을 준다는 말에 팔지 않기를 잘 했습니다."

"그런데 그자는 이게 비싼 가구임을 몰랐나 봅니다."

"일반인은 구경도 못 하는 것이라고 하셨잖습니까? 그리고 먼지가 잔뜩 쌓여 있었는데 비싼 거라고 생각이나 했겠습니까?

나는 웃으며 말했다.

"제가 기록으로 봤을 때 이백여 년 당시에도 금단목 가구는 엄청나게 비쌌습니다. 그런데 이 식탁이 두 개나 있는 것을 보니 당시 위세가 엄청났었군요."

"내 말했잖은가? 본문의 무공은 대문파인 구파에서도 견식하고 인정할 정도였다고."

"그렇다면 두 분께서 노력하신다면 충분히 과거의 영광을 되찾을 수 있을 겁니다."

곧 금단목 식탁 위에 음식들이 차려졌다.

우리는 모두 둘러앉아 아침을 먹었다.

그리고 문주님과 상의한 후, 진유 무사와 여응암 무사를 창인표국으로 보냈다.

그곳에 혜림문의 호위를 요청하기 위함이다.

창인표국이라면 믿을 수 있으니까.

내가 계속해서 이곳을 지켜 줄 수도 없는 노릇.

혜림문주의 가족과 나는 다시 비고에 들어갔고, 그곳을 살폈다.

내가 다시 비고에 들어온 건 혜림문주가 "야명주도 처음 봤고 그 식탁이 금단목 나무 식탁이라는 것도 처음 알았는데, 다른 기물을 봐서 내가 알겠나?"라며 내부의 물건을 살펴봐 줄 것을 부탁했기 때문이다.

일리가 있기에 다시 비고로 와서 정리를 도왔다.

비고는 말 그대로 비고였다.

그곳의 진귀한 것들에 금령이가 조르지 않으려나 했는데, 놀랍게도 얌전했다.

뭐냐?

평소에는 비싸고 귀한 거 보면 침을 흘리더니?

– 꾸이. 꾸.

네 것도 아니고 그렇다고 네 것이 될 가능성이 없는데 뭐 하러 침을 흘리냐고?

확실히 금령이가 그런 건 잘 구분하지.

다른 이들도 금령이만큼만 잘 구분하면, 세상의 갈등이 반으로 줄어들 거다.

세상의 갈등은 재물에 대한 욕심에서 비롯되는 것이 반 이상이니까.

"음, 이건 무공서인가 봅니다."

나는 서가를 둘러보다가 한 곳을 가리켰다.

그걸 본 혜림문주님이 감격한 표정으로 말했다.

"이게 여기 있었군!"

이게 뭐기에…….

"우리 혜림문의 절기를 담고 있는 무공서라네!"

그건 일반 무공서와 달리 두루마리 형태였다. 문주님은 조심스레 그것을 들어 보았다.

위에 쓰여 있는 글자는 [임녹신공(林綠神功)]

"우리 혜림문의 무공은 숲의 기운을 받아들여 내공으로 쌓는 것이 시작일세."

아…….

그제야 혜림문주님과 두 자녀의 기운이 유독 청량한 이유를 알 것 같았다.

숲의 기운을 내공으로 사용하는 문파이기 때문이다.

그때 문득 드는 생각.

과연 수라혈교에서는 이 비고의 존재 때문에 이곳의 땅을 노린 게 맞는 걸까?

이전 삶의 기억대로라면 이곳에서 비고가 발견되었다는 정보는 듣지 못했다.

게다가 비고를 열기 위해서는 혜림문의 핏줄이 있어야 하는 듯한데, 혜림문주와 그 자녀들이 자살하거나 죽음으로써 명맥이 끊겨 버렸다.

대체 무엇이 목적인지 아직 모르겠군.

다만, 확실한 건 이곳이 발견되었으니 수라혈교의 계획대로 일이 진행되지는 않을 거라는 것이다.

그때 밖에서 나를 부르는 소리가 들렸다.

이에 우리는 위로 올라갔고 반가운 얼굴을 만났다.

일전에 실종되었던 진호 형을 찾으러 갈 때 동행했던 창인표국의 막충 표두다.

"찾으셨다고 들었습니다."

"네. 그렇습니다."

"이곳의 호위 및 경비를 부탁드리고자 합니다."

이에 혜림문을 슥 살펴본 그가 물었다.

"이유가 있습니까?"

옆에 있던 혜림문주님이 대답했다.

"오랫동안 잠들어 있던 비고를 열었네."

이에 막충 표두는 영문을 몰라 고개를 갸웃했다.

그럴 수밖에 없는 게, 비고에 대한 것은 비밀이었기 때문이다.

그리고 혹시나 알고는 있었어도 전설이나 허무맹랑한 이야기 정도로 치부했을 수도 있고.

이에 내가 부연 설명을 했다.

"그 비고에 있는 것들이 제법 값이 나갑니다. 그래서 철저한 경비가 필요합니다."

"그렇군요. 경비 의뢰라면 갑급부터 병급까지 세 단계로 나뉘어져 있습니다. 당연히 그 인원 구성이 다르고, 가격도 다릅니다. 갑급은 은자 스무 냥, 을급은 열 냥, 병급은 다섯 냥입니다."

이에 나는 혜림문주님을 보았다.

경비에 드는 비용을 내는 건 혜림문주님이니까.

"갑급으로 부탁하네."

"저…… 노파심에 말씀드리지만, 월에 은자 스무 냥이면 초가집이 두 채입니다."

그리 말하는 건 막충 표두도 혜림문의 상황에 대해 알기 때문일 거다.

이에 내가 말했다.

"아무래도, 직접 보여 드리는 것이 낫겠군요."

.

.

.

비고를 직접 확인하고 온 막충 표두는 꽤 심각한 표정이었다.

“후우…… 그곳을 보고 오니 왜 갑급의 경비를 원했는지 알 것 같습니다.”

“아무쪼록 잘 부탁드립니다.”

내 말에 그는 단호히 말했다.

“이건 제 선에서 결정하기는 어렵습니다. 국주님이 직접 오셔야 할 것 같습니다.”

“제가 생각해도 그게 나을 듯합니다.”

그는 즉시 함께 온 표사에게 서신을 하나 들려 보냈다.

그사이, 나는 임석화 소저와 계약서를 작성했다.

계약서에는 월봉 및 근무조건 등을 적었는데, 호북성 본단에 오게 되면 무조건 혜림문에 방문할 시간을 주기로 했다.

혜림문의 무공을 익혀야 한다는 것이 이유였다.

서향 소저의 안전을 위해서라도 좋은 일이니 기꺼이 그 조건을 허락했다.

이렇게 서향 소저의 시녀 문제는 해결되었지만, 남은 문제가 있다.

그건 바로 서향 소저의 호위 문제다.

나 역시 여섯 명의 호위무사들을 데리고 있지.

앞으로 서향 소저는 부관이 아니라, 내 부인이기에 따로 움직이는 일이 생길 터.

그렇다면 그녀의 안전을 위해서 호위는 필수적이다.

고일평 외총관과 상의해 봐야겠군.

그때 임석제 공자가 말했다.

“잠시 기다리시는 동안, 이 주변을 둘러보시겠습니까? 제법 풍광이 좋습니다.”

아직 막충 표두와 표사들이 이곳에 있으니 반 시진 정도는 자리를 비워도 될 듯했다.

“그러죠.”

나는 서향 소저에게 물었다.

“함께 가실까요?”

“네.”

그렇게 우리는 임석제 공자의 안내를 받아 주변을 둘러보기 시작했다.

“아까 비고에서 아버지께서 말씀하셨듯이 저희 혜림문의 무공은 숲을 기반으로 하기에 반드시 주변에 숲이 있어야 합니다. 그래서 이곳에 자리를 잡은 것도 있다고 합니다.”

그는 말을 이었다.

“게다가 주변에는 제법 수심이 있는 계곡도 있기에 생활용수를 구하기도 괜찮습니다.”

어느새 우리는 계곡에 다다랐다.

여기서 조금 더 가면 임석화 소저를 만난 곳이지.

사람 키의 세 배 정도 되는 폭포와 그 아래의 용소도 보였다.

“저 용소는 제법 깊이가 있어 보입니다.”

“사람 키는 훌쩍 뛰어넘는 깊이입니다. 그래서 전에 이곳에서 물놀이를 하다가 물에 빠져 죽을 뻔한 적이 있습니다."

"저런! 정말 큰일 날 뻔하셨습니다."

"그 후로는 저곳에 얼씬도 하지 않습니다."

"그런데 이곳에서 물놀이가 가능한 겁니까? 생활용수로 쓰신다고 들은 것 같은데?"

"아, 네. 물론입니다. 식수는 조금 더 상류 쪽에서 받으니까요."

음, 그렇단 말이지?

이곳에 오면서 보니 곳곳에 수련하기에 적당한 공터라든지 동굴 등이 보였던 것이 기억났다.

"임 공자. 혹시 혜림문에 하숙 가능합니까?"

"네?"

"제가 데리고 있는 호위무사들이 조용히 수련할 만한 장소가 필요해서 말입니다."

"아버지와 의논해 봐야겠지만, 아버지께서도 흔쾌히 허락하실 겁니다."

"주군. 혹시 저희를 말씀하시는 겁니까?"

이필 무사의 물음에 나는 고개를 끄덕였다.

"네."

"저희는 괜찮습니다."

"아닙니다. 수련을 위해서는 잡생각을 최대한 없애야 하는데, 은해상단에 있다 보면 그러기 힘들 겁니다. 조용히 사색할 공간도 없지 않습니까?"

"……."

"그러니 이곳에서 제 혼례 때까지 수련에 임하도록 하십시오."

잠시 후.

창인표국의 국주님이 도착하셨고, 이곳의 경비에 대해 이야기를 나누었다.

"금군 열 명이 도둑 하나 막지 못한다는 말 들어 보셨습니까?"

"무슨 말을 하고 싶은 것인가?"

국주님이 단호하게 말했다.

"비고에 대해 소문이 나 버린다면, 아무리 많은 이들이 경비에 투입되어도 지키기 힘들다는 이야기입니다."

그렇긴 하지.

안 그래도 그게 고민이긴 했는데, 국주님도 똑같은 생각이군.

그 말에 혜림문주님도 깊은 한숨을 내쉬었다.

"후, 보물을 얻어도 문제로군."

"가장 최선은 비고를 열었다는 것을 비밀로 하는 것입니다만, 빚을 갚아야 한다는 게 문제고요."

빚을 갚을 돈이 생겼는데 갚지 않고 버티는 건 안 될 일이니까.

게다가 그동안 빈곤하게 살다가 갑자기 넉넉하게 생활한다면 그것도 의심받을 거다.

나는 방금 전에 떠오른 대안을 제시했다.

"그렇다면 이건 어떻습니까?"

"음?"

"은해상단에서 혜림문의 빚을 대신 갚아 주는 대신 이곳의 땅과 건물을 넘겨받는 것으로 하는 것입니다."

살짝 흔들리는 혜림문주님의 눈동자.

에이, 문주님도 참. 진짜로 먹을 생각 없습니다.

"물론 대외적으로 말입니다. 그렇다면 사람들은 혜림문에 거금이 생겼다고 전혀 생각하지 못할 것입니다."

하지만 창인표국의 국주님은 우려를 표했다.

"좋은 생각이지만, 그걸로는 좀 부족합니다. 손해 보지 않기로 유명한 소단주님 아닙니까? 그건 누가 봐도 은해상단과 소단주님의 손해입니다."

이에 혜림문주님이 추가적인 의견을 제시했다.

"거기에 더해 내 딸이 소단주의 부인의 시녀가 되기로 했다고 하면 되지 않겠나?"

"네?"

국주님의 반문에 내가 얼른 부연 설명을 했다.

"사실 이 일에 제가 연관된 이유가 그 때문입니다. 임 소저에게 제 부인의 시녀가 되어 달라고 제안했었습니다."

"그랬군요."

혜림문주님이 결정을 내렸는지 방금과는 다른 표정으로 말씀하셨다.

"그러니 이렇게 하지. 적두방에 의해 목숨을 잃을 뻔한 것을 소단주가 구해 주었고, 이에 감사하는 마음에 내가 이곳의 땅과 건물을 바쳤고 딸을 시녀로 보냈다고.”

“그리고 저는 이를 고사했지만, 혜림문주님이 고집을 부리는 바람에 이 땅과 건물을 제가 받는 대신 그 빚을 갚아 주기로 했다고 하자는 말씀이시죠?”

“그렇다네.”

“역시 문주님이십니다. 그게 좋겠습니다.”

결국 그게 그거지만, 말이라는 것이 어떻게 말하느냐에 따라 다르게 받아들여지는 법이다.

“그러면 거기에 더해서 혹시라도 적두방에서 이곳을 다시 노릴지 모르니, 제가 개인적으로 창인표국에 의뢰를 해서 이곳을 지키고 있다고 하면 되겠군요.”

“그렇지.”

“마침 잘 되었군요.”

“……?”

나는 미소 지으며 말했다.

“사실 이곳에 제 호위무사 세 명을 맡기려고 합니다. 수련이 필요한 시기인데 아무래도 혼례를 앞두고 시끌시끌하다 보니 은해상단 본단 안에는 수련에 집중할 곳이 없어서 말입니다.”

“그리한다면 이 일에 더욱 신빙성이 생기겠군.”

“그렇죠.”

그렇게 행동방침을 정한 우리는 비용 문제를 상의했다.

우리가 의논한 대로 한다면 그리 많은 경비가 필요하지 않기에 을급과 병급 사이쯤의 경비를 하기로 결정했다.

그래서 비용은 월에 은자 일곱 냥.

"그러면 망가진 건물의 수리를 위해 건상을 보내겠습니다. 그리고 잡일을 맡아 줄 하인과 하녀도 보내드리죠."

"고맙네."

"뭘요. 이제 제 땅과 건물 아닙니까?"

"……."

"대외적으로요."

.

.

.

그렇게 우리는 혜림문에서의 일을 마무리하고 은해상단 본단으로 돌아왔다.

그리고 바로 어머니의 처소로 향했다.

"어머니, 저 왔습니다."

"들어오거라."

어머니께서는 내 옆의 임석화 소저를 보며 미소 지으셨다.

"임 소저를 데리고 왔구나."

"네. 그리고 시녀로서 받아야 하는 교육이 있다고 해서 어머니께 부탁드리고자 왔습니다."

"역시 내 아들이지만, 능력이 좋구나."

그렇게 나를 칭찬하신 어머니께서는 임석화 소저를 보았다.

"혜림문주의 여식 임석화가 사모님을 뵙습니다."

"만나서 반가워요. 은해상단 상단주의 부인, 민선이라고 해요."

어머니는 부드럽게 웃으며 말을 이었다.

"내 시녀가 그대에게 시녀로서 해야 할 일에 대해 알려 줄 거랍니다."

"최선을 다해 배우겠습니다."

"오늘은 푹 쉬고, 내일 아침부터 시작하죠. 내일 아침을 먹고 다시 이곳으로 찾아오도록 해요."

"네. 알겠습니다."

우리는 다시 내 별당으로 돌아왔다.

그리고 다른 이들은 별당에서 쉬게 하고, 여응암 무사만 대동하고 아버지께 향했다.

서향 소저의 호위무사 건은 고일평 외총관과 논의할 일이지만, 그 전에 아버지께 말씀드려야 했으니까.

잠시 후 나는 아버지의 집무실로 들어갔다.

"앉거라."

"괜찮습니다. 그리 오래 걸리는 용건은 아니라서요."

"앉으라면 앉아라. 그래야 나도 좀 쉴 것 아니냐?"

"아……."

나는 잽싸게 의자에 앉으며 말했다.

"제가 눈치가 없었네요."

아버지는 웃으며 차를 우려 주셨고, 나는 차를 마셨다.

역시 맛있군.

"그래, 뭘 하기에 어젯밤에 집에 들어오지 않은 것이냐?"

"아, 서향 소저의 시녀를 구하는 일 때문에 혜림문에 있었습니다."

"혜림문에?"

아버지는 고개를 갸웃하더니 물으셨다.

"적두방이 그곳을 노린다는 말을 들었는데, 괜찮은 것이더냐?"

"그들에게 제가 대신 돈을 줘서 돌려보냈습니다."

"그래? 뭐, 네가 어련히 알아서 잘하겠지. 손해 보는 짓은 절대 하지 않는 녀석이니."

"네. 아버지. 걱정 마세요. 혜림문은 이제 재기할 일만 남았거든요."

내 말에 잠시 생각하시던 아버지께서 물으셨다.

"혹시…… 비고냐?"

"어? 아시네요?"

"일전에 말했던 가주에게 대대로 전해져 오는 기록에 있는 내용이다."

"거긴 정말 별의별 기록이 다 있군요."

"오랜 기간 전해져 오는 기록이니 말이다. 그나저나 정말 비고가 있었다니!"

"정말 어마어마하더라고요."

"직접 들어가 본 것이냐?"

"네. 제가 여는 것을 도와주었거든요."

나는 아버지께 어젯밤의 일과 그 비고에 관해 간략히 말씀드렸다.

"그렇게 된 것이구나."

"네."

"그나저나 혜림문이 빚을 갚기 시작하면 곧 무뢰배들이 벌떼처럼 몰려들 터인데, 걱정이구나."

"아, 그래서 아버지께 부탁드릴 일이 있습니다."

나는 혜림문주와 창인표국의 국주와 논의한 사항에 대해 말씀드렸다.

"……그렇게 일을 처리하기로 했습니다."

"그랬구나. 그리한다면 시끄러운 일은 없겠구나."

아버지는 말을 이으셨다.

"다만, 그래도 적두방만큼은 확실하게 정리해 둘 필요가 있다."

"물론입니다. 걱정 마십시오."

"그래, 그럼 그 일은 너만 믿으마."

"그리고 아버지께 말씀드릴 일이 하나 더 있습니다."

"무엇이냐?"

"서향 소저…… 그러니까 제 부인의 호위무사에 대한 것입니다."

"그래, 이제 셋째 새아가에게도 호위가 필요하지."

"그래서 오늘 고 외총관을 찾아가려 합니다."

"알겠다. 그리하도록 해라."

아버지의 처소를 나선 나는 곧바로 은풍대로 향했다.

"아! 진짜! 고 무사님! 이 보고서는 뭡니까? 제가 보고서 이렇게 작성하면 안 된다고 말씀드렸잖습니까! 벌써 두 번째입니다! 다시 또 그러시면 대주님 집무실에 붙들어 놓고 쓰게 할 겁니다!"

"거참 귀찮게 하네. 그거 대충 쓰면 되지 뭘 그거 가지고."

"그럼 고 무사님의 인사고과도 그냥 대충 쓰라고 할까요? 고 무사님의 봉급명세도 대충 쓸까요?"

"어…… 그, 그건 곤란하지."

"이 보고서가 고 무사님의 인사 고과와 봉급 명세에 반영되니 제대로 쓰라는 거 아닙니까? 제가 고 무사님이 걱정되어서 이러는 거지, 저 좋으라고 이러는 겁니까?"

"아, 알았어! 다시 쓰면 되잖아."

이 소란을 지켜보던 은풍대 무사들이 피식 웃으며 말했다.

"그러니까 처음부터 잘 쓰지."

"우리 빙조송사(氷爪松獅)의 말을 잘 들으란 말이야."

얼음 발톱을 가진 사자개라는 의미다.

송사견이라 불리는 사자개는 무척 용맹하다.

충심도 깊어 주인을 보호하기 위해 자신보다 큰 동물에게도 달려들지.

무엇보다 악력이 세서 한번 물면 잘 놓지 않는다.

아마도 끈질기게 물고 늘어지는 그 성격 때문에 그런 명호가 붙은 것 같은데 말이지.

그때 그가 나를 보았고, 반가운 얼굴로 달려왔다.

“소단주님!”

이제 어엿한 청년이 된 그는 사부님의 아들인 곽형진이다.

“반가워. 잘 지내고 있지?”

“물론입니다.”

“동생은?”

“준하도 잘 지내고 있습니다.”

“그래. 다들 잘 지내니 다행이네. 외총관님은 집무실에 계시지?”

“네. 안내해 드리겠습니다.”

나는 외총관의 집무실로 향했다.

여기도 엄청 오랜만이네.

“외총관님! 셋째 소단주님 오셨습니다.”

곽형진의 외침에 문이 열리고, 고일평 외총관이 나왔다.

“아이고! 여긴 어쩐 일이십니까?”

“그간 격조했습니다.”

“아닙니다. 바쁘신 거 아는데요.”

나는 웃으며 말했다.

“다름이 아니라, 제 부인의 호위무사 건으로 인해 의논드리고자 찾아왔습니다.”

“그러셨군요.”

그는 곽형진에게 물었다.

“형진아, 소단주의 부인에게 주어지는 호위가 명 몇이냐?”

"네, 상단에서 지원해 주는 호위는 한 명입니다."

"그러니 적당한 때 오셔서 골라 보십시오."

"지금 골라도 됩니까?"

"상관은 없습니다만, 소저 없이 혼자 오신 겁니까?"

"아, 네."

고 외총관이 내게 말했다.

"아시다시피 호위무사는 목숨을 맡기는 자입니다. 소저께서 셋째 소단주님을 믿는다는 건 압니다만, 그래도 본인의 목숨을 맡길 자는 스스로 고르는 게 좋지 않을까 합니다."

"아……."

나는 포권하며 고개를 숙였다.

"조언 감사합니다. 그럼, 서향 소저와 함께 오겠습니다."

고 외총관의 말대로다.

나는 서향 소저가 힘들까 봐 내가 대신 호위무사를 고르려 했지만, 생각해 보니 이는 서향 소저가 직접 해야 할 일이다.

나는 즉시 내 별당으로 향했다.

그런데 서향 소저는 어느새 외출 준비를 마치고 기다리고 있었다.

"제가 데리러 올 것을 알고 계셨습니까?"

"네."

"그럼 바로 가시죠."

나는 서향 소저와 함께 은풍대가 있는 곳으로 향했다.

그리고 나무 뒤쪽에 숨어서 은풍대원들을 살폈다.

그때 서향 소저가 한 무사를 가리켰다.

"저 여자 무사님을 자세히 볼 수 있을까요?"

"네? 여자 무사님이요?"

나는 당황할 수밖에 없었다. 그녀가 가리킨 곳에는 남자 무사들밖에 없었기 때문이다.

162장. 혼인 준비

혼인 준비

나는 서향 소저에게 물었다.

"저, 소저. 누구를 말하는 겁니까? 제 눈에는 여자 무사가 보이지 않습니다."

"저기, 허리에 찬 검에 붉은색의 긴 수술을 달고 있는 무사요."

그녀가 그렇게 특정해 준 후에야 그녀가 누구를 가리키는지 알 수 있었다.

머리를 위로 올려 묶고, 영웅건까지 맨 무사였는데, 딱 봐도 그냥 남자였다.

"저 무사가 마음에 드십니까?"

"뭔가 시선이 가는 것이…… 마음이 끌린다고 해야 할까요?"

서향 소저는 빙정안을 지니고 있다.

그렇기에 본능적으로 그 사람에 대해 알아볼 수 있지.

아무리 좋은 인상을 지니고 있다고 해도 그녀가 기분이 좋지 않다고 하면 정말 사기꾼인 것처럼 말이지.

나는 여응암 무사에게 그 무사를 불러와 달라고 했다.

"셋째 소단주님을 뵙습니다."

"반갑습니다. 잠시, 이야기 좀 할 수 있을까요?"

"물론입니다."

"이름이 어찌 됩니까?"

"강청입니다."

강청? 어디선가 들었던 기억이 있는 이름인데…….

내가 기억을 떠올리려 애쓰는 사이 서향 소저는 웃으며 물었다.

"나이가 어찌 되나요?"

"아, 이번 유월에 스무 살이 되었습니다."

"어머! 그럼 내가 언니네요."

"아, 그러시군요. 하하…… 하……."

강청 무사의 얼굴이 굳어지더니, 날카롭게 말했다.

"그게 무슨 소리이십니까? 저는 남자입니다만."

"사정이 있나 보네요. 미안해요. 남자인 것으로 해 드릴게요."

"……."

결국, 강청 무사는 한숨을 내쉬며 물었다.

"제가 여자인 건 어찌 아셨습니까?"

"네?"

오히려 당황한 서향 소저.

내가 중간에 끼어들었다.

"변용술이나 기물의 도움을 받은 것 같군요."

내 말에 강청 무사가 포기한 듯 자백했다.

"변용술입니다."

"이유가 있으십니까? 은풍대가 남자만 선발하는 곳은 아닙니다만."

"후, 사실 뭐 특별한 사정은 아닙니다. 그냥 저희 가문의 법도가 이럴 뿐입니다."

강청 무사는 뺨을 긁적였다.

"저희 가문에서는 여인이 무공을 배우기 위해서는 남장을 해야 한다는 조건이 있습니다."

그 말을 듣자, 강청이라는 이름을 어디서 들었는지 떠올릴 수 있었다.

"혹시 진풍강가 출신입니까?"

"아, 네. 그렇습니다."

그렇다면 그녀의 말은 거짓말이 아니다. 그 가문은 그런 법도가 있었으니까.

내가 강청 무사의 이름을 기억하고 있는 건 그녀가 절정의 경지에 올라 은풍대의 조장이 되었을 때 성별을 여성으로 고쳐야 했기 때문이다.

그녀의 가문인 진풍강가의 특이한 법도도 그때 알게 되었지.

그들은 낳기만 하면 줄줄이 아들이라 딸이 귀한데, 딸

들은 또 유독 검술에 재능을 보인다고 들었다.

하여 흑심을 품은 남자들에게서 딸을 보호하고 또 검술에만 신경 쓸 수 있도록 남자로 기르고 또 얼굴도 변용술을 사용하여 남자로 바꾼다고 한다.

하지만 절정의 경지에 오르게 되면 변용술은 더 이상 역할을 하지 못하기에 성별을 밝히게 된다고.

"이제 변용술이 통하는 것도 얼마 안 남으셨군요."

"네?"

"일류에서도 꽤 수준급의 실력이시지 않습니까?"

내 말에 강청 무사는 움찔했다.

"무서운 분이시네요."

그건 아마도 변용술의 한계와 그녀의 경지를 알아본 것에 대한 말일 터.

나는 대답 대신 조용히 웃고는 그녀에게 말했다.

"본의 아니게 비밀을 밝혀 버린 듯하여 미안합니다. 사실 제 부인의 호위를 찾던 중이었습니다. 그래서 말인데 제 부인의 호위 무사를 해 주실 수 있으시겠습니까?"

"네? 제가 말입니까?"

나는 고개를 주억였다.

"제 부인이 될 소저가, 강 무사님이 마음에 든다고 합니다."

"제가 부인의 호위무사가 되면, 제 근무 조건은 어떻게 되는 겁니까?"

나는 강청 무사에게 근무 조건에 대해 말해 주었다.

"우선 월봉이 오릅니다. 그리고……."

내 말을 들은 강청 무사가 흔쾌히 고개를 끄덕였다.

"알겠습니다. 부인의 호위무사가 되겠습니다."

이렇게 서향 소저에게도 호위무사가 생겼다.

아직 스무 살인데 벌써 일류의 경지에 올랐고, 얼마 뒤에는 절정에 오를 정도로 뛰어난 무사다.

그런 무사를 한눈에 골라내다니.

서향 소저의 빙정안이라는 것이 생각보다 대단하군.

* * *

숭양현의 유흥가로 알려진 서가에서도 사람들이 발길을 꺼리는 곳은 서가에서도 서쪽에 있다고 하여 서서가라고 불린다.

그곳의 한 건물.

그 안에서 적두방의 방주가 탁자 위에 은자를 올려놓은 채 그것을 바라보고 있었다.

고심에 빠진 얼굴.

"방주님, 뭐 하십니까?"

"지금 심각하게 고민 중인 거 보면 모르냐?"

"뭐가 그리 고민이십니까?"

"이 은자 말이다."

"이거 혜림문이 진 빚을 은해상단이 대신 갚아 준 거 아닙니까?"

"그래, 은자 천이백 냥이지. 그런데 우리가 그 혜림문의 땅값을 미리 받았고."

"아, 그 은자 오백 냥 말씀이십니까? 그거 그날에 바로 기루로 달려가서 다 써 버렸잖습니까. 흐흐흐."

빠악!

이에 방주는 그 방도의 뒤통수를 갈겨 버렸다.

"윽! 왜 그러십니까!"

"나는 지금 심각한데, 웃어? 이 새끼가!"

"헙! 죄송합니다."

"후…… 아무튼, 그 혜림문의 땅은 이제 은해상단으로 넘어갔으니 더는 어찌할 방도가 없고……."

최근에 전해진 소식에 의하면 혜림문주가 은해상단에 자신의 모든 재산을 바쳤다고 했으니까.

"그럼 땅을 사겠다고 한 자에게 땅값을 다시 돌려줘야 하는 거 아닙니까?"

빠악-!

방주는 재차 그의 뒤통수를 후려쳤다.

"그래야 하는 걸 아니까 내가 지금 심란한 거잖아!"

"죄, 죄송합니다."

방도는 꾸벅 고개를 숙였다.

"나가."

"네."

그렇게 모두를 내보낸 방주는 골똘히 생각에 잠겼고, 곧 결정을 내렸다.

'튀자.'

자그마치 은자 천이백 냥이다.

기와집 한 채가 은자 삼백 냥 정도이니 은자 천이백 냥 정도면 충분히 팔자를 고칠 수 있었다.

그리 결정한 적두방의 방주는 은자 다섯 냥 정도를 집어 들고 방도들이 있는 곳으로 향했다.

"옛다!"

짤랑.

그는 그 돈을 바닥에 던졌고, 이를 본 방도들이 놀라 그를 보았다.

"이게 웬 돈입니까요?"

"그걸로 고기랑 술이랑 사 와라."

"네?"

"한 건 올렸으니 배터지게 먹어야지."

"우아아아!"

"방주님! 최고입니다!"

그렇게 방도들은 그 은자 다섯 냥을 주워서 잽싸게 나갔고, 고기와 술을 잔뜩 사서 가지고 왔다.

그날 적두방에서는 연회가 열렸다.

마당에서 불을 피워 고기를 굽고, 대접에 술을 담아 부어라 마셔라 해 댔다.

그리고 그 모습을 보며 적두방두는 비릿한 웃음을 지었다.

'흐흐. 멍청한 것들.'

부하들은 먹고 마시는 데 정신이 팔려, 그가 그 돈을 가지고 튈 예정이라는 것을 전혀 알아차리지 못하고 있었다.

자신이 그 돈을 가지고 튀면, 이곳에 남은 이들은 분명 땅을 사겠다고 했던 자에게 시달리게 될 것을 쉽게 예상할 수 있었다.

하지만 그에게 의리 따윈 없었다.

어차피 이익을 목적으로 모인 이들이니까.

'으하하! 잘 있어라!'

그렇게 부하들이 술에 취해 곯아떨어진 것을 확인한 적두방주는 은자가 담긴 자루를 힘겹게 짊어지고 슬그머니 적두방을 나섰다.

자루가 꽤 무겁긴 했지만, 그 돈을 자신이 다 먹을 생각을 하니 발걸음이 가볍기만 했다.

어느새 주변은 어둑어둑해져 있었다.

그때였다.

"방주님! 어디 가십니까?"

자신을 부르는 소리에 뒤를 돌아보니, 방도 중 하나가 그를 부르고 있었다.

"방주님, 지금 혹시…… 그 돈을 가지고 도망가시는 겁니까?"

"……그게 무슨 소리냐? 나는 이 돈을 안전하게 전장에 보관하려고 하는 거다."

"전장은 이쪽이 아니라 저쪽입니다."

"썅! 귀찮게 하네!"

방주는 그 방도에게 다가가 내뱉듯이 말했다.

"솔직히 너도 여기에 처박혀 있기 싫지? 내가 얼마 떼어 줄 테니까 입 다물고 있어라."

"네?"

그 방도가 말했다.

"하지만 그 돈이 없으면 땅 주인에게 돈을 돌려주지 못하지 않습니까?"

"후, 그러게. 누가 돈을 미리 주래?"

"……."

"원래 세상은 멍청하면 당하게 되어 있는 거야. 그자도 이번 일로 교훈을 얻겠지."

그리 말하며 돈주머니에 손을 넣는 척하면서 검을 꺼냈고 그의 목에 겨누었다.

"그리고 그 멍청한 놈에 너 역시 포함되어 있고."

방주는 씩 웃었다.

"멍청하게. 그냥 못 본 척할 것이지, 왜 귀찮게 불러서는 명을 재촉하냐."

그러곤 검을 휘둘렀다.

"날 원망하지 마라."

휘익-!

탁!

하지만 그의 검은 중간에 멈추어 버렸다. 그가 죽이려고 했던 방도가 그의 검을 잡아 버린 것.

"무, 무슨……."

이에 당황한 그가 검을 회수하려 했지만 그럴 수 없었다.

스윽.

그 방도는 반대쪽 손으로 얼굴을 쭈욱 당겼고, 그 아래에서 전혀 다른 얼굴이 드러났다.

그 얼굴은 그도 아는 얼굴이다.

바로 혜림문의 땅을 사겠다며 땅값을 줬던 바로 그자였다.

"이런……."

그가 적두방주에게 말했다.

"돈을 돌려주려는 마음만이라도 보였다면 그 목숨을 살려 주려 했거늘."

털썩.

적두방주는 그 자리에 무릎을 꿇고 애원했다.

"사, 살려 주십시오."

"가뜩이나 그 땅을 손에 넣지 못하게 되어 짜증 나는데, 돈까지 떼먹으려 하다니……."

"제, 제발 살려 주십시오."

"네놈 때문에 그분에게 큰 질책을 받을 뻔했단 말이지. 어딘가 뒤가 구려 보여서 이리 잠복하고 있었으니 망정이지."

그는 품에서 자루 하나를 꺼내어 던졌다.

"거기에 정확하게 은자 오백 냥을 담아라."

"아, 네!"

방주는 떨리는 손으로 은자 오백 냥을 세어 자루에 담았다.

"여, 여기 있습니다."

그자는 자루를 받아 허리춤에 찼다.

제법 무거움에도 그자의 움직임은 가볍기 그지없었다.

"저, 그런데 나머지 돈은 필요 없으십니까?"

"나는 내 돈만 챙기면 될 뿐이다."

그자의 말투는 서늘하고 담담했다.

"그럼 이제 정리를 해야지."

그 순간.

그자의 눈이 붉게 빛났다.

그 붉은 눈을 본 순간, 방주의 눈빛이 흐려졌고 천천히 움직이기 시작했다.

그는 검을 집어 들고 적두방 안으로 들어갔고, 방도들을 향해 검을 휘두르기 시작했다.

"흐이익!"

"바, 방주님! 왜 그러십니까! 방주님!"

"끄아악!"

그렇게 흥겨운 연회장은 순식간에 아비규환으로 변해버렸다.

방주와 비슷한 경지의 방도도 있었지만, 부어라 마셔라 한 술로 인해 제대로 몸을 가누지 못하니 속수무책으로 당할 수밖에 없었다.

화르륵!

이윽고 그곳에 불길이 치솟기 시작했다.

붉은 눈의 그자는 바닥에 떨어져 있던, 인피면구를 집어 불길 속으로 던졌다.

그러곤 고개를 들어 은해상단이 있는 곳을 흘깃 바라보며 중얼거렸다.

"나를 즐겁게 해 줄 날을 기다리마."

* * *

나는 평소처럼 일어나 운기조식을 한 후 수련을 했다.

사부님이 호북성에 돌아오셨으면 내 수련을 위해 별당으로 오셨을 텐데.

아무래도 아직 돌아오지 않으신 듯했다.

"도련님. 여기 물 가지고 왔습니다요."

"고마워."

나는 팔갑에게 물을 받아 마셨다.

"간밤에 적두방에 변고가 닥쳤다고 합니다요."

"변고라니? 무슨 소리야?"

"간밤에 방주가 미쳐서 모든 방도를 죽이고 스스로 건물에 불을 질렀다고 합니다요."

"뭐?"

"나머지는 다 타 버리고 방주의 시신은 불길이 없는 곳에 있었는데, 스스로 검을 배에 꽂은 자세였다고 합니다요."

뭔가 수상한데?

내가 본 방주는 그 돈을 가지고 튀면 튀었지, 모두를 죽인 후 자결할 인물은 아니니까.

"그리고 그가 남긴 돈이 은자 육백구십오 냥인데, 그 안에 은서호 소단주에게 속죄하는 마음으로 이 돈을 돌려준다는 서신이 있었다고 합니다요."

팔갑이 말을 이었다.

"그래서 현청에서 그 소식을 전해 왔습니다요. 어찌 처리해야 하느냐고요."

아무리 봐도 뭔가 이상하다.

적두방주는 절대 그 돈을 돌려줄 사람도 아니니까.

게다가 은자 오백 냥 정도가 비는데?

아무래도 이상한데, 직접 가 봐야겠군.

잠시 후.

나는 서서가로 향했고, 곧 적두방이 있던 곳에 도착했다.

포졸들이 그곳을 경계하고 있다가 나를 보고는 예를 표했다.

"은해상단의 셋째 소단주님 아니십니까?"

"선협미랑 대협을 뵙습니다."

"수고 많으십니다. 다름이 아니라 저에게 남기는 돈이 있다는 말에 왔습니다. 현장을 좀 살펴봐도 되겠습니까?"

"포쾌께 말씀드리겠습니다."

잠시 후 포쾌가 나왔다.

"선협미랑 대협을 뵙습니다. 포쾌 일을 하고 있는 오을이라고 합니다."

"수고 많으십니다."

나는 그에게 용건을 말했고, 그가 흔쾌히 고개를 끄덕였다.

"물론입니다. 안으로 드시지요."

나는 반쯤 불타 버린 건물 안으로 들어갔다.

상황은 생각보다 처참했다.

마당 가운데에는 타 버린 고기가 있었고, 주변에는 깨진 술병이 굴러다녔다.

그리고 군데군데 보이는 뼈는, 죽은 방도들의 것이겠지.

"처음에는 여기 적두방의 방도들이 고기와 술을 사 갔다는 증언이 있어서, 고기를 굽다가 불이 옮겨 붙었다고 생각했습니다. 그런데 한 사람도 탈출한 자가 없다는 게 이상해서 조사하던 중에 적두방주를 발견했습니다."

그가 나를 안내한 곳은 적두방주의 집무실 정도로 보이는 곳이었다.

그 서탁 위에 놓인 주머니는 내가 돈을 담아 준 주머니다.

그리고 서탁 앞에 배에 검을 꽂은 채 죽어 있는 적두방주의 모습이 보였다.

그에게서 느껴지는 불길한 기운에 나는 미간을 찌푸릴 수밖에 없었다.

틀림없다.

수라혈교의 기운이다.

나는 다시금 적두방주의 시신을 자세히 살폈다.

그리고 지난번에 만났을 때보다 그 피비린내가 훨씬 심해졌다는 것을 알 수 있었다.

처음 봤을 땐 그냥 살짝 스친 듯했는데 말이지.

그렇다면 지금 이 사건이 수라혈교의 소행임이 확실하다는 의미다.

그렇다면 대체 왜, 수라혈교에서는 이런 잔인한 짓을 벌인 것일까?

나는 적두방주와 나누었던 대화를 떠올렸다.

"이 혜림문의 땅을 원하는 자가 있군요."

"……."

"미리 땅값을 받았는데 혹시 그 돈, 다 써 버렸습니까?"

이에 적두방주는 크게 움찔했었지.

얼마 전에 적두방주가 비싼 기루에서 놀았다는 소식을 들었는데, 그때 돈을 다 탕진한 거겠지.

내가 파악한 적두방의 수입으로는 꿈도 꾸지 못할 곳에 갔다는 건 돈이 갑자기 생겼다는 의미니까.

그리고 미래가 없이 사는 놈들이니 저축했을 리도 만무하고.

사실 적두방주가 혜림문주에게 요구한 채무변제금은 터무니없는 수준이다.

일 년도 되지 않아 원금의 배가 되었으니까.

사실 내가 마음만 먹었다면 은자 육백 냥 정도 선에서 끝낼 수도 있었다.

하지만 나는 그러지 않고 달라는 대로 줬다.

그건 땅값을 돌려주라는 의미였다.

내가 준 은자 천이백 냥이라면, 땅값을 돌려주고도 원금과 어느 정도의 이자가 될 터.

하지만 적두방주는 욕심이 과했던 것 같았다.

땅값을 돌려주는 게 아까워서 그 돈을 가지고 튀려다가 이런 꼴을 당했겠지.

내가 그렇게 추론한 몇 가지 근거가 있다.

첫째로, 주머니 안의 돈이 오백 냥에다가 고깃값과 술값을 제한 만큼 빈다는 것이다.

아마도 오백 냥이 땅값이었을 거다.

그리고 두 번째로 적두방주의 엉덩이 부분과 무릎 쪽 옷이 흙으로 더럽다는 것.

갑작스럽게 두려운 존재가 등장하여 무릎을 꿇고 열심히 빈 것일 터.

그게 아니고서야 적두방주의 옷이 저렇게만 더러워질 리가 없지.

세 번째로, 마당에서 방도들이 술과 고기를 먹고 있었다는 것.

분명 수하들이 술과 고기에 정신이 팔린 사이에 튀려다가 땅을 사기로 했던 수라혈교 사람을 만난 거겠지.

아마 수라혈교도 중에서도 적안을 가진 이가 그 상대였던 것일 터.

그가 섭혼술로 방주를 조종해서 이곳을 처리해 버렸다면 아귀가 들어맞는다.

수라혈교에서 혜림문의 땅을 노렸음을 비밀로 하기 위해 이리한 것도 있지만, 아마 괘씸죄도 적용되었을 거다.

적두방주의 자업자득이긴 하지만, 좀 짜증 나네?

다른 곳도 아니고 우리 은해상단이 있는 이 호북성에서 이런 짓거리를 하다니.

그나저나 이런 짓을 한 자…… 보통 놈이 아니다.

딱 땅값만 가져가고 나머지는 나를 콕 짚어서 돌려주라고 하다니…….

솔직히 전부 챙겼을 법도 한데 말이다.

욕심이 없는 놈일까?

아니면 뭔가 목적이 있는 것일까?

"그리고 이것이 돈이 들어 있던 주머니에 남겨져 있던 서신입니다."

포쾌가 나에게 서신을 내밀었고, 나는 그 서신을 받아 펼쳐 보았다.

팔갑이 전해 준 대로 나에게 속죄하는 마음으로 이 돈을 돌려주니, 나에게 전해 달라는 내용은 맞았다.

하지만 엄밀히 따지면, 그 내용이 약간 다른 것이 나에게 전하는 서신이었다.

[적두방주가 은서호 소단주의 돈을 강탈한 것이나 마찬가지인데 어찌 보고만 있겠습니까? 하여 제가 잘 설득했고 속죄하며 이 돈을 돌려주기로 했습니다. 이걸로 혼인 선물을 대신하는 바입니다. 혼인 축하합니다. 그리고 훗날 다시 만나기로 한 약속은 여전히 기억하고 있으니 어서 빨리 나를 재밌게 해 주었으면 하는 바입니다.]

그 마지막 문장에 나는 서신을 꾸깃꾸깃 접었다.

적두방을 이리 만들고 이 서신을 작성한 자가 누군지 알 것 같았으니까.

나와 다시 만나자고 약속했던 수라혈교의 인물은 한 사람뿐이다.

사천성에서 혈안검귀라는 자를 처리할 때 만났던 화경의 고수 일사검.

뱀 한 마리가 새겨진 무기를 사용하는 자다.

"네놈은 나중에 다시 만날 것 같은 예감이 든단 말이지. 그때가 되면 지금보다 강해질 터. 그때 네놈의 목숨을 거두어 주지."

"나는 재미없는 싸움은 싫어하거든."

그가 했던 말이 아직 잊히지 않는다.

그때 느꼈던 절망감도.

나는 하나도 재미있지 않은데 왜 혼자만 재미있어하는

거야?

짜증나게.

아무튼, 그는 이 숭양현에 더는 머물러 있지 않을 거다.

나에게 서신을 남긴 것을 보면 말이지.

또한, 내가 그와 맞상대할 정도의 경지에 오르기 전에는 내 앞에 나타나지 않을 테고.

나름대로 자신이 뱉은 말을 지키기 위해 일부러 나와의 만남을 피하는 것이겠지.

나는 고개를 돌려 포쾌를 보았다.

뭔가 반짝반짝하는 눈빛이 마치 금령을 보는 것 같다.

– 꾸잇!

너는 그렇게 못생기지 않았다고?

하긴, 너는 잘생긴 게 아니라 귀여우니까.

꾸이……?

칫, 눈치는 빨라서는.

포쾌가 말했다.

"이 서신, 어찌할까요?"

포쾌는 주머니가 그리 넉넉하고 여유로운 이들이 아니다.

평생 고용이 보장되는 것도 아니고, 능력이 좋지 않으면 잘릴 수도 있는 위치니까.

그래서 많지 않은 월봉이면서도 뇌물까지 바치곤 한다.

그렇기에 탈이 나지 않는 범위 내에서는 부수입을 챙기는 경우가 많지.

이런 식으로 말이다.

지금 포쾌의 말은 직접적으로 뇌물을 요구한 건 아니지만, 약간의 뇌물을 주면 골치 아픈 일 없게 해 준다는 의미다.

솔직히 이 서신의 내용이 외부로 흘러나간다고 해도 딱히 큰일은 아니다.

하지만 굳이 골치 아픈 일을 만들 필요는 없지.

나는 적두방주가 가지고 있던 주머니를 가리키며 되물었다.

"저 은자는 어찌하실 생각입니까?"

"전사(典史) 대인께서 처리하실 일이겠지요."

하긴 저건 포쾌의 영역이 아니지.

현의 판관이라고도 불리는 전사는 무급직이라, 해당 지역에서 명망 높은 이가 맡곤 하는 자리다.

보통 제국에서 하나의 현에 동성촌이거나 하나의 부족이 거주하고 있는 경우가 많기 때문이다.

하여 현에서 일어나는 사건에 대해 판결을 내려도 반발이 없는 이에게 전사를 맡기는 것이다.

그래서 봉급 대신에 약간의 거마비 정도를 주고 이에 대한 권위를 인정해 주는 것.

물론 판결에 불만이 있거나 억울한 자를 구제할 수 있는 제도도 있다.

주의 이목이나, 부의 추관에게 상고할 수 있지.

그도 아니면 대리사에 요청할 수도 있는데, 대리사에서

다루는 사건은 황제가 이를 살핀다.

즉, 만약 판결에 문제가 있다면 그 판결을 내린 자는 황제가 북경으로 불러 조목조목 따진다는 의미.

만약 거기까지 갔는데 뇌물을 받은 것이 드러난다면 그 인생은 끝났다고 봐도 되지.

"이렇게 합시다."

나는 생각난 대안을 제시했다.

"만약 전사 대인께서 저 자루의 은자에 대한 제 소유권을 인정하신다면, 마침 이번 가을이 제 혼례이기도 하니 이 현의 민정을 살피시느라 고생하는 분들을 위한 연회를 베풀도록 하죠."

"연회…… 말입니까?"

"술도 잔뜩 준비할 생각입니다. 아시잖습니까? 저희 은해상단이 소유한 주도가에서 만든 술이 황실에서 주최한 주류품평회에서 우승한 것은 물론이고 다른 술들도 우수한 평가를 받았음을 말입니다."

"물론입니다. 잘 알죠."

그리 말하는 포쾌는 벌써 침이 넘어가는 듯했다.

"그러니, 힘 좀 써 주십시오."

"물론입니다. 내 전사 대인께 말씀드려 아무 잡음 없이 처리하겠습니다."

"믿겠습니다."

사실 감찰어사의 패를 보이는 게 가장 효과는 좋겠지만, 이는 되도록 감추는 게 좋다.

그렇다고 뇌물을 주기도 싫고, 또한 일사검이 선물이랍시고 준 돈을 다시 받는 것도 탐탁지 않다.

그러니 저 은자로 관리들을 위해 연회를 베푸는 것이 최고의 방법이다.

그나저나 나에 대해 잘 모르는 건가, 아니면 알고도 이럴 정도로 돈이 궁한 건가.

어찌 됐든 제발 연회에서 소란만 일으키지 말아 주었으면 좋겠군.

그리 생각하던 나는 속으로 피식 웃었다.

아마 저 포쾌는 생각하지도 못할 거다.

이번 혼인 연회에 참석하실 분들의 면면을.

기가 죽어 술맛을 제대로 느낄 수나 있을지 모르겠네.

.

.

.

다음 날.

혼인을 한 달 정도 앞두고 나와 서향 소저는 바쁘게 돌아다니기 시작했다.

혼인을 알리고 인사를 드려야 하는 분들이 제법 계셨기 때문이다.

보통 오전에는 아버지를 따라가서 인사를 드렸고, 오후에는 어머니를 따라가서 인사를 드렸다.

그 와중에 상단 사람들은 분주하게 움직였다.

혼례복도 지어야 했고, 연회 준비도 해야 했으며 연회

동안 불미스러운 일이 없도록 경호 준비도 해야 했으니까.

"서호야."
"아, 네. 아버지."
나는 아버지가 나를 부르는 소리에 얼른 고개를 들어 대답했다.
"잠시 쉬었다 가는 것이 어떻겠냐?"
"그게 좋겠습니다."
우리는 지금 호북성에 자리 잡은 무가인 제갈세가로 향하고 있었다.
원래는 먼저 찾아가서 인사를 드려야 할 곳이지만, 일정을 이틀 정도 통으로 비우기 어려워서 이제야 가는 것이다.
그 정도는 양해해 주시겠지.
우리는 적당한 곳에 자리를 잡았고, 간단히 점심을 먹기 시작했다.
점심은 집에서 가지고 온 만두.
"부인, 옷이 더러워지지 않도록 옷에 천을 두르는 것이 좋겠습니다."
"고마워요."
서향 소저의 시녀가 된 임상화는 그간 어머니의 시녀에게 교육받은 덕분에 꽤 능숙하게 서향 소저를 보좌해 주었다.
물론 서향 소저의 호위무사가 된 강청 무사도 동행하는

중이다.

그나저나 혜림문에서 수련 중인 세 무사들의 수련은 잘 진행되고 있는지 모르겠네.

이번에 성과가 있었으면 좋겠는데 말이지.

그러면 저들에게 좋은 검을 한 자루씩 선물할 수 있을 테니까.

전에 관직에서 물러나 낙향하셨던 방 대인에게 황제의 밀지를 전하러 가던 길에 공동파에서 찾았던 운철 한 궤짝이 아직 내 비고 안에 있거든.

운철로 무기를 만들면 그 강도뿐만 아니라 예기 역시 남다르다.

게다가 사악한 것을 물리치는 효과도 있기에 운철로 만든 무기는 무조건 신병이기로 취급되지.

훗날 밝혀진 바에 의하면 사특한 술법을 사용하는 이들에게도 운철로 만든 무기가 효과가 있음이 밝혀졌다.

아마 수라혈교 놈들이 사용하는 사특한 술법에도 어느 정도 효과가 있을 터.

그러나 운철로 만든 신병이기도 제대로 효과를 내기 위해서는 본신의 무력이 어느 정도 높아야 한다.

그렇기에 세 무사에게 수련을 위한 배려를 해 준 것이다.

내 호위무사들이 강해져야 내가 덜 고생하니까.

"오랜만에 형님을 뵙겠군요."

그 말에 고개를 돌려보니, 유소악 내총관과 조영영 부

관이 나란히 앉아 만두를 먹고 있었다.

원래는 올해 봄에 혼례를 치렀어야 하는 두 사람인데, 사천성의 지진으로 인해 미루어졌다.

호북성 본단에서 보내는 지원단에 조영영 부관의 아버지인 조 행수가 포함되었기 때문이다.

이런저런 문제로 인해 어쩔 수 없이 그가 지원단에 포함될 수밖에 없었다.

하여 혼인이 미루어졌는데, 문제는 내 혼인을 가을에 진행하게 된 것이다.

보통 한 가문의 직계의 혼인을 앞두고 반년 전에는 그 가문의 가신이 혼례 등의 행사를 하지 않는 것이 예의다.

하여 결국 내가 혼인한 후 보름 뒤에 혼인하기로 하여 내가 혼인 인사를 하러 제갈세가에 가는 김에 함께 움직이는 것이다.

"그럼 오랜만에 시문을 나누시겠네요."

"그러고 싶지만, 시간이 될지 모르겠습니다."

나는 웃으며 말했다.

"아버지께서 그 정도 시간은 빼 주시겠지요."

그날 저녁.

우리는 제갈세가에 도착했다.

"어서 오십시오."

미리 연락을 받은 제갈세가에서는 우리를 환영했다. 그런데 놀랍게도 우리를 맞이해 준 자는 제갈유아 소가주였다.

"오랜만에 뵙네요."

"소가주께서 이리 직접 맞아 주시다니! 몸 둘 바를 모르겠습니다."

"그게 무슨 말씀인가요? 당연히 직접 나와서 맞이해야죠. 무려 선협미랑 대협이신데요."

그녀가 웃으며 말을 이었다.

"조부님께서 직접 나와 맞이하신다는 것을 말리느라 고생했답니다."

"허! 정말 감사합니다. 만약 그러셨다면 저는 정말 부담스러웠을 겁니다."

내 말에 그녀는 웃었고, 고개를 돌려 아버지께 인사를 했다.

"제갈세가의 소가주 유아가 은해상단의 상단주님을 뵙습니다."

"이리 맞아 주어 고맙네."

그녀는 고개를 돌려 내 옆의 서향 소저를 보았다.

"이렇게 나란히 서 있는 것을 보니, 무척 잘 어울리네요."

"감사합니다."

제갈유아 소가주는 마지막으로 고개를 돌려 유소악 내총관과 조영영 부관에게 말했다.

"조부님께서 시문을 나눌 시간을 기다리고 계십니다."

"이 부족한 아우를 잊지 않고 계심에 감사할 따름입니다."

차분하게 답하는 유소악 내총관.

확실히 내가 과거로 돌아온 이후부터 사회성이 많이 좋아졌다.

내 조언과 조영영 부관의 노력 덕분이겠지.

"처소로 안내해 드리겠습니다."

이곳까지 오느라 지친 것도 있고, 또 먼지도 뒤집어썼으니 씻고 인사드리는 게 마땅하다.

우리에게 주어진 처소는 별채였다.

제법 큰 별채 하나를 통째로 내준 것을 보면 우리를 극진히 대하고 있음을 알 수 있었다.

하긴, 소가주가 직접 나와 맞이한 것만 봐도 알 수 있지.

이에 아버지께서는 뭔가 감격하신 표정이었다.

좀 뿌듯하긴 하네.

– 꾸이!

이만큼 성장했으니, 매달 주는 은자 좀 올려 달라는 금령의 말.

나는 못 들은 척했다.

.

.

.

우리는 각자 씻고, 옷을 갈아입었다.

그리고 방에서 잠시 기다리자, 제갈유아 소가주가 우리를 데리러 왔다.

“저를 따라오세요. 모시겠습니다.”

우리는 그녀를 따라 안쪽으로 들어갔다.

보통 손님으로 오면 접빈실에서 만남이 이루어지지만, 우리는 더 안쪽으로 들어갔다.

그렇게 도착한 곳은 이전에도 와 봤던 장소였다.

일전에 태상가주님의 초대를 받아 이곳에서 태상가주님과 유소악 총관이 시문을 나누었지.

시문에 별 관심이 없던 나는 지루해서 힘들었지만.

하지만 그 덕분에 독살당할 뻔한 태상가주님의 목숨을 구할 수 있었다.

이곳에 오니 그때가 생각나며 뭔가 기분이 묘했다.

곧 태상가주님과 가주님의 모습이 보였다.

“조부님, 아버지. 은해상단의 상단주님과 선협미랑 대협 내외 및 유 총관 내외께서 오셨습니다.”

“반갑네! 어서 오게나!”

너털웃음을 지으며 우리를 맞아 주는 태상가주님.

여전히 정정하신 모습이다.

우리는 공손히 인사를 드리고 그 앞에 앉았다.

곧 차를 담당한 시녀가 차를 가지고 왔다.

그러고 보니 제갈세가도 우리 은해상단처럼 차를 다루는 곳을 따로 운영하고 있었지.

태상가주님이 우리를 보며 흐뭇한 표정을 지었다.

“참으로 잘 어울리는 한 쌍이야.”

“감사합니다.”

"그나저나 선협미랑이 벌써 혼인이라니! 이것 참 감회가 새롭군."

"저도 그렇습니다."

그렇게 이야기를 주고받으면서도 묘한 기분은 사라지지 않았다.

아마 이전 삶에서의 제갈세가는 지금은 존재하지 않는 곳이기 때문이겠지.

물론 제갈유아 소가주를 비롯해 살아남은 후손이 있기는 했지만, 제갈이라는 성을 쓰지 않았으니 사실상 멸문이나 다름없었다.

제갈세가쯤 되는 곳의 미래를 비틀었는데, 그들의 앞으로의 행보나 제갈유아 소가주의 달라진 삶이 궁금하긴 하네.

하지만 그런 내색은 하지 않고 말했다.

"건강 잘 챙기셔야 합니다. 그래야 소가주의 혼인도 보실 것 아닙니까?"

"하하하. 그건 그렇지."

옆에서 가주님이 말씀하셨다.

"말이 나와서 말인데, 이번 가을에 본가에서 비무연을 열기로 했네."

"네? 비무연이요?"

비무연이란 비무를 보며 연회를 즐기는 것인데, 그래도 비무는 비무인 이상 우승자가 나오기 마련이다.

"유아의 남편을 찾기 위한 비무라네."

헙!

순간적으로 차를 뿜을 뻔했다.

"그게 무슨 말씀입니까? 소가주의 신랑을 찾기 위한 비무라니요?"

소가주의 위치니만큼 적당한 세가와 정략혼 같은 것을 할 줄 알았는데, 신랑 찾기 비무라니…….

이에 옆에서 제갈유아 소가주가 설명했다.

"제 남편은 저보다 강했으면 좋겠거든요."

신기제갈이라 불리는 제갈세가다.

그런 곳에서 이렇게 일을 크게 벌이는 것은 지금 그녀가 말한 것 이외에도 필시 이유가 있을 텐데…….

"꼭 참관해야겠군요."

우리의 대화가 끝나고, 태상가주님은 유소악 내총관과 대화를 했다.

왠지 나보다 유소악 내총관을 더 반가워하는 듯했지만, 나로서는 오히려 환영할 일이다.

호록.

음, 역시 차가 맛있군.

집중해서 이야기하느라 이 맛있는 차와 아름다운 풍경을 제대로 음미하지 못했는데, 지금이 기회다.

– 아버지.

나는 전음으로 아버지를 불렀다.

– 적어도 일각 이상은 유 총관하고 대화하실 테니까, 차 드시면서 숨 좀 돌리세요.

내 말에 아버지는 미소 지으시며 찻잔을 드셨다.

그날 저녁.

제갈세가에서는 우리를 위해 연회를 베풀어 주셨다.

나는 연회를 즐기던 중에 잠시 바람을 쐬기 위해 연회장 밖으로 나왔다.

그리고 누군가가 나를 따라오는 인기척이 느껴졌다.

이분이 왜?

"바람에 찬기가 묻어 있는 것을 보니, 이제 정말 가을인가 보군."

"그렇군요."

"내 전에 자네에게 말한 적이 있었지. 이목이 나에게 남겼던 서신에 대해서."

"네."

나를 따라 나와 말을 거신 분은 제갈세가의 태상가주님.

그리고 말씀하시는 이목이라는 이가 누군지도 알고 있다.

사부님의 아버지이자, 전대 설풍궁주님을 이목이라 불렀다고 하셨지.

"그리고 창인표국이 호북성에서 표국업을 시작했을 때 나는 기적적으로 친우의 부탁을 들어줄 기회가 왔음을 알게 되었지."

태상가주님이 말을 이었다.

"나는 그 녀석의 아들을 본 적도 없었고, 그 아들의 행방도 알 수 없었으니까."

아…… 하긴 그렇지.

타지에서 온 사람이 자리를 잡는다는 건 상당히 힘든 일이다.

생활이나 문화가 낯선 것도 낯선 거지만, 텃세라는 게 있게 마련이니까.

그런데 그때 그 지역에서 가장 힘이 센 자가 비호해 준다면 말이 달라지지.

나는 포권했다.

"사부님께서 무사히 이곳에 자리 잡을 수 있으셨던 것이 태상가주님의 도움이 있었기 때문이었군요. 사부님을 대신하여 감사드립니다."

내 인사에 태상가주님은 피식 웃으셨다.

"내가 한 것이라곤, 그저 창인표국에 일거리를 준 것뿐이라네."

"그것만 해도 큰 도움 아닙니까?"

"그건 자네한테 듣기에 민망하군. 내가 창인표국에 준 도움은 자네에 비하면 새 발의 피라네."

"제가 별로 한 건 없습니다만……."

"하하하."

내 말에 태상가주님이 작게 웃으셨다.

"농담도 잘하는군."

"네?"

"현재 은해상단의 표행 주 거래처가 어딘가?"

"창인표국입니다."

"자네가 전면에 나선 이후로 은해상단이 얼마나 커졌는지 아는가? 그러면서 창인표국 역시 급성장했지. 얼마 전에는 북해지국까지 세웠다지?"

"아……."

나는 뺨을 긁적였다.

생각해 보니 표국의 규모가 많이 커지긴 했네.

"그래서 고맙다는 말을 하고 싶었다네. 나 대신 창인표국에 신경 써 줘서 말이야."

나는 대답하지 않고 그저 미소 지었다.

당연히 신경 써야죠.

창인표국은 설풍궁의 생존자들이 만든 곳이며, 저는 설풍궁의 소궁주니까요.

.

.

.

다음 날.

우리는 제갈세가를 나섰다.

마음 같아서는 며칠 더 머무르고 싶지만, 만나 뵈어야 할 분이 아직도 많이 남았다.

"후, 제 기억에 정호 형과 진호 형이 혼인할 땐 이렇게까지 많은 분께 인사드리러 다닌 것 같지는 않은데요."

내 말에 아버지가 웃으셨다.

"왜? 힘드냐?"

"힘든 건 아닙니다."

“하하, 이제 와서 뭐 어쩌겠느냐. 이게 다 네 업보인 것을.”

아버지가 말을 이으셨다.

“네가 워낙 이곳저곳 많이 들쑤시고 다닌 탓에 나도 힘들지 않으냐?”

그렇게 핀잔하시면서도 그 표정은 매우 즐거워 보이셨다.

상인에게 인맥은 힘이니까.

그나저나 진호 형은 돌아왔으려나?

생각보다 많이 늦네.

.

.

.

그날 저녁.

우리는 은해상단 호북성 본단에 도착했다.

드디어 집에 온 것.

“고생 많으셨습니다.”

“뭘요. 소단주님과 제국 전역을 돌아다니던 것에 비하면 이 정도는 나들이인걸요.”

“그것도 그렇긴 하네요.”

나는 먼저 마차에서 내렸고, 손을 내밀어 서향 소저를 잡아 주었다.

“다녀오셨습니까?”

차장에서 기다리고 있던 이들이 우리를 맞이해 주었고,

우리는 그들에게 인사를 하며 안으로 들어갔다.
다행히 오늘 저녁은 모두와 함께 먹을 수 있겠군.
하지만 아직 진호 형은 돌아오지 않았다.

* * *

그 시각.
은진호는 한숨을 내쉬고 있었다.
그도 그럴 것이, 아주 큰 난관에 봉착했기 때문이다.

그는 복건성에 밀을 판매하고 무이암차를 사 오는 상행 중이었다.
거래도 성공적으로 마쳤으니 원래대로라면 지금쯤 호북성에 도착해야 했지만, 문제가 생겼다.
그건 바로 비 때문이었다.
이 시기에 복건성에 비가 많이 온다는 것은 알고 있었지만, 어쩔 수가 없었다.
갑자기 무이암차의 인기가 높아져서 재고가 바닥을 보이기 시작했기 때문이다.
"비가 그쳤습니다."
"이 틈에 빨리 이동해야 합니다."
은해상단의 이들과 창인표국의 이들은 분주하게 움직여 출발했다.
때를 놓치면 꼼짝없이 발이 묶이게 될 테니까.

그렇게 그들은 이틀 정도 이동했지만, 그날 오후부터 갑자기 비가 또 쏟아지기 시작했다.

방수를 위해 제법 꼼꼼하게 차를 포장했지만, 그것도 한계가 있었다.

항아리로 쏟아붓는 것 같이 내리는 비였다.

"상품도 상품이지만, 이대로는 위험해질 수도 있습니다."

복건성 지역이니만큼 얼어 죽을 정도의 날씨는 아니지만, 계속해서 비를 맞으면 위험할 정도의 날씨.

"어서 쉴 곳을 찾아야 하는데……."

은진호는 하늘을 바라보았다.

"젠장!"

지금 그가 원망하는 건 하늘이라기보단, 본인이었다.

조금 늦더라도 객잔에서 더 기다렸어야 한다는 자책감이 들었기 때문이다.

동생 은서호의 혼례에 늦을지도 모른다는 불안감 때문이었을지도 모른다.

하지만 이 모습을 은서호가 본다면 "형, 바보야?"라고 혼냈을 터.

그는 문득 어릴 때, 갓 태어난 은서호를 만나는 것이 허락된 날 처음으로 봤던 모습을 기억한다.

자신을 보고 웃어 주었던 일도.

또한 성인이 되어서도 몇 번이나 큰 도움을 받았다.

자신이 실종되었을 때, 그리고 부인을 위한 영약을 구한 일, 그 부인과의 혼인 등.

'아, 홍려의 이름은 서호가 지어 주지 않아서 다행이긴 했지만.'

아무튼, 그렇기에 은서호의 혼례를 직접 보고 싶었던 것이기도 했다.

그때였다.

"중지!"

"모두 중지!"

함께 이동하던 창인표국의 표두가 갑자기 모두를 멈추게 했다.

"무슨 일입니까?"

"계곡의 급류로 인해 통행이 불가합니다."

비로 인해 물이 불어나며, 산의 계곡이 급류가 되어 길이 끊긴 것이다.

첩첩산중이라더니, 난감한 일이 또 생겨 버렸다.

"이런!"

"어찌할까요?"

그 모습에 상행의 실질적인 수뇌인 은진호와, 창인표국의 표두는 고민에 빠질 수밖에 없었다.

그때 갑자기 들려온 목소리.

"물러나십시오. 급류가 점점 강해지고 있습니다."

이에 그들은 깜짝 놀라 주변을 경계했다.

그들의 감각에 기척이 잘 느껴지지 않았었으니까.

곧 그들 앞에는 어느새 다가온 누군가가 서 있었는데, 특이하게도 죽립에서 흘러내린 머리카락 일부분이 파란

색이었다.
그걸 본 한 표사가 외쳤다.
"타, 탈명객!"
이에 그가 입을 삐쭉거리며 말했다.
"그 이름을 버린 지가 언제인데 아직도 그리 부릅니까?"
"어……."
이에 무안해진 표사가 멋쩍은 표정을 지었다.
"아무튼, 여기서 물러나십시오. 지금 물이 불어나고 있습니다. 어서 피하지 않으면 급류에 휩쓸리게 됩니다."
"알려 주셔서 감사합니다."
은진호가 모두에게 뒤로 물러나게 했다.
그때 탈명객, 아니 예전에 그리 불리었던 그가 자신을 소개했다.
"제 이름은 우격입니다."
"은해상단의 소단주 은진호라고 합니다."
"아!"
이에 우격의 눈이 커졌다.
"어디선가 많이 봤던 표식이라고 생각했는데, 은해상단이었군요."
그가 반갑게 물었다.
"그럼 혹시 선협미랑 형님을 아십니까?"
"물론입니다."
은진호가 자랑스럽게 대답했다.
"제 아우입니다. 그러고 보니 일전에 제 아우와 선협미랑이라는 명호를 두고 내기를 하셨다고 들었습니다."

"하하하, 부끄러운 일이었습니다. 그래도 당시의 인연 덕분에 실종되었던 사부님을 찾을 수 있었습니다."

그가 멋쩍게 웃더니 화제를 돌렸다.

"그런데 여기서 뭐 하십니까? 하늘을 보니 비가 그치려면 꽤 먼 듯합니다만."

"그게……."

은진호는 난감한 표정으로 자초지종을 설명했다.

"허! 그게 정말입니까? 선협미랑 형님의 혼인이라고요?"

"그렇습니다. 하여 서두르다가 그만 이리된 겁니다."

"그런 사정이 있으셨군요. 아무튼, 저를 따라오십시오. 본문에서 잠시 머물다가 가시는 것이 좋을 듯합니다."

그렇게 은진호와 일행은 우격의 뒤를 따랐고, 일각도 되지 않아 그들은 한 문파에 도착했다.

[청영문(靑影門)]

상당한 규모의 문파다.

은진호는 귀신에 홀린 느낌을 받았다.

이 정도의 건물이 이렇게 가까이 있었는데도 전혀 보이지 않았으니 말이다.

"이런 곳에 이렇게 큰 문파가 있었다니, 놀랍습니다!"

하지만 그는 자신의 성격대로 시원하게 놀랐다고 말했고, 이에 우격이 대답했다.

"그건 본문의 무공 특성 때문입니다. 아시다시피 저희 문파의 무공은 환검이니 말입니다."

"그렇군요."

곧 그들은 문파 안으로 들어왔다.

건물이 많고 큰 덕분에 상품이 젖지 않도록 보관할 수 있었다.

그리고 잡일을 해 주는 하인과 하녀의 수도 적지 않아서 그들의 도움을 받아 따뜻한 물에 씻고 마른 옷으로 갈아입었다.

"저, 소단주님."

"네."

"제 사부님께서 함께 식사하자고 하십니다."

우격의 말에 은진호가 흔쾌히 고개를 끄덕였다.

"이렇게 도움을 받았는데, 당연히 인사를 드려야지요."

은진호와 창인표국의 표두는 우격을 따라 안쪽으로 향했다.

그리고 식탁 앞에 앉아 있는 이를 보고 공손히 예를 갖추었다.

"은해상단의 소단주 은진호입니다."

"창인표국의 표두 임전입니다."

"곤란한 상황에서 저희에게 도움을 주시니 감사할 따름입니다."

"창영문의 문주입니다. 사해는 동도라 하였습니다. 게다가 선협미랑 대협의 혈연을 도울 수 있음은 하늘의 도움입니다."

그렇게 인사를 나눈 후 식사를 하기 시작했다.

그때 우격이 말했다.

“저, 제가 청첩장은 받지 못했습니다만 폐가 되지 않는다면 저도 함께 가서 선협미랑 형님의 혼인을 축하해 드려도 되겠습니까?”

“그야 물론입니다. 사실 청첩장도 몇몇 중요한 분들에게만 보냈지, 다른 분에게는 보내지 않았습니다. 그 말은 즉, 원하면 누구든 오라는 의미입니다.”

은진호가 말을 이었다.

“다만, 비가 언제 그칠지 모르니…… 호북성에 도착하면 이미 혼례가 끝나 있지 않을까 그게 걱정입니다.”

이에 우격이 씨익 웃었다.

“그건 걱정하지 마십시오. 아까 가시려던 계곡을 통과하지 않고도 갈 수 있는 지름길이 있습니다.”

“다행이군요. 그러면 혹시 안내를 부탁드려도 되겠습니까?”

우격이 고개를 끄덕였다.

“물론입니다. 제가 같이 가면서 안내해 드리겠습니다. 그리고 혼례를 축하드릴 선물을 준비해 가고 싶은데, 선협미랑 형님께서는 무엇을 좋아하십니까?”

은서호가 좋아하는 것에 대해 은진호는 자신 있게 대답할 수 있었다.

“돈입니다.”

163장. 드디어 혼례

드디어 혼례

정신없이 바쁜 나날을 보내다 보니, 어느덧 내 혼례일이 다가왔다.

그리고 내 혼인을 축하해 주러 사람들이 하나둘씩 도착하기 시작했다.

그런데 진호 형이 예정보다 너무 늦자, 나는 금령에게 진호 형의 행방을 찾아달라고 부탁했다.

이에 금령은 잽싸게 달려나갔고, 다음 날 돌아온 금령의 꼬리에는 서신 하나가 매달려 있었다.

[걱정시켜서 미안하다. 복건성 지역에 갑작스럽게 폭우가 쏟아져 발이 묶이는 바람에 일정이 지체되었다. 네 혼례에는 늦지 않게 도착할 수 있을 것 같으니 걱정하지 마라. 가족들에게도 걱정하지 말라고 전해 다오.]

진호 형의 친필 서신에 그제야 나는 마음을 놓을 수 있었다.

하긴 그러고 보니 이맘때가 복건성 지역에 비가 많이 올 때긴 하네.

그래서 보통 이 시기에는 가지 않고 겨울에서 봄으로 넘어가는 시기에 복건성에 가는데, 이번에는 무이암차를 급하게 수급해야 해서 어쩔 수 없이 갔다고 들었다.

그래서 진호 형이 직접 간 것이기도 하고.

아무튼, 금령이 덕분에 걱정을 조금 덜 수 있었다.

– 꾸이!

고마워하지 않아도 된다고? 공짜 아니라고?

췟.

역시 금령이야. 그냥 넘어가는 법이 없다니까.

은자를 꺼내서 금령에게 주자, 금령은 은자를 물고 어디론가 뾸뾸거리며 사라졌다.

그 모습을 보며 피식 웃고는 진호 형의 서신을 들고 아버지께 향했다.

진호 형의 귀환이 늦어져 걱정하는 건 나뿐만이 아니니까.

.

.

.

"아버지. 저 서호입니다."

"들어오너라."

나는 문을 열고 아버지의 집무실 안으로 들어갔다.

"무슨 일이냐?"

"아, 진호 형에게 답장이 왔습니다."

내 말에 아버지가 얼른 고개를 들어 나를 보셨다.

"진호에게?"

"네."

나는 서신을 내밀었다.

"진호 형이 걱정돼서 금령에게 부탁했습니다. 그리고 다행히 진호 형이 금령을 통해 서신을 보내왔더라고요."

아버지는 다급히 내가 내민 서신을 받아 읽으셨다.

그리고 이내 안심한 표정으로 서신을 내려놓으셨다.

"이런 사정이 있었구나."

"네. 그러니 너무 걱정하지 않으셔도 될 듯합니다."

"네 어미와 둘째 새아가도 걱정을 덜겠구나. 이 서신은 내가 가지고 있어도 되겠느냐? 이 서신을 보여 줘야 안심할 듯하니까."

"물론입니다."

아버지는 진호 형의 서신을 옆에 잘 치워 놓으며 말씀하셨다.

"진호는 무사한 걸 알았으니 다행인데, 곽 표두가 아직 기별이 없구나."

"아……."

아버지의 말씀대로 사부님께서는 아직 기별이 없으셨다.

서향 소저의 부모님이 돌아가셨다는 설정상, 사부님께

서 서향 소저의 혼주 역할을 해 주셔야 하기 때문이다.

“아무래도 금령에게 부탁하여 곽 표두의 행방도 알아보는 것이 좋을 듯하구나.”

“저도 그게 좋을 듯합니다.”

나는 사부님의 경지에 대해 알고 있으니 별걱정은 하지 않고 있었다.

그리고 내 혼례에 늦지 않겠다고 약속도 하셨고.

하지만 너무 늦어지니 조금씩 걱정이 되고 있던 참이었다.

혹시 어디 아프신가?

아니면 혹시 수라혈교로 인해 곤란에 빠지신 건 아니겠지?

별의별 생각이 다 들었다.

사부님을 걱정하며 별당으로 돌아왔는데, 서향 소저가 나와 있었다.

“소단주님.”

“아, 네. 어디 가십니까?”

서향 소저는 외출복 차림이었다.

“네. 소단주님도 어서 채비하세요.”

“네?”

내 기억으로는 오늘 외출할 일은 없는데?

내 반문에 서향 소저가 웃으며 말했다.

“제 숙부님을 뵈러 가야죠.”

숙부님? 아!

서향 소저가 이 자리에서 숙부라 칭할 만한 분은 한 분뿐.

그렇다면 사부님께서 돌아오셨다는 뜻이다.

나는 얼른 채비를 하고는 서향 소저와 함께 사부님 댁으로 향했다.

마당에는 사부님께서 가족들과 같이 계셨다.

내 기척을 알아차리신 듯, 사부님께서는 놀란 눈으로 나를 바라보셨다.

"사부님!"

"아니, 어떻게 알고 온 것입니까?"

"사부님! 늦으셔서 걱정했습니다."

평소와 다름없는 사부님을 보니, 나도 모르게 긴장이 풀리며 눈시울이 뜨거워졌다.

"혹시 무슨 일이라도 생긴 게 아닌지…… 걱정했단 말입니다."

그런 내 모습에 사부님은 어색한 표정으로 고개를 돌렸다.

이에 옆에 계시던 사모님께서 작게 웃더니 슬쩍 언질을 주셨다.

"이럴 땐 사과 먼저 하셔야죠."

이에 사부님이 나에게 말했다.

"어…… 음, 미안합니다."

잠시 정적이 흘렀고, 사모님이 웃으며 말씀하셨다.

"소단주님, 잠시 안에서 기다려 주시겠어요? 이이가

방금 돌아와서 말이죠. 좀 씻고 나서 이야기하는 게 좋을 듯하네요."

세검(洗臉)도 하지 않으신 것을 보니, 지금 막 표행에서 돌아오신 모습이네.

세검이란 세수를 의미하는 표국의 용어로, 표행 중에는 얼굴을 씻지 않는 것이 관례이다.

하여 얼굴을 씻는다는 건 표행을 마쳤다는 의미.

"아! 사부님의 귀환 소식에 저도 모르게 마음이 급해져서 실례했습니다."

"그 마음 잘 알죠. 안에서 다과라도 드시면서 쉬고 계세요."

그리고 하녀를 불러 우리를 접빈실로 안내해 주었다.

사부님의 집은 몇 년 전과는 완전히 달라져 있었다.

설풍궁의 자금을 빼돌리던 전일 표두를 처리해서 사비를 쓰지 않게 된 것도 있고, 창인표국 자체가 엄청나게 성장한 덕분이다.

그럼에도 사부님께서 자신의 봉급을 설풍궁을 위해 쓰시려 했는데, 유성 국주님께서 만류하셨다지.

처자식 생각은 안 하냐고.

하여 몇 년 전에 새로 집을 지었고, 하인과 하녀까지 고용하고 있다.

덕분에 사모님이 덜 고생하시니 내 마음도 한결 편했다.

이전 삶에서는 아이들을 키우며 직접 베를 짜서 팔아 생계를 유지하셨으니까.

마음 같아서는 내 돈을 들여서 사모님을 편하게 해 드리고 싶었지만, 사부님께서 부담스러워하실 듯해서 그리 못하고 있다.

하녀가 다과를 준비해 주었고, 나는 차를 마시며 겸연쩍음을 느꼈다.

갑작스럽게 찾아와 걱정했다는 말을 해서 사부님을 당혹스럽게 한 듯했기 때문이다.

"죄송하다고 먼저 말씀드려야겠습니다."

내 말에 서향 소저가 웃었다.

잠시 후.

사부님께서 멀끔해진 모습으로 접빈실에 들어오셨다.

"기다리게 해서 미안합니다."

"아닙니다. 괜찮습니다."

나는 먼저 고개를 숙여 사죄했다.

"제가 본의 아니게 당혹스럽게 해 드린 듯합니다. 죄송합니다."

"왜 사과를 하십니까."

사부님이 나를 보시며 말씀하셨다.

"생각해 보니 제가 소단주님을 걱정스럽게 했으니, 걱정하게 한 제 잘못입니다. 그리고……."

사부님은 슬쩍 고개를 돌리며 말씀하셨다.

"걱정했다는 그 말에 기뻤습니다. 제 생각을 해 주는 제자가 있다는 것이 이런 기분이군요."

사부님의 손목이 붉어지신 것을 보니 무척 쑥스러우신 것 같네.

사부님께서는 쑥스러우시면 손목이 붉어지신다는 것을 저번에 알게 되었다.

사부님께서는 헛기침하시며 차를 드셨다.

"그리고 사실…… 좀 특별한 혼인 선물을 준비하느라 늦었습니다."

"네?"

"설풍궁에서는 소궁주가 혼인을 하게 되면, 궁주는 특별한 혼인 선물을 줍니다."

대체 그게 무엇이기에 이렇게 늦으신 거지?

그 궁금증은 곧 풀렸다.

사부님께서 상자 하나를 직접 들고 오셨기 때문이다.

"선물입니다."

나는 상자를 받아 들었다.

생각보다 가벼운데?

"열어 봐도 됩니까?"

"물론입니다."

나는 상자를 탁자 위에 놓았고, 상자를 열어 보았다.

그것은 손바닥만 한 철판이었다.

철판 자체에서 서늘한 기운이 느껴지는 것을 보니…….

"만년한철인가요?"

"맞습니다."

그런데 그 만년한철에 뭔가 글씨가 새겨져 있었다.

뭐라고 써 있는…… 헉!

나는 깜짝 놀랄 수밖에 없었다.

종잇장처럼 얇은 만년한철 철판에는 새끼손톱만큼의 크기로 시문이 적혀 있었기 때문이다.

그 시문은 내 혼인을 축하하는 내용.

모르는 사람은 그게 왜 놀랄 일인가 싶겠지만, 만년한철은 화경의 고수가 검강을 사용해도 겨우 흠집이나 낼 수 있을 정도의 강도를 자랑한다.

화경의 고수에게 만년한철이 만만한 철재였다면 혜림문은 벌써 만년한철로 만들어진 문을 뚫고 비고 안의 것들을 챙겼을 터.

음, 그랬다면 혜림문은 어찌 되었을까?

모르긴 몰라도 개차반 같은 가주들로 인해 벌써 풍비박산 났을 수도 있겠군.

후, 지금은 이 만년한철 철판에 집중해야지.

이게 왜 내 혼인 선물이라는 것인지 이유를 듣지 못했으니까.

"새삼 사부님의 무위에 감탄하게 됩니다. 이건 결코 쉬운 일이 아니잖습니까? 이 얇은 철판이 뚫리지 않을 정도로 강기를 조절해서 글자를 새기는 것 말입니다."

"역시 알아차리셨군요."

사부님이 옅은 미소를 지으며 말씀하셨다.

"전통적으로 설풍궁의 궁주가 소궁주에게 주는 특별한 혼인 선물은 바로 목표를 제시하기 위함입니다."

“…….”

“자신이 보일 수 있는 가장 높은 경지를 보여, 자신의 후인이 그것을 뛰어넘어 더 높은 경지를 이룩하기를 바라는 마음에서 그런 특별한 선물을 합니다.”

나는 다시금 사부님의 선물을 바라보았다.

일전에 내 생일 선물로 주신 돌로 깎아 만든 거북이와 이 혼인 선물에 담긴 그 마음이 느껴졌다.

제자가 강해지길 원하는 그 마음이다.

표현에 서툰 분께서 이 혼인 선물을 통해 최선을 다해 내게 애정을 표현하고 계셨다.

“감사합니다.”

나는 진심을 담아 고개를 숙였다.

“반드시, 같은 것으로 선물해 드리겠습니다.”

“기다리겠습니다.”

나는 다시 상자에 사부님의 선물을 담은 후 말했다.

“그리고 아버지께서 사부님을 기다리고 계십니다.”

“오늘은 늦은 듯하니, 내일 찾아뵙겠다고 전해 주십시오.”

집으로 향하는 길.

나는 서향 소저에게 말했다.

“감사합니다.”

“네?”

“소저 덕분에 사부님께서 돌아오시자마자 뵐 수 있었습니다.”

내 말에 그녀가 웃었다.

"소단주님께서 곽 사부님을 얼마나 많이 생각하시는지 잘 아는데, 당연히 말씀드려야지요. 그리고 저에게 이런 능력이 있어서 소단주님께 도움이 되어 다행이라고 생각해요."

"후, 이 말씀을 드려야겠군요."

"……?"

나는 서향 소저의 손을 잡으며 말했다.

"만약 소저에게 그런 능력이 없었다고 해도, 저는 서향 소저를 은애하게 되었을 겁니다."

"네?"

"사실, 이건 처음 말씀드리는 건데…… 소저를 처음 봤을 때부터 소저가 제 마음에 들어왔었습니다."

후, 왜 갑자기 내 얼굴이 뜨거워지는지 모르겠네.

"그러니까, 오해하지 않으셨으면 합니다. 소저에게 그런 능력이 있든 없든, 소저는 저에게 단 한 사람뿐인 반려입니다."

내 말에 그녀는 얼굴을 푹 숙였다.

그녀에게서 매화 향이 진하게 느껴졌다.

그녀의 귀가 빨갛게 달아올랐고, 나 역시 쑥스러움에 고개를 돌렸다.

그때 뒤에서 여응암 무사의 목소리가 들렸다.

"이제 보니 우리 주군도 낭만이 넘치십니다."

"하하하하."

다른 이들의 웃음소리에 나는 생각했다.

아…… 소리를 차단해 버릴걸.

호북성 본단에 돌아오니, 반가운 얼굴이 보였다.

"정호 형!"

"얼굴이 훤해 보인다."

북경에 있던 정호 형 일행이다.

그 뒤에는 정호 형의 가족도 있었고, 현풍국의 직원도 몇 명 있었다.

현풍국의 직원들이 전부 자리를 비울 수 없었기에 제비를 뽑아서 왔다지.

정호 형이 웃으며 말했다.

"좋냐?"

"응. 좋아."

"후, 얼른 북경에 돌아와라. 힘들다."

나는 대답 대신에 그저 웃기만 했다.

이번에 호북성에서 제법 오래 있어야 하거든.

제갈세가의 탐서(探壻) 비무도 참관해야 하고, 내 호위무사들의 검도 만들어야 하니까.

그런데 지금 안 된다고 했다가는 등짝을 맞을 것 같단 말이지.

"뭐냐? 수상하다?"

"그런 거 없으니까 얼른 가서 조부님이랑 부모님께 인사드리고 와."

“야, 인사드린 지가 언젠데!”

“아…… 그렇지.”

정호 형을 시작으로 하나둘씩 반가운 얼굴이 도착하기 시작하였다.

정식 초대장을 받은 분들이 상단 빈관에 자리 잡기 시작했기 때문이다.

보통 초대장을 보낸다는 건, 숙박까지 책임질 터이니 꼭 와 달라는 의미다.

물론 상단에서 숙박할지는 초대장을 받은 분들의 선택이지만.

나는 그분들을 맞이하는 틈틈이 일을 처리했다.

혼례를 앞두고 있다고 해서 내가 처리할 일이 없어지는 것은 아니기에 집무실에서 열심히 일을 처리하는 중이다.

그래야 나중에 힘들어지지 않으니까.

“…….”

그런데 갑자기 기분이 나빠졌다.

뭐지?

그때 누군가 달려오는 소리가 들렸고, 서우 무사의 목소리가 들렸다.

“주군. 지금 백천상단에서 축하객이 오셨다고 합니다.”

드디어 백천상단에서도 납시셨군.

“남궁강 전 상단주가 왔다고 합니다.”

“…….”

아, 갑자기 기분이 나빠진 이유를 알 것 같았다.

후…….

나를 죽인 남궁강이다.

그 면상을 혼례 자리에서 보고 싶지는 않지만, 그렇다고 내 혼인을 축하하기 위해 온 사람을 박대할 수는 없는 일.

그리고 백천상단을 내가 계속 견제하고 있다고 해도 아직 우리 상단보다 큰 상단이다.

쓸개를 할짝거리고 장작에서 앞구르기 하는 마음으로 만나 봐야겠군.

나는 문을 열며 물었다.

"지금 어디 계십니까?"

"첫 번째 접빈실에 계십니다."

나는 곧바로 첫 번째 접빈실로 향했다.

접빈실 안쪽에서 느껴지는 기운은 틀림없이 남궁강의 기운이다.

나는 심호흡을 하며 표정 관리를 한 후 말했다.

"들어가겠습니다."

드르륵.

문이 열리고 나는 안으로 들어갔다.

그는 차를 마시다가 나를 보더니, 얼른 자리에서 일어나 반가워하며 인사했다.

"이게 얼마 만인가! 하하하! 잘 있었는가?"

평소라면 자리에서 일어나기는커녕, 거드름 잔뜩 피울 사람인데.

왜 이래?

뭐 잘못 먹었나?

나는 남궁강의 그 모습에 적잖게 당황했다.

하지만 당황스러움은 숨겨야지.

꾸이! 꾸!

웃는 것이 힘들면, 너를 생각하라고?

그거 좋은 방법이네.

나는 금령이가 은자를 꼬옥 안고 있는 모습을 떠올리며 얼굴에 미소를 유지했다.

"저야 잘 지냈습니다. 그런데 놀랐습니다. 남궁……."

뭐라고 불러야지?

이제 남궁강은 상단주가 아닌데?

에라, 모르겠다.

"전 상단주님께서 이렇게 제 혼인을 축하해 주시기 위해 직접 오실 줄은 몰랐습니다."

'전 상단주'라는 말에 그의 눈이 살짝 흔들렸다.

하지만 이내 표정을 관리하며 말했다.

"내 당연히 와야지. 다른 사람도 아니고 선협미랑으로 불리는 자네가 아닌가?"

말은 잘하시네.

내가 아는 남궁강은 교활한 자다.

게다가 귀찮은 것을 싫어하기에, 본인에게 이득이 없는 곳은 절대 가지 않지.

그런 자가 직접 내 혼례에 참석했다는 건, 분명 뭔가

목적이 있다는 의미.

한번 떠볼까?

“이렇게 직접 와 주시니, 감격스럽습니다. 그런데 안색이 영 좋지 않으십니다. 필시 이곳까지 무리하게 오시느라 건강을 해치신 듯합니다.”

“아, 그건 아니네.”

그는 손을 저었다.

“명색이 무림인인데 고작 여기 호북까지 왔다고 건강을 해치겠나.”

그는 한숨을 내쉬었다.

“그저, 요즘 내 기분을 언짢게 하는 일들이 있는데 그로 인해 속앓이를 해서 그런 것뿐이라네.”

이렇게 순순히 말하는 것을 보면 지금 문밖에 있는 이들이 본인의 사람인 모양이군.

그리고 나에게 원하는 것이 있음이 확실하다.

“저런…… 대체 누가 감히 남궁 전 상단주님의 기분을 언짢게 한단 말입니까?”

“후, 내 마음을 알아주는 자는 자네뿐이네.”

그는 자리에서 일어났다.

“혼례를 앞두고 내가 시간을 너무 많이 뺏은 것 같군. 나중에 혼례가 끝나고 잠시 시간을 내주게나.”

“물론입니다. 혹 상단 내에서 머무실 생각이시면, 빈관을 내어 드리겠습니다.”

내 제안에 그는 손을 저었다.

"아니네. 나는 따로 객잔을 잡았네."

"그러시군요."

나는 두 번 권하지 않았다. 본인이 싫다는데 굳이?

나도 남궁강이 상단 내에서 머무는 것이 싫거든.

그곳이 손님을 위한 빈관이라고 해도 말이지.

"그럼, 혼례 때 뵙겠습니다."

그렇게 남궁강을 배웅한 나는 팔갑을 불렀다.

"팔갑아."

"부르셨습니까요?"

"정보대에게 무리하지 말라고 전하고, 그냥 위치만 파악하라고 해."

"알겠습니다요."

남궁강 상단주가 나를 웃으며 대하긴 했지만, 기본적으로 성격이 포악한 자이다.

게다가 그 무위가 초절정인 것을 생각하면 선불리 정보를 캐려고 남궁강에게 접근하는 건 위험할 수 있다.

혹시라도 붙잡힌다면 멀쩡할 리가 없을 텐데, 열심히 기른 정보원들을 잃으면 손해니까.

그나저나 대체 무슨 이야기를 하려고 혼례가 끝난 뒤에 보자는 거지?

아무튼 기분이 더럽군.

서향 소저를 보러 가야겠다.

– 꾸이!

아, 너도 서향 소저가 보고 싶다고? 뭔가 오염된 기분이 들어서 정화해야 한다고?

– 꾸이! 꾸!

서향 소저에게 안기면 정화되는 기분이라고?

이 자식, 고단수네?

내 별당에 도착하니, 서향 소저가 가을볕을 받으며 서책을 읽고 있었다.

"서책이 꽤 마음에 드시나 봅니다."

내 말에 서향 소저가 서책을 내려놓았다.

"어머님께서 주신 서책이에요. 은해상단의 규방에 든 여인들이 알고 있어야 하는 정보가 담긴 서책이랍니다."

"아…… 그런 서책도 있었군요."

"네. 사실 가문의 규방 여인들에게 전해지는 서책은 가문마다 있답니다. 그래서 첩실이 아닌 정실부인이 되기 위해서는 글을 읽을 줄 알아야 하죠."

그녀의 말에 고개를 끄덕였다.

그렇기에 어느 정도 지체 있는 가문이라면 여인들도 사서삼경을 읽을 수 있을 정도로 글을 익히는 것이 필수다.

"꾸이!"

그때 금령이 내 소매에서 튀어나와 서향 소저의 품에 안겼다.

뭐냐?

금령은 그런 내 시선을 모른 척한 채 서향 소저의 품에

안겨 얼굴을 비볐다.

"꾸이! 꾸!"

"뭐라는 건가요?"

"아…… 못생긴 얼굴 보느라 힘들었다고 합니다."

솔직히 남궁강의 얼굴이 그리 못생긴 건 아닌데?

"꾸이!"

아…… 마음으로 볼 때 못생겼다고?

그건 할 말이 없군.

나도 서향 소저를 보니 뭔가 마음에 안정이 찾아오는 듯했다.

그때 서향 소저가 말했다.

"아, 이따가 말씀드릴까 했는데 이렇게 오셨으니 지금 말씀드리는 게 좋겠네요."

그녀의 표정을 보니 나쁜 일은 아닌 듯하고, 오히려 기뻐하는 듯한데?

그렇다면 설마…….

"내일모레, 귀주성의 포정사 대인 내외께서 도착하실 거랍니다."

"아, 그렇습니까?"

내 짐작대로다.

자신의 혼인을 부모님이 보지 못하는 건 참으로 슬픈 일이다.

그러니 이렇게 하객으로나마 참석하여 본인의 혼례를 볼 수 있음에 기뻐하는 것이다.

"다행이네요. 극진히 모셔야겠습니다."

당연하지.

내 장인어른과 장모님이신데.

게다가 그분들의 위치가 위치니만큼 좀 극진히 모신다고 해서 의심을 받을 일도 없고.

이틀 뒤.

서향 소저의 말대로 귀주성 포정사 대인 내외께서 도착하셨다.

나는 소식을 접하자마자 얼른 달려가 두 분을 맞이하였다.

"이렇게 제 혼인을 축하해 주기 위해 친히 발걸음하여 주시니 감사합니다."

"소녀도 두 분께 감사를 표합니다."

나와 서향 소저는 공손히 포권하여 고개를 숙였다.

혹시라도 누군가 보고 있을 수도 있으니, 언행에 조심해야 한다.

특히 남궁강 전 상단주도 와 있으니까.

"보기 좋구만. 이렇게 보니 선남선녀가 따로 없군."

"혼인 축하해요."

"감사합니다. 먼 길 오셔서 피곤할 텐데, 안으로 드시지요."

나는 두 분을 접빈실로 모셨다.

다과가 준비되자, 나는 호위를 서고 있던 여응암 무사

에게 출입을 통제하고 주변을 경계하게 한 후 접빈실의 소리가 새어 나가지 못하게 막을 쳤다.

"이 안의 소리가 밖으로 새어 나가지 못합니다."

그렇게 말하고는 두 분에게 공손히 예를 차렸다.

"은서호가 장인어른과 장모님을 뵙습니다. 정정해 보이셔서 다행입니다."

"우리야, 자네처럼 훌륭한 사위를 얻게 되었는데 무엇이 걱정이겠는가? 참으로 고맙네."

"저야말로 이렇게 좋은 소저를 부인으로 맞이할 수 있어 감사할 따름입니다."

그러고는 서향 소저를 보며 웃었다.

서향 소저는 어머니의 손을 잡은 채 눈시울을 붉히고 있었다.

감히 뭐라고 위로할 수가 없어 조용히 있는데, 포정사 대인이 말했다.

"험험, 자네가 알아 둘 것이 있네."

"무엇입니까?"

"사실, 둘째도 조만간 이 혼례에 하객으로 참석할 것 같네."

이에 서향 소저가 반문했다.

"명수 오라버니요?"

"그래."

명수? 어디선가 들어 본 이름인데?

귀주성 포정사 대인이 설명했다.

"명수는 금의위에 속해 있다네. 이번에 동료들 몇몇과 함께 호북성에 온다더군."

아…….

금의위라는 말에 떠올릴 수 있었다.

저번에 북경에서 금의위들에게 상인으로서의 위장 교육을 했을 때, 교육받던 이 중 한 명이다.

어딘가 묘하게 익숙한 기분이 들었는데, 서향 소저의 오라버니였군.

"명수가 제법 눈썰미가 좋은 편이라, 조심하길 당부하네."

"명심하겠습니다."

귀주성 포정사 대인 내외는 상단이 아닌 외부의 객잔에서 머물기로 하셨다.

혹시라도 자신들 때문에 서향 소저가 살아 있음을 들킬까 봐 그러시는 것이다.

서향 소저를 보고 또 봐도 보고 싶으실 터인데…….

나중에 적당한 핑계를 대어 식사라도 한번 해야겠다.

나는 서향 소저를 내 별당에 바래다준 후에 집무실로 향했다.

그나저나 이제 혼인이 이틀 앞인데, 진호 형은 언제 오려는 거지?

늦지 않게, 금방 온다면서…….

내가 속으로 진호 형을 걱정하고 있을 때 저 멀리서 누군가 나에게 달려왔다.

"셋째 소단주님! 둘째 소단주님께서 오셨습니다."

그래도 늦지는 않았네. 다행이다.

나는 그대로 몸을 돌려 차장으로 향했다.

"형!"

막 도착한 듯 너저분한 모습의 진호 형이 나를 향해 다가왔다.

"늦어서 미안하다."

"괜찮아. 늦고 싶어서 늦은 것도 아닌데 뭘."

그런데 못 보던 이가 한 명 같이 있었다.

죽립을 쓴 사내였는데, 그는 말에서 내리더니 내게 다가왔다.

어라?

이 기운…… 내가 알고 있는 자의 기운인데?

그가 죽립을 벗자, 파란색 머리카락이 보였다.

"우 아우?"

"선협미랑 형님! 저를 기억하고 계시는군요!"

그는 일전에 나와 선협미랑이라는 명호를 두고 내기를 했던 탈명객이라 불리던 자였다.

그의 사부를 구해 준 일이 계기가 되어 그는 탈명객이라는 이름을 버렸지.

그리고 나를 형님으로 모시기로 했고.

"여긴 어떻게?"

"서운합니다. 어떻게 형님의 혼인을 저에게 알리지 않으실 수 있습니까?"

"아, 미안합니다. 미처 알릴 정신이 없었습니다."

"괜찮습니다. 바쁘신 거 잘 아니까요."

그때 진호 형이 나에게 말했다.

"비가 쏟아져서 돌아갈 길이 막혔을 때, 여기 우 소협이 도와주었다. 덕분에 혼례에 늦지 않을 수 있었지."

"아, 고맙네요. 우 아우."

나는 팔갑을 불러 우 아우를 숙소에 안내해 주라고 한 후 진호 형과 함께 아버지께로 향했다.

그리고 가는 길에 진호 형은 이번 여정에 대해 말해 주었다.

"……그러던 중에 우 소협을 만난 거지."

"천운이었네."

"그것도 맞지만, 네 덕이 크지. 너와 우 소협 사이에 연이 없었다면, 우리는 그렇게까지 많은 도움을 받지 못했을 테니까."

진호 형의 말에 나는 뭔가 쑥스러워졌다.

그 말이 틀린 말은 아니었지만, 뭔가 내가 이룩한 것이 진호 형에게 도움이 되었다는 사실 때문이었다.

그게 내 마음을 간질이고 있었다.

나로 인해 진호 형이 도움을 받았다니, 좋네.

"아, 그리고 우 소협이 네 혼인 선물을 한다고 나에게 네가 좋아하는 것이 무엇인지 알려 달라고 하더라고."

"아, 그래? 뭐라고 대답했어?"

"돈이라고 했다."

나는 내 귀를 의심했다.

"뭐라고 했다고?"

"네가 좋아하는 거라면 내가 자신 있게 대답할 수 있거든. 그래서 바로 돈이라고 했지."

"아……."

나는 진호 형을 보았다.

"왜 그래?"

"아무리 그래도 그렇지, 내게 줄 선물을 고민하는 사람에게 돈이라고 말하는 건 좀 그렇잖아."

"너 돈 좋아하잖아?"

"당연히 좋아하기는 하지. 좋아하기는 하는데……."

나는 한숨을 내쉬었다.

아니, 이걸 대체 어떻게 설명해야 하지?

음…… 그래, 둘째 형수님께 맡겨야겠군.

혼례를 앞두고 있으니까 설명할 기운도 아껴야지.

.

.

.

다음 날 새벽.

나는 일찍 일어나 운기조식을 했고 수련을 위해 연무장으로 나왔다.

"좋은 아침입니다."

"아! 사부님!"

혼례를 하루 앞둔 새벽.

사부님께서 내 수련을 위해 내 별당으로 오셨다.

혼례 전날에도 수련을 봐 주기 위해 오시다니!

정말이지 대단하신 분이다.

"그럼, 수련을 시작하겠습니다."

"네, 잘 부탁드립니다."

그렇게 수련이 시작되었고, 나는 오늘도 사부님의 검 앞에서 사정없이 굴러야 했다.

잠시 후.

"후욱, 후욱."

그래도 수련의 보람이 있는지, 볼썽사납게 땅에 대자로 눕지 않을 수 있었다.

간신히 무릎으로 버티는 것이 고작이지만.

나를 보시는 눈빛을 보니, 조만간 훈련 강도가 더 세지겠군.

"이것으로 오늘의 수련을 마치겠습니다."

"감사합니다."

사부님의 수련은 여전히 나와 비무를 하시는 것이었다.

그러다 보면 뭔가 깨닫는 것이 있고, 그것이 설혼검법을 완성하는 길로 이끌 거라고 하셨다.

아직은 그게 뭔지 잘 모르겠지만.

"후욱, 저기, 사부님. 질문이 있습니다."

"무엇입니까?"

"혹시, 내일도 새벽에 수련합니까?"

"물론입니다."

아, 그렇구나. 내일도 수련을 하는구나. 내일이 내 혼례 날인데도 수련을 하는구나. 새벽부터 바쁠 터인데도 수련을 하는구나.

– 꾸이?

슬퍼 보인다고?

어…… 사실 많이 슬퍼.

그만큼 나를 아끼시는 사부님의 마음을 알기에 그것이 감사하긴 하다.

하지만 그것과 별개로 슬픈 건 어쩔 수 없지.

그때 뒤에서 서향 소저의 목소리가 들렸다.

"소단주님, 손님 오셨어요."

몸을 돌려 보니 서향 소저가 창인표국의 국주님과 같이 있었다.

서향 소저는 오늘과 내일은 수련하지 않는다.

혹시라도 수련 도중에 다칠까 봐 내가 만류했거든.

하지만 나는 수련 도중에 다칠 가능성이 거의 없으니…….

"혹시 제가 방해한 건 아닌지 모르겠습니다."

"아닙니다."

"지금 상단주님을 뵙고 돌아가는 길인데, 용무가 끝나셨으면 함께 돌아가는 것도 괜찮을 듯하여 들렀습니다."

* * *

곽명현과 유성 국주가 함께 표국으로 돌아가는 길.

"내일이 드디어 소단주의 혼례입니다."

"그렇군요."

유성 국주가 말을 이었다.

"본의 아니게 들었습니다. 내일도 수련을 진행하신다고요."

"그렇습니다."

"내심 원망하지 않을까 합니다만, 괜찮겠습니까?"

그 우려에 곽명현이 단호하게 답했다.

"괜찮습니다. 천 번 만 번 원망을 듣는다고 해도, 그 수련으로 인해 목숨을 건진다면 저는 얼마든지 그 원망을 감당할 수 있습니다."

그 대답에 유성 국주는 말없이 그를 보았다.

"그러고 보니 국주님은 처음 보시겠군요. 제 조카 말입니다."

유성 국주도 그리한 사정에 대해 잘 알고 있었다.

"네. 참으로 어여쁜 조카더군요. 그런데 어딘가 낯이 익은 것이 분명 어디선가 만난 적이 있는 듯합니다."

그 말대로라면 분명 만난 적이 있을 것이다.

유성 국주가 사람 하나는 기가 막히게 기억하는 사람이니까.

골똘히 생각하던 그가 "아!" 하는 탄성을 내었다.

"기억났습니다."

유성 국주가 말을 이었다.

"그곳이 그리되고, 살아남은 이들이 표국을 세우기로

하지 않았습니까?"

이에 곽명현은 그곳이 어딘지 알아차리며 고개를 끄덕였다.

설풍궁을 의미하는 말일 터.

"저희가 표국을 이전할 수밖에 없었던 당시의 일도 기억하십니까?"

"물론 기억하고 있네."

설풍궁의 남은 인원이 세운 표국이 처음부터 순항했던 것은 아니었다.

처음에는 산동에 자리 잡았다.

음기가 풍부한 바닷가 지역에 자리 잡는 편이 그들의 무공 특성상 더 좋았기 때문이다.

하지만 기존에 활동하고 있는 표국들 사이에서 살아남을 수가 없었다.

표행 의뢰 자체가 들어오지 않았으니까.

이대로는 안 되겠다 싶은 마음에 하북으로 옮겼지만, 상황은 더 악화되었다.

하여 고민 끝에 북경으로 자리를 옮겼다.

북경이라면 사람이 많은 곳이니 부스러기라도 주워 먹을 수 있지 않을까 하는 기대감 때문이었다.

하지만 엎친 데 덮친 격이라고 다른 표국의 견제를 이겨 내는 것도 힘든데, 툭하면 관리들이 협박하며 뇌물을 요구했다.

그래서 또 다른 곳으로의 이전을 생각하고 있을 때 들

어온 표행이 있었다.

귀주성까지 사람을 호위하는 임무.

상당히 까다로운 조건이었으니 아마 그들에게까지 차례가 온 것일 터.

유성 국주는 그때를 떠올렸다.

"드디어 도착이군."

의뢰인의 말에 유성 국주는 고개를 들었다. 그 앞에 보이는 현판에 쓰여 있는 건 [귀주포정사사].

"고생 많았네."

유성 국주가 호위한 이는 정체를 밝히지 않았지만, 고귀한 신분이라는 것은 충분히 짐작할 수 있었다.

"덕분에 여기까지 올 수 있었네."

"저희는 그저 돈을 받은 대로 호위를 했을 뿐입니다."

이에 그 의뢰인은 고개를 저었다.

"그건 아니네. 아무리 돈을 받았다고는 해도 중도에 포기할 법도 했는데 끝까지 호위를 완수했지. 나는 그 점을 높이 사고 있는 거라네."

그의 말대로 북경에서부터 여기 귀주성까지 오는 길은 정말이지 험난했다.

무려 다섯 번이나 암살 시도가 있었으니까.

당시 황제에 오를 가능성이 있는 자라면 누구든 닥치지 않고 암살 시도가 이루어지던 때였다.

황제가 매일 향락만 찾은 탓에 세상이 혼탁했고, 권력

은 잡은 자는 권력을 놓고 싶어 하지 않았으니까.

이에 유성 국주는 고개를 저었다.

"이미 처음부터 암살 시도가 있을 것에 대한 경고를 받았습니다. 그러니 계약 위반은 아닙니다."

그렇기에 순번이 밀리고 밀려, 이전을 준비하고 있던 창인 표국까지 차례가 온 것일 터.

그렇게 개고생은 했지만, 덕분에 표국을 이전할 수 있는 자금을 마련할 수 있었다.

"그런데…… 함께 동행하시던 분은 무사하신지 모르겠습니다."

그는 의뢰인을 쫓던 자를 유인하기 위해 먼저 북경을 나섰다고 들었다.

"걱정하지 않아도 되네. 그자라면 무사할 것이네."

그 말에는 무한한 신뢰가 깃들어 있었다.

그들은 의뢰인과 함께 포정사사 안으로 들어갔다.

"잠시 기다려 보게."

"네."

안으로 들어갔던 의뢰인이 말했다.

"사정을 말해 두었네. 날도 늦었으니 여기서 묵고 내일 아침 떠나면 되네."

"아닙니다. 괜찮습니다."

"여윳돈이 그리 많지 않을 터인데? 그리고 나에게 받은 의뢰비는 중한 일에 쓰일 것 아닌가?"

"……어찌 아셨습니까?"

놀라는 유성 국주에게 의뢰인이 담담하게 말했다.

"그 정도는 보면 안다네."

"……."

그날 저녁.

유성 국주를 비롯한 일행은 의뢰인의 배려 덕분에 귀주성 포정사사의 객사에 머물게 되었다.

유성 국주는 저녁을 먹은 후 홀로 정원을 거닐었다.

상황이 답답했기 때문이다.

이번 의뢰로 표국을 이전할 수 있는 비용은 마련되었지만, 정작 어디로 표국을 이전해야 할지 결정하지 못한 상황이었다.

'이번에도 표국이 자리 잡지 못하면 정말 큰일인데 말이지…….'

설풍궁주는 아직 성년이 된 지 얼마 되지 않았기에 그가 표국을 이끌어야 하는 입장이다.

그렇기에 어깨가 천근만근이었다.

음?

그때 한 어린 소녀가 어디론가 도도도 달려가고 있었다.

'옷을 입은 것을 보면 제법 높은 집안 아이 같은데, 유모는 어디 가고 혼자 있는 거지?'

그렇게 의아해하고 있는데, 아이가 치마를 밟았는지 그만 앞으로 폭 하고 넘어졌다.

이에 놀란 유성 국주가 얼른 아이에게 다가갔다.

"괜찮니?"

"괜찮아요. 넘어질 거 알고 있어서 얼른 손으로 바닥을 짚었어요."

"그랬구나."

그녀의 말에 유성 국주는 단순히 '반사 신경이 좋구나' 하고 생각했다.

"그런데 알고 있는 거랑 실제는 다르네요. 못 일어나겠어요."

유성 국주는 소녀의 말에 얼른 그녀의 발목을 보았다. 발목을 접질렸는지 퉁퉁 부어 있었다.

다행히 유성 국주에겐 방법이 있었다.

그 역시 설풍궁의 무공을 익혔고, 설풍궁의 무공은 빙공이다.

접질린 직후에는 냉찜질이 가장 효과가 좋다.

그는 냉기를 집중시켜 손을 차갑게 하고는 소녀의 발목에 대 주었다.

그러자 서서히 부기가 가라앉기 시작했다.

"감사합니다."

"감사하면 빨리 나아라."

"네."

소녀가 고개를 숙이며 감사를 표했다가, 이내 고개를 갸웃했다.

"그런데 아저씨. 뭐 고민이라도 있으세요."

"뭐?"
소녀가 유성 국주의 얼굴을 가리키며 말했다.
"얼굴을 보니까 고민이 있는 것 같아서요."
유성 국주는 자신도 모르게 방어 본능이 나와 날카롭게 반응했다.
"세상에 고민이 없는 사람도 있느냐?"
"……."
"험험."
하지만 곧 순수하게 걱정해 주는 아이에게 필요 이상으로 날카롭게 반응했다는 사실을 깨닫고 헛기침을 했다.
"사실 고민이 있긴 하지."
"어디로 이사 가야 할지 고민하는 거죠?"
"……!"
그는 깜짝 놀랐다.
자신은 아무 말도 하지 않았는데, 소녀가 고민을 알아챘기 때문이다.
소녀는 미소 지으며 말했다.
"그럼 호북성으로 가세요."
"호북성?"
"네."
호북성이라는 말에 유성 국주는 자신도 모르게 고개를 주억였다.
나쁘지 않은 대안이기 때문이다.
호북성은 장강의 중심이고, 제국 각지에서 사람들이 몰

려드는 곳이기도 했다.

그렇기에 호북성 상인은 모든 지역의 방언에 능하다는 말이 있을 정도.

하여 호북성 역시 이전 장소로 고려하던 곳 중에 하나였다.

"그리고 호북성에서 제일 센 사람을 만나서 인사도 드리고요."

"제일 센 사람이라면, 포정사 대인을 말하는 것이냐?"

"아뇨."

"……?"

고개를 갸웃할 때 소녀가 웃으며 말했다.

"전에 오라버니가 그랬어요. 법보다 가까운 것이 주먹이라고요."

"……."

전혀 예상하지 못했던 말이기에 그는 묵묵히 그녀의 말을 들었다.

"그래서 오라버니가 무공을 열심히 익히더라고요."

"그렇구나."

그렇다면 답은 나왔다.

바로 호북성의 문파와 무가들.

문파라면 무당파고, 무가라면 제갈세가다.

그때 뒤에서 누군가의 목소리가 들렸다.

"아가씨!"

"아! 유모!"

그 목소리에 소녀가 웃으며 손을 흔들었다.

"지금 뭐 하시는 겁니까?"

아직 유성 국주는 소녀의 발목에 손을 올린 상태였기에 유모는 경계하는 표정으로 물었다.

이에 소녀가 웃으며 사정을 설명했다.

"괜찮아, 유모. 넘어졌는데 이 아저씨가 도와준 거야."

유성 국주가 손을 떼며 말했다.

"발목이 부어서 냉찜질을 좀 했습니다. 가능하면 오늘은 냉찜질을 더 하는 게 좋습니다. 물론 의원에게 보이는 게 가장 좋지만 말입니다."

그제야 유모가 표정을 풀고는 고개를 숙였다.

"그랬군요. 아가씨를 도와주셔서 감사합니다."

"뭘요. 그럼 저는 이만."

"아저씨! 고맙습니다!"

이에 그는 피식 웃었다.

그때 유모가 말했다.

"저희 아가씨께서 뭐라고 말씀하신 것 같은데, 그렇다면 흘려듣지 마시기 바랍니다. 저희도 아가씨의 혜안 덕분에 도움을 많이 받았습니다."

저렇게까지 말할 정도라면 소녀는 평범한 사람이 아니라는 의미.

'소궁주님께 말씀드려 봐야겠군.'

유성 국주는 당시의 기억을 마무리하며 곽명현에게 말

했다.

“그렇게 저희가 이곳 숭양현에 자리를 잡았던 겁니다.”

“그런 일이 있었군요.”

그때 들리는 곽명현의 전음.

- 혹시나 몰라 말하지만, 그녀의 진짜 정체는 비밀 중에서도 비밀입니다.

“물론입니다.”

다른 사람도 아니고 설풍궁의 은인이며, 소궁주의 부인이다.

“당연히 그래야지요.”

* * *

나는 아침을 먹은 후 혜림문으로 향했다.

오늘은 혼례날의 전날.

약속대로 내 호위무사들을 데리러 가는 것이다.

내가 호위무사들에게 내가 데리러 갈 때까지 은해상단으로 올 생각 하지 말라고 단단히 일렀거든.

“얼마나 성장했는지, 궁금하네요.”

내 말에 서우 무사와 진유 무사, 그리고 여응암 무사가 고개를 끄덕였다.

“저희도 궁금하군요.”

그렇게 우리는 혜림문에 도착했다.

이전에 떨어질 듯 말 듯 삐걱거리며 겨우 달려 있던 혜림문의 현판은 이제 말끔해진 모습으로 새로 만든 대문 위에 붙어 있었다.

사실 이 대문, 이전에 적두방이 난입했을 때 부서졌던 대문이다.

다른 건 몰라도 이 대문값은 받아 내야 했는데 말이지.

하지만 적두방이 홀딱 타 버리는 바람에 뭐 나올 건덕지가 없으니.

대문 앞에서 경비를 서고 있던 창인표국의 표사가 우리를 알아보고 얼른 고개를 숙였다.

"소단주님을 뵙습니다."

"수고 많으십니다."

나는 그 인사를 받아 주고는 물었다.

"별일은 없죠?"

"네. 무탈합니다."

"다행입니다. 그러면 들어가 보겠습니다."

내가 안으로 들어가니 마당을 쓸고 있던 하인이 부리나케 달려왔다.

이번에 새로 고용한 하인으로, 사실 정보대 소속이다.

"소단주님 오셨습니까?"

"수고 많으십니다. 안에 문주님 계십니까?"

"네. 불러 드리겠습니다."

문주님을 기다리는 동안 나는 주변을 둘러보았다.

은해상단의 건상이 제 몫을 했는지, 다 쓰러져 가던 건물들이 어느새 멀쩡하게 바뀌어 있었다.

그리고 창인표국의 표사들이 조를 짜서 순찰하고 있었다.

그들을 나를 보곤 예를 갖추었고, 나 역시 포권하여 마주 예를 갖추었다.

곧 문주님이 나와서 나를 보더니 반색하며 맞아 주셨다.

"이게 누군가? 본문의 은인 선협미랑 소단주 아닌가!"

"칭송이 과하십니다."

"과하다니! 오히려 부족한 감이 있네."

나를 바라보는 문주님의 눈에서는 꿀이 뚝뚝 떨어지고 있었다.

하긴, 그도 그럴 것이 내 덕분에 오랫동안 잠들어 있던 혜림문의 숙원이 해결되었으니까.

"호위무사들을 데리러 왔겠군."

"네. 그렇습니다."

나는 다시금 포권하며 말했다.

"그동안 제 호위무사들을 살펴 주심에 감사드립니다."

"마땅히 해야 할 일을 했을 뿐이네. 그러면 내가 안내해 주도록 하지. 가세나."

나는 문주님을 따라 숲속으로 들어갔다.

나무의 기운을 받아들이는 심법이기에 혜림문 옆에는 제법 넓은 산이 있었다.

그래서 이번에 그 산을 사들였다.

혹시라도 수라혈교에서 그 산에 둥지를 틀고 일을 벌일 수도 있었기에 이를 방지하기 위해서였다.

"공자도 이 숲에 있습니까?"

"그렇다네. 이 숲에서 폐관수련 중이지."

혜림문의 폐관수련은 꽉 막힌 공간이 아닌 숲에서 이루어진다지.

그렇게 이동하던 내 감각에 누군가의 기운이 느껴졌다.

음, 이 기운은…….

나는 미소 지었다.

저 앞에서 아름답게 흩날리는 꽃의 향연.

그리고 그 가운데, 명종 무사가 고고하게 서 있었다.

그 꽃들은 명종 무사의 검이 움직임에 따라 사방으로 움직이고 있었다.

매화검이다.

그런데 명종 무사가 발현시킨 건 매화가 아닌, 수많은 오색의 꽃잎들이었다.

그러고 보니 명종 무사가 그랬지.

"화산파의 무공을 상징하는 건 매화입니다. 매화를 통해 화산의 무공을 표현하기 때문입니다. 하지만 화원유희를 지은 분은 그리 말하더군요. 꼭 매화여야만 화산의 무공을 표현할 수 있는 건 아니라고요."

그것을 지금 명종 무사가 보여 주고 있었다.

스륵, 탁.

명종 무사가 납검한 것을 확인한 나는 손뼉을 쳤다.

짝짝짝!

그 소리에 명종 무사가 고개를 돌렸다.

"아!"

그리고 놀란 표정으로 얼른 달려왔다.

"주군을 뵙습니다."

"성장하셨군요."

명종 무사는 절정의 경지에 올랐다. 지금 보여 준 검이 바로 그 증거였다.

"역시 알아차리셨군요. 하하하."

명종 무사는 멋쩍게 웃으며 말을 이었다.

"여응암 무사님처럼 무아지경에 빠질 거라고 생각했습니다만, 그런 게 없어서 정말 제가 절정에 오른 것이 맞는지 모르겠습니다."

나는 고개를 저었다.

"본인의 경지를 의심하지 마세요."

진유 무사가 거들었다.

"지금 그대는 절정에 오른 게 맞네. 나 역시 절정에 오를 때, 무아지경 같은 건 경험하지 않았지."

"저 역시 마찬가지입니다. 무공의 경지에 오를 때 무아지경에 빠지는지 아닌지는 개인 차이일 뿐입니다."

명종 무사가 무아지경에 빠지지 않았던 이유.

그건 아마도 오랫동안 착실하게 수련을 해 왔기 때문일 것이다.

반면 여응암 무사는 혈곤성승 대사님의 공능을 통해 갑

자기 깨달음을 얻었기 때문일 터.

그리고 무아지경이란 깨달음과 몸의 조화를 조정하기 위한 몸의 무의식적인 작용이고.

문주님이 흐뭇한 미소를 지으며 말씀하셨다.

"성취가 있어서 다행이군. 축하하네."

"감사합니다."

"자, 그럼 다음 무사에게 가 보도록 하지."

그렇게 도착한 곳은 이필 무사가 있는 곳이다.

이필 무사는 우리가 온 것도 알아차리지 못한 채 어딘가를 노려보고 있었다.

순간.

파바바바바박!

이필 무사가 노려보던 곳에 수십 개의 암기가 박혔다.

역시, 암기로 대성을 이루었다는 그의 아버지를 빼닮은 재능이다.

그리고…….

더 놀라운 건 저 암기 하나하나가 강맹한 검기를 품고 있다는 것이다.

와우…… 저기에 맞으면 뼈도 안 남겠네.

그런데 저 나무는 어떻게 저 암기를 버틴 것이지?

그리 의문을 가질 때 문주님이 말씀하셨다.

"만년한철로 만든 나무네."

"네?"

"수련을 위해 선조 중 한 분이 만들어 놓은 것이지."

후. 혜림문을 말아먹은 작자의 면상이 보고 싶네.

이필 무사를 방해하면 안 될 듯하여 우리는 조용히 다음 장소로 이동했다.

그러던 중 문주님이 말씀하셨다.

"음, 이제 남은 건 창운 무사인데…… 지금 가도 그를 만날 수 있을지 모르겠군."

나는 혜림문주님의 말에 고개를 갸웃했다.

"무슨 일이라도 있는 겁니까?"

"아니, 그건 아닐세. 그저 온종일 물속에서 살아서 말이지."

그러고 보니 창운 무사가 얻은 무공서가 수암공이라고 했었지.

그건 수공이었기 때문에 폭포 아래의 용소에서 훈련한다고 들었다.

그래서 이곳을 수련 장소로 선택한 것이기도 하지.

"어쩔 땐 닷새 동안 물속에서 나오지 않은 적도 있었다네."

그래서 그리 말씀하셨구나.

수련을 하다 보면 시간 가는 것이 느껴지지 않는 만큼, 오늘이 내가 데리러 오는 날인지도 모르고 물속에 있을 가능성이 높으니까.

그렇게 우리는 용소에 도착했고 문주님의 우려가 현실로 다가왔음을 알 수 있었다.

"……."

창운 무사가 보이지 않았다.

그뿐만 아니라 창운 무사의 기운도 느껴지지 않고 있었다.

혹시 몰라 물속 깊이 집중하자, 그 안에서 창운 무사의 기운이 느껴졌다.

"저 물 속에 있는 것 같군요. 아무래도 깊이 집중하고 있는 듯한데, 직접 다녀와야겠습니다."

창운 무사가 그대로 수련에 집중하게 놔두고 갈까도 싶었지만, 나중에 내 혼례를 보지 못했다면서 두고두고 아쉬워할 것 같아서 말이지.

혹시나 그게 심마가 된다면 곤란하다.

내 말에 진유 무사가 앞으로 나서며 말했다.

"제가 들어갔다 오겠습니다."

"아닙니다."

나는 고개를 저었다.

"현재 수련 중이니 함부로 다가가면 위험합니다. 저는 수공을 익혔기에 조심스럽게 접근할 수 있으니, 제가 다녀오는 게 맞습니다."

내 말에 서우 무사가 한숨을 내쉬었다.

"뭐라고 반박하고 싶지만, 그럴 수 없음이 한탄스럽습니다."

"너무 그러실 것 없습니다. 할 수 있는 일에 집중하는 편이 더 좋다고 봅니다."

그리 말하며 겉옷을 벗어 팔갑에게 내밀었고, 천천히

용소 안으로 들어갔다.

찰박. 찰박.

물소리가 들렸고, 점점 용소는 깊어졌다.

예전에 임 공자가 이곳에서 놀다가 물에 빠져 죽을 뻔했다고 하더니, 그럴 만하군.

"후우……."

나는 천천히 빙해동화심법을 운용하며 용소 깊숙이 잠수했다.

용소는 매우 깨끗했기에 불편하지는 않았다.

단지 폭포로 인해 물이 휘몰아치며 생긴 물거품으로 인해 시야가 살짝 가려질 뿐.

그렇게 얼마쯤 내려갔을까, 밑바닥에 가부좌를 틀고 앉아 있는 창운 무사가 보였다.

그 모습이 마치 흔들리지 않는 바위처럼 보이는 건 내 착각일까?

아니, 착각이 아니었다.

지금 창운 무사는 바위 그 자체였다.

그가 익힌 수공이 왜 수암공인지 알 것 같았다.

내가 직접 물속으로 들어와서 다행이군.

겉으로 드러나지 않았지만, 지금 창운 무사는 무아지경에 빠져 있는 상태였다.

다른 이들처럼 급격한 기운의 변화가 없는, 조용한 무아지경이다.

만약 선불리 그를 건드렸다가는 돌이킬 수 없는 일이

벌어졌을 터.

그나저나 이를 어찌한담…….

그냥 두고 가야 하나?

그리 고민하고 있을 때였다.

갑자기 물의 흐름이 급격하게 변하기 시작했다.

곧이어 느껴지는 무게감.

창운 무사의 사문은 종남파다.

종남파 무공을 한마디로 설명하면 무거움이다.

그리고 지금 창운 무사의 의지를 받은 이 용소 안의 물이 무게를 담아 움직이는 것이다.

수압이 나를 짓누르기 시작했지만, 나는 기운을 끌어올리며 버텨 냈다.

혹시 모를 위험 요소로부터 창운 무사를 보호하기 위해서기도 하지만, 그의 변화를 내 눈으로 직접 보고 싶다는 생각이 더 컸다.

계속해서 무거워지는 물.

어느 순간, 창운 무사의 몸에서 빛이 뿜어져 나오기 시작했다.

그리고 그 빛은 단전이 있는 곳으로 모이다가 일시에 사방으로 퍼졌다.

화악–!

그리고 그 빛이 사라졌을 때 창운 무사는 눈을 뜨고 멍한 표정으로 앞을 바라보고 있었다.

그에게서 확연히 느껴지는 절정의 기운.

나는 기쁜 표정으로 그에게 전음을 보냈다.

– 성취를 축하드립니다.

– 주군…….

– 자세한 이야기는 나가서 합시다. 마무리하고 나오십시오.

그렇게 말하고는 먼저 용소 밖으로 나왔다.

“주군!”

“도련님, 나오셨습니까요?”

“응.”

물에서 나오는 나를 보며 잠시 말을 잃으셨던 문주님이 말씀하셨다.

“허허. 왜 선협미랑이라 부르는지, 내 이제야 알겠군.”

내가 모르는 뭔가 있나?

나는 고개를 갸웃하며 내공을 운용했고 물기는 금방 말랐다.

팔갑이 나에게 겉옷을 입혀 주었다.

그때 운기를 마무리한 창운 무사가 물에서 나왔다.

“창운 무사!”

“자네도 제법 큰 성과를 얻었나 보군.”

“네. 덕분입니다.”

그때 명종 무사가 그에게 다가갔다. 그리고 창운 무사 역시 그를 보았다.

“축하합니다, 창운 무사. 성취를 얻으셨군요.”

“감사합니다. 명종 무사도 마찬가지로군요. 축하합니다.”

원래 두 무사는 서로 치열한 경쟁 상대였다.

같은 섬서성에 자리 잡은 도가 문파 출신에다가, 두 무사의 재능이나 경지도 무척 비슷했으니까.

그래서 내 호위무사가 되고도 은연중에 경쟁심을 드러내곤 했었는데, 이제는 그런 경쟁심이 전부 사라진 듯했다.

두 사람의 눈빛에는 서로에 대한 존중만이 보였으니까.

"자, 그럼 이제 상단으로 돌아갑시다."

"네."

그렇게 호위무사들을 모두 데리고 돌아온 나는 일을 마무리하고 내 혼인 전야 연회에 참석했다.

혼인 전야 연회는 다른 손님을 제외한, 가족들만이 모이는 연회다.

하여 조부님과 부모님을 비롯한 모든 친척이 모였다.

"축하드립니다. 서호가 혼인하면 모든 자녀가 혼인을 하는군요."

"하하하. 그렇게 되는군요."

"술 한 잔 받으십시오. 제 축하주입니다."

"고맙습니다."

나는 연신 웃으며 다른 친척들과 대화를 나누는 아버지를 보다가 고개를 돌려 진호 형을 보았다.

풀이 죽은 강아지 같은 표정을 지으며 형수님의 눈치를 보고 있는 게, 형수님께 잔소리깨나 들은 듯했다.

둘째 형수님께 진호 형이 저지른 만행을 살짝 일러바쳤

거든.

아니 아무리 내가 돈을 좋아해도 그렇지, 혼례 선물을 고민하는 사람에게 돈이라니.

어쨌든 효과가 아주 좋군.

마침, 진호 형과 눈이 마주쳤다.

꼭 그래야만 했냐는 듯한 눈빛.

나는 슬쩍 고개를 돌려 외면했다.

아, 차 맛 좋다.

연회는 그리 오래 이어지지 않고 끝났다.

내일의 혼례를 위해서 다들 일찍 잠자리에 들라는 조부님의 말씀이 있었기 때문이다.

하지만 나는 곧바로 처소로 돌아가는 대신, 산책을 핑계 삼아 후원을 거닐었다.

별이 반짝이고 있는 하늘.

내일 날씨가 좋을 모양이네.

이전 삶에서의 나는 서른아홉 살 생일날 죽었고, 죽을 때까지도 나는 혼인하지 않았었다.

당시에는 은해상단을 천하제일상단으로 만드느라 바빠서 그랬다고 생각했는데 지금 생각하니 이유가 있었다.

그때는 서향 소저가 이른 나이에 수라혈교의 모략에 빠져 목숨을 잃었으니까.

내 운명의 반려가 죽었으니 혼인을 못 한 거겠지.

하지만 이번 삶에는 직접 그녀를 구해 냈고, 그녀와 혼례까지 앞두고 있다.

이번 삶에서 나와 관련된 변화 중에는 가장 의미 있는 일일 터.

그래서인지 감회가 새로운 것이다.

물론 내 최종 목표는 아직이다.

그때까지는 결코 방심하거나 나태해져서는 안 되지.

.

.

.

새벽이었다.

"허억, 허억, 허억."

나는 숨을 몰아쉬며 바닥에 쓰러지지 않도록 무릎으로 버티었다.

"고생 많으셨습니다. 오늘의 수련을 마치겠습니다."

"허억, 감사, 허억, 합니다."

"그런데, 오늘따라 소단주님의 검에서 조급함이 느껴지는 건 제 착각입니까?"

"……!"

역시 사부님이시다.

어제 일류에 머물고 있던 세 명의 호위무사들이 절정으로 올라섰다.

그들을 보니 내 무공이 정체되어 있는 게 아닌가 싶은 불안감이 생겼고, 그 마음이 검으로 표현된 것 같았다.

나는 고개를 저었다.

"아닙니다. 잘 보셨습니다."

사부님께 그 마음을 숨길 순 없다. 검을 맞대는 것만으로 알아차리셨는데 숨겨봤자 소용없지.

나는 옷을 털어 내고는 사부님을 진지한 눈으로 바라보았다.

"사실은 말입니다……."

그러곤 내 조급한 마음에 대해 털어놓았다.

그 설명을 들은 사부님께서는 고개를 주억이셨다.

"그랬군요. 세 무사가 모두 절정에 오르다니! 이는 분명 축하할 일입니다."

사부님이 나를 보셨다.

"그런데 왜 소단주님이 불안해하는 겁니까?"

"어…… 그건……."

나는 불안함의 이유에 대해 고민했고, 사부님은 나를 차분하게 기다려 주셨다.

마침내 이유를 말할 수 있었다.

"제가 더 강해지지 않으면 모두를 지킬 수 없기 때문입니다."

"그렇군요."

사부님은 생각을 정리하시려는 듯 잠시 눈을 감았다.

그리고 얼마 후 눈을 뜨며 말씀하셨다.

"묻고 싶은 것이 있습니다. 세 무사들은 단지 노력만으로 그 나이에 지금의 경지에 오른 것일까요?"

"네?"

"보통은 재능이 있다고 해도 개인의 노력만으로는 사

오십 대의 나이가 되어야 절정에 오릅니다. 그들이 그 나이에 벌써 절정에 오른 것은 소단주님의 전폭적인 지원이 있었기 때문이죠."

"……."

"아닙니까?"

내 공치사를 하는 것 같지만, 따지고 보면 내 덕분에 지금의 경지까지 빠르게 올라간 것이 맞기는 하다.

"소단주님 본인의 안전을 위해 그리하셨겠지요."

사부님의 말대로다.

내가 호위무사들의 경지를 올리기 위해 노력한 건 그들의 실력이 높아질수록 내가 안전해지기 때문이지.

"그렇다면 그들에게 조금 더 의지하셨으면 합니다. 애써 절정까지 성장시켰는데, 그들을 의지하지 않는다는 것은 본말전도입니다."

사부님은 말을 이으셨다.

"또한 은풍대나 가족들도 조금 더 믿으십시오. 은풍대는 결코 약하지 않고, 가족 분들도 그리 호락호락한 분들이 아닙니다."

하긴…… 그렇긴 하지.

"지금까지 누구보다 애써서 여기까지 왔는데, 조급함으로 인해 망친다면 죽을 때 눈이나 제대로 감겠습니까?"

"그건 그렇습니다."

"소단주님은 이미 충분히 잘하고 있습니다. 솔직히 지금 나이에 초절정에 오른 것만 해도 말도 안 되는 수준이라는 거 아시잖습니까? 다른 사람에게 그런 고민을 말했다간 욕만 먹습니다.”

사부님의 말씀에 멋쩍게 뒷목을 긁적일 수밖에 없었다.

틀린 말이 하나도 없으니까.

“급하게 쌓은 탑은 결국 무너집니다. 그러니 천천히 튼튼하게 기반을 쌓으며 나아가십시오.”

사부님의 그 말에 시야가 밝아지는 기분이 들었다.

“……제 아둔함을 깨우쳐 주셔서 감사합니다.”

그래, 조급해하지 말자.

비록 일사검이 내 목숨을 노리고 있다지만, 어차피 그놈은 내가 화경에 들 때까지 기다릴 거다.

놈은 그런 놈이니까.

그리고 급하고 엉성하게 화경에 올라 봤자, 그자뿐만 아니라 다른 화경의 고수를 만났을 때 패하고 말거다.

그땐 후회해도 방법이 없겠지.

그러니 나중에 후회하지 않도록 지금 착실하게 내 실력을 쌓으면 되는 것이다.

내 곁에는 든든한 호위무사들도 있으니까.

“오늘은 그저, 지금까지 애써 이룩한 것에 대해 감상하시면 됩니다. 그리고…….”

사부님이 미소 지으셨다.

“혼인 축하합니다.”

.

.

·

내 혼례를 위한 연회가 시작되었다.

보통 혼례는 저녁에 해가 진 후에 시작된다.

그리고 그전에는 하객들을 위한 연회가 아침부터 계속 진행되지.

나는 문 앞에 아버지와 함께 서서 줄지어 들어오는 하객들을 맞이하였다.

"혼인 축하하네."

"이리 발걸음해 주시니 감사합니다."

"약소하지만, 선물이네."

"감사합니다."

내가 인사를 마치고 선물을 팔갑에게 건네면, 팔갑은 그 선물을 준 이의 이름을 종이에 적어서 선물에 매단 후 뒤에 쌓아 놓았다.

그것을 반복하다 보면 선물이 산더미처럼 쌓이는데, 예전에는 그 선물이 얼마나 크게 쌓이는지가 그 위세를 나타내는 것이기도 했다.

하지만 당금 황제의 치세에서는 좋지 않게 보일 수도 있기 때문에, 어느 정도 쌓이면 다른 곳으로 옮겨 놓곤 한다.

그나저나 선물과 축의금이 엄청나게 들어오는군.

하지만 마냥 좋아하기만 할 것은 아니다.

지금까지 은해상단에서 열심히 뿌린 것이 돌아오는 것이니까.

아니면 앞으로 우리가 줘야 할 것이거나.

그때였다.

"앞으로 가시지요."

"제가 양보하겠습니다."

뒤에서 줄을 선 이들이 자발적으로 자리를 양보하는 소리가 들렸다.

애초에 연회장으로 들어오는 입구는 두 개다.

한 곳은 내 얼굴을 꼭 보지 않아도 되는 이들을 위한 입구.

그리고 내가 서 있는 곳은 내 얼굴을 꼭 봐야 하는 이들을 위한 입구다.

당연히 쟁쟁한 분들이 나를 보고자 하시니, 이곳에서도 줄을 서야 했다.

물론, 하인들이 대신 줄을 서고 있다가 차례가 되어 가면 오는 것이지만.

그나저나 대체 누구이기에…….

곧 나의 의문이 풀렸다.

익숙한 기운이었기 때문이다.

나는 사람들을 헤치며 다가온 분들을 보고 포권하며 인사했다.

"대협들을 뵙습니다."

그들은 금의위 대협들이었다.

황제가 하사한 검을 차고 있는 것을 보니, 일부러 금의위라는 것을 숨기지 않은 듯했다.

그들 중에는 낯익은 얼굴도 있었다.

바로 황보선유 대협.

그는 반갑다는 눈빛을 보내면서 딱딱한 목소리로 말했다.

"은서호 소단주는 황제 폐하의 성지를 받들라."

그 말에 나는 즉시 그 자리에 부복했다.

사람들의 시선이 이곳에 집중되는 것이 느껴졌다.

"제국을 위해 백방으로 애쓰는 은서호 소단주의 혼례를 축하하기 위해 짐이 작은 선물을 보내는 바이다. 부디 백년해로하기를 바라며, 이후로도 짐의 충실한 신하가 되어 주길 바라는 바이다."

그리고 황보선유 대협이 성지를 내밀었다.

"받게."

"황은이 망극하옵니다."

"그리고 이건 황제 폐하께서 하사하시는 선물이네."

나는 공손히 그 선물을 받았다.

후, 황제 폐하.

대체 얼마나 더 부려 먹으려고 이렇게 띄워 주시는 겁니까?

– 꾸이!

금령이 반응을 보이는 것을 보니, 슬프게도 이 선물이 제법 비싼 건가 보네.

– 꾸이? 꾸?

싫으면 너 달라고?

이거 받고 네가 대신 황제가 시키는 일 할래?

ㅡ 꾸, 꾸이!

아니, 그래도 그렇지…….

그렇게 격렬하게 싫다고 할 거까진 없잖아.

.

.

.

나는 금의위에서 온 분들을 직접 안으로 모셨다.

황제 폐하의 명을 받고 온 분들이니 인사만 하고 말 순 없지.

혹시라도 말 나올 가능성은 아예 차단하는 것이 상책이다.

"이 먼 곳까지 오시느라 고생 많으셨습니다."

내 인사에 황보선유 대협이 웃으며 말했다.

"고생이라니! 우리에겐 휴가네. 하하하."

"그리 생각해 주신다니 감사할 따름입니다."

"사실 진영이도 오고 싶어 했는데, 일이 바빠 오지 못했다네. 그래서 대신 축의금을 해 달라고 하더군."

"마음만으로도 감사하다고 전해 주십시오."

나는 그리 말하며 황보선유 대협을 따라오는 이들 중 한 명을 흘깃 보았다.

그가 바로 서향 소저의 오라버니인 동명수 대협이다.

이렇게 보니 동혁수 대협과 좀 비슷하긴 하군.

내가 듣기로 동명수 대협은 형제들 중에서도 가장 무공

실력이 뛰어나다고 했다.

게다가 귀주성 포정사 대인의 말에 의하면, 무공뿐만이 아니라 감각도 상당히 날카롭다고 했지.

내가 볼 때 아무래도 귀주성 포정사 대인이 황족이기에 그의 아들 중 하나를 금의위로 삼은 듯 했다.

핏줄만큼 황권 수호에 진심인 자도 없으니까.

하여 가문을 이을 장자를 제외한 이들 중 무공이 가장 뛰어난 그를 고른 거겠지.

"여기 앉으시면 될 듯합니다."

그리고 연회장을 맡은 대행수를 불렀다.

"대행수님. 여기 금의위 대협들을 각별하게 챙겨 주십시오."

"알겠습니다."

그렇게 그들을 맡기고 다시 문 앞으로 돌아가려고 할 때 누군가 나를 불렀다.

"은서호 소단주."

"네."

고개를 돌려보니 동명수 대협이다.

무슨 일이지?

괜히 긴장되네.

"저기 이 지역의 관리들이 모여 있는 듯한데……."

"맞습니다."

역시 날카롭긴 하군.

그 짧은 시간에 관리들이 연회에 참석해 있다는 것을

알아차린 것을 보면 말이다.

사실 저번에 내가 적두방주에게 줬던 혜림문의 빚에서 일사검이 땅값을 가져가고 남은 돈이 있었다.

포쾌와 판관이 이러쿵저러쿵했고, 그 돈은 정식으로 내 소유가 되었지.

그리고 나는 약속대로 그 돈으로 포쾌와 판관을 비롯한 이들을 불러 연회를 열어 준 것이다.

나는 웃으며 말했다.

"잠시 인사하시겠습니까?"

"인사는 되었습니다. 우리야 상관없지만, 저들은 우리를 보면 술맛이 떨어지겠지요."

잘 아시네요.

"그런데…… 저들의 상이 제법 화려해 보이는데, 혹 뭔가 대가를 바라고 저들을 연회에 초대한 것입니까?"

……엥?

이건 또 무슨 개미가 호랑이 꼬리 당기는 소리야?

"험험……."

"험……."

다른 금의위 대협들의 반응을 보니 동명수 대협에 대해 어느 정도 알 것 같았다.

날카로운 감각으로 증거들은 잘 모으고 상황을 알아내기는 하는데, 마지막에 헛발질하는 인물인 것.

하지만 그래도 방심할 수 없는 이유는, 그래도 열 번 중 한두 번은 그럴듯한 결론을 내기 때문이다.

혹은 그 주변에 저 날카로운 감각을 올바른 결론으로 만들어 줄 사람이 있을 수도 있고.

하지만 지금은 그냥 헛발질이다.

“송구합니다만 동 대협, 저들이 저에게 해 줄 수 있는 게 있긴 합니까?”

“음?”

옆에서 황보선유 대협이 한숨을 내쉬며 뭐라고 말하려 했지만, 그보다 먼저 그를 부른 이가 있었다.

“명수야.”

“헉! 아버지!”

동명수 대협은 얼른 자리에서 일어났다.

그를 부르며 다가온 이는 귀주성 포정사 대인이셨다.

“왔느냐?”

“네, 아버지. 그간 잘 지내셨습니까.”

“그래.”

“오랜만에 뵙습니다. 동 대인.”

“이곳에서 뵙는군요. 황보 대협.”

그렇게 간단히 인사를 주고받은 후, 포정사 대인이 자신의 아들에게 말했다.

“방금 네 지적에는 커다란 허점이 있다. 뭔지 모르겠느냐?”

“네? 어쩐 점이 말입니까?”

“은서호 소단주는 이미 황제 폐하의 총애를 받는 이다. 이런 지방의 관리들에게 굽실거릴 필요가 없다는 의미다.”

"아…… 그, 그렇군요."

그제야 자신이 헛발질했다는 것을 깨달은 그는 고개를 숙이며 사과했다.

"실례했습니다."

나는 웃으며 말했다.

"괜찮습니다. 그저 저들의 노고를 위로하기 위한 자리이니 염려하지 않으셔도 됩니다. 그럼 즐거운 시간 되십시오."

"우리가 너무 오래 자네를 붙잡고 있었군. 어서 가 보게나."

"네."

그렇게 나는 모두에게 인사를 한 후 다시 발걸음을 옮겼다.

그리고 포쾌를 비롯한 관리들 쪽을 슬쩍 보니, 긴장한 표정으로 자세를 꼿꼿이 하고 있었다.

금의위와 포정사 대인이 나와 같이 있었다는 것을 알아차린 것이지.

저런…… 안타깝네.

제법 맛있는 술로 준비했는데, 술맛도 제대로 못 느끼겠네.

"도련님도 참 심술 맞으십니다."

"응? 뭐가?"

뒤에서 팔갑이 말했다.

"저 자리 배치, 일부러 하신 거잖습니까요?"

"눈치챘네?"

"하지만 뭔가 속이 좀 시원하긴 합니다요."

나는 피식 웃었다.

저 관리들은 제법 오랫동안 이 현에서 군림해 온 이들이다.

우리 상단이 그리 크지 않았을 때 얼마나 아니꼽게 굴었는지…….

지금은 감히 그러지 못하고 우리의 눈치를 보고 있기는 하지만, 내가 그때의 일을 잊었을까?

말했잖아.

내가 성격이 좀 더럽다고.

.

.

.

연회는 계속되었다.

방문하는 손님들도 끊이지 않았고, 그들 중에는 무척 반가운 손님도 있었다.

"은 소단주! 혼인 축하합니다!"

"복 소단주! 이 먼 곳까지 와 주시니 감사할 따름입니다."

제국의 가장 북쪽이라 할 수 있는 요녕에서 왔으니까.

"직접 청첩장을 받았는데, 당연히 와야 하지 않겠습니까."

"축하드려요."

복 소단주의 부인의 인사에 나는 고개를 숙여 답했다.

"감사합니다."

"그럼 저는 신부에게 가 볼게요."

그리고 그녀는 서향 소저가 있는 곳으로 향했다.

혼례에 있어 신부의 친우들은 제법 중요한 역할을 한다. 하지만 그녀에게 친우라고 할 수 있는 여인들이 별로 없다는 것이 문제였다.

있다고 해도, 상단의 사람들이나 형수님 정도.

그래서 나는 복윤 소단주의 부인에게 서향 소저의 친우 역할을 부탁했고 그녀는 흔쾌히 수락했다.

유성문주의 장녀 인정연.

내가 아는 그녀는 서향 소저의 친우 역할을 하기에 부족함이 없는 여인이다.

"복 소단주도 가서 연회를 즐기도록 하십시오. 한백건 소단주와 사강 소단주, 그리고 백염 공자도 와 있습니다."

"아, 그렇습니까? 벌써 다들 술을 즐기고 있겠군요."

이번에 내 혼인 연회를 위해 준비한 술 중에 백로주는 없었다.

아직 그 안에 담긴 태음빙해신공의 기운에 대한 문제를 해결하지 못했기 때문이다.

하여 해외 교역에 전량 나가고 있다는 핑계를 대고, 제국 내에는 판매하지 않고 있지.

그래도 다른 훌륭한 술이 많으니, 별 불만은 없었다.

솔직히 취하면 그 술이 그 술이라던데 말이지.

나는 취해 본 적이 없어서 잘 모르겠지만.

하인을 불러 복윤 소단주를 안내해 주라고 한 후 다시 손님을 맞이했다.

그때 문득 느껴지는 날카로운 살기.

그러나 나는 그냥 내 할 일에 집중했다.

내가 나서지 않아도, 다른 분들이 처리해 주실 테니까.

이 자리에는 제갈세가의 태상가주님과 만결의선님을 비롯한 많은 무림인들도 계신다.

물론, 전당포 어르신도 계시지.

* * *

그 시각.

조용히 술을 마시는 척하는 한 남자가 있었다.

사람들은 그를 무음객이라 부른다.

소리 없이 살행을 하기 때문이다.

그리고 이번에 그에게 들어온 의뢰가 있었다.

[이번에 은해상단에서 혼사가 있다지. 그 연회에서 최대한 난동을 피워 주게. 크크큭.]

그 의도나 목적에 대해서는 묻지 않았다.

어차피 그는 의뢰받은 대로만 하고 돈을 받으면 끝이니까.

점점 손님은 많아졌다.

이제 슬슬 때가 되었다 싶은 무음객은 검병에 손을 올렸다.

그때 그의 뇌리에 울리는 전음.

– 자네, 그 검을 뽑으면 무사하지 못할 거네.

"……!"

그는 움찔했다.

곧이어 들리는 전음.

– 쯧쯧, 아주 겁대가리가 없어. 죽고 싶나?

대체 어디서 들려오는 전음인지 알 수 없었다.

다만 어마어마한 압박감이 느껴지며 등줄기에서 식은 땀이 흘렀다.

– 내 소란스러워지는 것이 싫어 조용히 넘어갈 기회를 주겠네. 열 셀 동안 자리에서 일어나 이곳을 뜨게나. 거부하면 그 결정을 후회하게 해 주지. 하나, 둘…….

무음객은 어찌해야 하나 고민했다.

하지만 고민은 길지 않았다.

전음과 기운만으로 자신에게 이 정도 압박감을 줄 수 있다는 것은 압도적인 고수라는 의미.

모름지기 뛰어난 살수란, 본인의 한계를 잘 파악해야 하는 법.

여기서 죽고 싶지 않았다.

그렇기에 그는 자리에서 일어났고, 부리나케 은해상단을 벗어났다.

그렇게 은해상단을 벗어나 일정 거리까지 멀어지자 그제야 압박감이 사라지는 것을 느꼈다.

"후, 그나저나 대체 누구였지?"

그리 고민할 때.

푹-!

그의 목에 꽂히는 날카로운 수면 침.

털썩.

그대로 쓰러진 그를 한 무리의 이들이 치워 버렸고, 그렇게 무음객은 실종되었다.

* * *

저녁이 되었다.

둥둥둥둥!

북소리와 함께 흥겨운 풍악이 울려 퍼졌고, 드디어 혼례가 시작되었다.

나는 서향 소저가 있는 곳으로 향했다.

내 뒤에서는 악사들이 풍악을 울리며 따라왔다.

잠시 풍악이 멈추었고, 내 뒤를 따라오던 대행수가 외쳤다.

"신부는 신랑을 맞이하시오!"

그 말에 문이 열리고, 둘째 형수님께서 나오셨다.

"신랑은 들어오시지요."

이에 나는 안으로 들어갔다.

온통 붉은색으로 장식한 방.

그 안에 붉은 혼례복을 입은 서향 소저가 앉아 있었다.

옆에 서 있던 복윤 소단주의 부인이 말했다.

“신부가 신랑을 따라가고 싶어도, 신발이 없으니 갈 수가 없네요.”

“그럼 신발을 찾아봐야죠.”

나는 금령을 불렀다.

금령아.

– 꾸이!

서향 소저의 신발 찾기다! 신발 한 짝에 금자 하나!

– 꾸! 꾸이잇!

금령은 무척 좋아하며 순식간에 숨겨 놓은 서향 소저의 신발을 찾았다.

내가 순식간에 신발을 찾아내니, 모두 놀라워했다.

“천장에 숨겨 놓은 건 대체 어떻게 찾으신 건가요?”

“소저를 은애하는 마음으로 보니, 보이더군요.”

그리 말하며 서향 소저의 발에 신발을 신긴 후 그 손을 잡았다.

“갑시다.”

“네.”

그렇게 우리는 신부의 방에서 나왔고, 다시 악사들이 풍악을 울리기 시작했다.

곧 도착한 식장.

우리는 순서에 맞추어 혼례식을 올렸다.

앞에는 아버지와 어머니, 그리고 서향 소저의 혼주로 사부님 내외께서 앉아 계셨다.

그리고 그 뒤쪽에 하객으로 참석한 귀주성 포정사 내외께서는 연신 눈물을 닦고 계셨다.

길었던 준비과정에 비해 나와 서향 소저의 혼례식은 무척이나 빨리 끝났다.

참석한 하객들에게 인사를 다 드리고 난 후, 어머니의 시녀가 우리에게 다가왔다.

"이제, 신방에 드실 시간입니다."

이에 우리는 그녀를 따라 신방으로 향했다.

안으로 들어가니, 안에는 주안상이 차려져 있었다.

나와 서향 소저는 의자에 앉았다.

"드디어 혼례가 끝났습니다."

"네. 그러네요."

나는 서향 소저의 너울을 벗겨 주었다. 곱게 화장한 얼굴이 드러났다.

"후……."

그런데 나 왜 떨리는 거지?

이미 북해빙궁에서 빙궁 혼인을 치렀기에, 서향 소저와 함께하는 밤이 처음도 아닌데 말이지.

우선…….

"금령아."

"꾸이?"

"나가 있어라."

"꾸이! 꾸!"

약속했던 금자 먼저 달라고?

나는 비고에서 금자 두 개를 꺼내어 금령에게 주었다.

"자! 이제 됐지?"

금령은 금자를 보더니 무척 좋아했고, 그것 중 하나를 꿀꺽 삼켰다.

그리고 나머지 하나를 물고 서향 소저에게 다가갔고, 그 무릎 위에 놓았다.

"꾸이!"

"음? 이건 무슨 뜻일까요?"

"혼인을 축하하는 선물이라고 합니다."

"그렇군요. 고마워."

그나저나 금령이가 서향 소저에게 주기 위해 금자를 포기하다니!

놀라운걸?

그런데 왜 나는 안 주는 거냐?

"꾸이?"

벼룩의 간을 빼 먹으라고? 그런데 금령이 네가 벼룩은 아니잖니?

아무튼, 그만큼 서향 소저를 각별하게 생각한다는 의미니까 넘어갈까?

"그럼, 금령아. 이제 나가 있어야 할 시간이다."

"꾸이!"

안 그래도 나가려고 했다고?

좋은 시간 보내라고?

그래. 고맙다.

금령을 내보낸 나는 서향 소저를 보았다.

미래를 봤는지 소저의 얼굴이 붉었다.

"불을 끌까요?"

"네."

나는 손을 휘둘러, 촛불을 껐다.

.

.

.

다음 날 아침.

눈을 뜨자 내 옆에 누워 있는 서향 소저가 보였다.

아니, 아니지.

이제 내 부인이니까.

그때 그녀가 눈을 떴다.

"좋은 아침입니다."

"네. 좋은 아침이에요."

나는 무슨 말을 해야 하나 고민하다가 말했다.

"같이 수련하시겠습니까?"

내 말에 픗 하고 웃으며 대답했다.

"좋아요."

그렇게 공식적인 유부남으로서의 첫날이 시작되었다.

나는 아침부터 분주하게 움직여야 했다.

내 혼례에 참석해 주신 이들에게 인사를 드려야 했기 때문이다.

그리고 남궁강 전 상단주가 나에게 시간을 내어 달라고 했었지.

대체 무슨 용건인지 알 수 없지만, 빨리 치워 버려야겠군.

남궁강 상단주에게 사람을 보내자, 곧바로 그가 찾아왔다.

그걸 보면 제법 다급한 일이라는 의미.

나는 그와 만나기로 한 접빈실로 들어갔다.

그 면상을 보니 행복했던 기분이 더러워지려고 했지만, 겉으로 티를 내지 않고 인사했다.

"어서 오십시오."

"다시 한번 혼인 축하하네."

"감사합니다. 이렇게 제 혼인을 축하해 주셔서 감사합니다."

그렇게 인사와 함께 가벼운 이야기를 나누었다.

"험험, 사실 내가 자네에게 할 말이 있다네."

이제 본론이군.

"내 사정이 있어 상단주의 자리를 내 아우에게 넘겼다네. 그런데 그 자식이 천지 구분도 못 하고 있어서 말이지."

"갑자기 그런 자리에 오르면 그럴 수도 있습니다. 전 상단주님께서 어여쁘게 봐주십시오."

"아닐세. 귀엽게 봐 줄 수 있는 수준을 한참 넘었다네.

그래서 말인데…….”

그가 천천히 말을 이었다.

“잠깐 나를 도와주지 않겠나?”

(은해상단 막내아들 33권에서 계속)

환상이 숨쉬는 공간 파피루스 blog.naver.com/gnpdl7